Finn released

© Sylvia Witt/www.haus-der-kuenste.de

Oliver Uschmann arbeitete bei UPS, brach eine Ausbildung zum Buchhändler nach einem Tag ab, studierte Literatur und Englisch und versuchte sich nebenher als Punksänger, Demonstrant und Herausgeber eines Revoluzzer-Magazins. Heute lebt er mit seiner Frau Sylvia Witt samt Katzen und Teichfischen auf dem Land und erschafft mit ihr tagtäglich neue Bücher. In seiner Freizeit hat er meistens ein Gamepad in der Hand oder einen Ball am Fuß.

OLIVER USCHMANN

finn released

CARLSEN

FSC
www.fsc.org
MIX
Papier aus verantwortungsvollen Quellen
FSC® C083411

Veröffentlicht im Carlsen Verlag
April 2016
Mit freundlicher Genehmigung des Loewe Verlages

Umschlagbild und -typografie: © Benedikt Beck
Umschlaggestaltung: formlabor
Corporate Design Taschenbuch: bell étage
ISBN 978-3-551-31463-5

INHALT

PROLOG

»Jungs, ihr habt ja keine Ahnung. Das ist spitze! Genau so fangen wir den Film an, mit diesen Bildern. Flucht. Panik. Todesangst. Die Zuschauer denken sich: Was ist das? Wo ist das? Libyen? Naher Osten? Menschenjagd? Und dann zeigen wir im nächsten Bild, wie drei furchtlose, verdreckte Jungs über irgendwas drüberklettern. Wer ist das? Warum sind die auf der Flucht? Sind sie überhaupt auf der Flucht? Sind sie von zu Hause abgehauen? Das baut Spannung auf, und noch bevor wir auflösen, was die Quest Querfeldein ist, haben wir das ganze Publikum bereits im Sack!«

So hat Jan-Eric das gesagt, vor ein paar Wochen, als er uns die ersten Aufnahmen auf dem kleinen Bildschirm seiner Kamera zeigte. Meine Freunde und ich im Fernsehen! Das hatten wir gar nicht geplant. Nur ein Abenteuer, draußen, als wäre die Welt ein Videospiel. Eine Quest. Nur wir drei. Ein Fußballer, ein Gamer und ein … ja, was bin ich eigentlich? Einer, der gut Geschichten erzählen kann. Und ich glaube, diese lohnt sich, erzählt zu werden.

DAS REH

Da sind sie, meine Freunde, und kämpfen miteinander. Wenn man das Kämpfen nennen kann. Lukas kloppt mit einem großen Ast auf Flos Schulter ein. Er schreit dabei herum wie ein Verrückter, aber seine blauen Augen lachen. Es ist ein ungleicher Kampf, wenn man sich die beiden so anguckt. Lukas, der drahtige, flinke Fußballer, der sein Hemd lässig im Wind flattern lässt, und Flo, der kleine, gedrungene Gamer, dem der dunkle Pulli auf dem Bäuchlein spannt. Rindenstückchen fliegen durch die Gegend. »Wehr dich, Krieger!«, sagt Lukas, aber Flo kommt gar nicht dazu, er hat schon genug damit zu tun, zur Deckung die Hände oben zu halten und den Stock nicht auf den Schädel zu kriegen. »Soldat von Asgard und Arminia«, ruft Lukas weiter, »Verteidiger der alten Bäume von Schrot und der sprechenden Hamster von Korn, Erbe der blauen Streitaxt von Hildegard!« Lukas hat keine Ahnung, was er da plappert, und ich denke, das ärgert Flo am meisten. Wenn er schon am frühen Morgen auf dem Schulweg mit einem mächtigen Ast verdroschen wird, dann wenigstens von jemandem, der die Sache ernst nimmt.

Aber Lukas nimmt sie nicht ernst. »Bei der Hornhaut von Thor und den Pickeln von Persien! Ich befehle dir, wehre dich, Leutnant Flo!«

»Bei *World of Warcraft* gibt es nur einen Mini Thor!«, schreit Flo so laut, dass Lukas innehält. »Und es heißt *Prince of Persia*, nicht Pickel von Persien. Pickel siehst du, wenn du in den Spiegel schaust, du Auswechselstürmer!«

Lukas bleibt stehen. Er zuckt mit den Schultern und wirft den Ast auf den Acker. Dann sieht er mich an, zeigt auf Flo und sagt: »Ja, so ist das mit den Computerspielern. In ihrem Märchenwald markieren sie den dicken Macker und auf dem Schulweg kommen sie nicht mal gegen ein morsches Stöckchen an.«

»Ich war noch nicht fertig«, mault Flo und wischt sich Rinde vom Ärmel.

»Oh, er war noch nicht fertig«, sagt Lukas und wedelt dabei mit den Händen in der Luft herum wie ein eingebildeter Friseur. Lukas und ich nennen Florian Flo, schon immer. Ich heiße Finn und es ist ein guter Name, denn man kann ihn nicht abkürzen oder verniedlichen.

»Und was soll Arminia überhaupt für ein Gott sein?«, fragt Flo, der sich über und über mit Dreck verschmiert vom Boden hochrappelt.

»Das ist ein schlechter Verein«, klärt Lukas ihn auf. Lukas hält nichts von Computerspielen, er hält nur was von Fußball, und das in echt und auf dem Platz. Er ist alles andere als ein Auswechselstürmer. Er ist der beste

Torschütze der Liga in der C-Jugend. Wir gehen zusammen in eine Klasse, aber er ist fast ein Jahr älter als wir, weil er das letzte Schuljahr wiederholen musste. Nicht aus Doofheit, sondern weil er lieber eine Stunde trainiert, als eine Stunde Hausaufgaben zu machen. Nach der Zehnten will er auf ein Sportinternat gehen. Auch wenn er bald vierzehn wird, ist Lukas sehr groß. Vier von fünf Toren macht er mit dem Kopf. Dabei jubelt ihm vom Spielfeldrand seine Freundin Vivien zu. Er sagt immer, wir könnten auch längst eine haben, selbst Flo, wenn er nicht den ganzen Tag vor dem Bildschirm hängen würde. »Wenn du spielst, würdest du nicht mal merken, wenn ein Feuer ausbricht«, hat Lukas eines Tages zu Flo gesagt und der meinte: »Das ist doch Quatsch!« Er war gerade am Zocken gewesen, als er das sagte. Lukas hatte ein Feuerzeug aus der Küche geholt, luftig zerknüllte Zeitungen in Flos Papierkorb gestopft und sie angezündet. Erst als seine Mutter schreiend ins Zimmer kam, hatte Flo bemerkt, dass hinter ihm Flammen aus seinem Mülleimer schlugen.

Ich lasse die beiden streiten und beobachte dabei die Gegend. In der Straßenkurve, die wir gerade passiert haben, stehen ein paar dieser Verkehrsschilder, die anzeigen, dass eine scharfe Kurve beginnt. Es sind Dellen darin, als hätte ein Auto sie gestreift oder als sei etwas dagegengeprallt. Ich kann Bremsspuren auf dem Asphalt erkennen und rote Spuren auf den weißen Flächen der Schilder; vielleicht von abgewetzter Farbe, vielleicht aber auch von Blut. Direkt daneben liegt der Garten der alten Frau Schepers. Ihre Wäsche ist noch auf der Leine; seit vier Tagen hängen die weißen Laken nun schon draußen. Das ist ungewöhnlich. Normalerweise hängen sie höchstens drei.

Solche Details bleiben mir im Gedächtnis, denn ich schaue immer genau hin. Lukas beobachtet jeden Pass auf dem Fußballplatz, Flo beobachtet jedes Monster im Computerspiel und ich beobachte die Welt. Irgendwie ist sie ja auch ein Spiel. Und wenn man sie so betrachtet, ist alles in ihr eine Kulisse, mit der man so einiges anstellen kann.

»Hey, was ist denn das!?«, rufe ich daher und Lukas und Flo drehen sich um. Ich gehe vorsichtig auf einen großen, verwucherten Busch zu und schaue stumm und suchend in das Blattwerk. Ich sage nichts und werde immer starrer, als säße in dem Gebüsch ein lispelndes Wesen mit glühenden Augen, das mich hypnotisiert. Ich kann so was gut. Mein Vater sagt immer, an mir sei ein Schauspieler verloren gegangen. Meine Mutter sagt, er solle mich nicht auch noch ermutigen. Flo und Lukas fragen: »Was ist da?« Ich flüstere dramatisch: »Ich weiß nicht.« In einem Film würden sie jetzt gruselige Musik einspielen, die aus dem Hintergrund kommt und sehr sacht lauter wird. Flo und Lukas sind gebannt, so ernst nehmen sie es. Ich bekomme fast selber Angst, denn das ist der Trick, wenn man glaubhaft schauspielern möchte. Man muss es fühlen. Man muss sich selbst einreden, es wäre echt. »Ich glaube, da drin steckt eine Leiche«, flüstere ich. Meine Freunde halten den Atem an. Flo haucht: »Komm da weg.« Ich stecke den Kopf tiefer in den Busch, greife mit der Hand zwischen die Zweige und stoße mich dann ruckartig selbst rein, als würde mich etwas von den Füßen ziehen. Ich krächze mit erstickter Stimme: »Nein, tu mir nichts!«, dann schreie ich wie am Spieß, als hätte mich ein hundert Jahre alter Zombie, der schon mit dem Busch verwachsen ist, in seine Höhle gezogen. Ich stelle mir vor, wie der Buschzombie mir die Gurgel zudrückt, und fange an zu würgen, was ziemlich realistisch rüberkommt, weil mir gerade eine Spinne in den Mundwinkel krabbelt. »Scheiße, zieht mich raus!«, kreische ich und Lukas und Flo kommen brüllend zum Busch gelaufen und zerren an meinem Hosenbund. Dann lasse ich mich nach hinten fallen und wir plumpsen alle auf den Weg.

Ich spucke die Spinne weg, die Lukas und Flo nicht mal bemerken. Ihre Gesichter sind bleich. Ich lache Tränen. Ich halte mir den Bauch und kriege mich nicht mehr ein. Sie kapieren, dass ich sie mal wieder drangekriegt habe. Lukas steht auf, schüttelt den Kopf und sieht über das Feld in die Ferne. Flo hat rote Wangen. Er sitzt auf dem Boden wie ein Kaninchen, das eben noch gejagt wurde.

»Na, hab ich's wieder mal geschafft?«, presse ich hervor und kämpfe noch immer gegen meinen Lachanfall an.

»Ich hab bloß gedacht, du hättest dich da irgendwie verfangen«, murmelt Lukas.

»Ja, sicher.« Ich muss noch immer lachen.

Flo kratzt sich am Kopf. »Ich dachte wirklich, da steckt einer …«

»Ja, klar«, unterbricht ihn Lukas und macht einen auf cool, »da wartet ein Untoter bei uns am Dorfrand im Gebüsch und lockt Finn mit seiner Zauberstimme an, um ihn dann mit spitzen Zähnen zu fressen. Ist klar, dass du Magie-Honk das glaubst!«

»Gib's schon zu, du hast doch auch gedacht, da zerrt jemand an Finn rum.«

»Nein, nicht jemand. Nur Dornen und Zweige.«

»Ach komm, laber nicht!«

Ist das herrlich! Meine Freunde.

Flo guckt auf die Uhr, um von ihrer Schmach abzulenken, und kriegt große Augen. »Leute, wir kommen zu spät. Und wenn wir den Bus noch kriegen wollen, können wir nicht mehr außen rumgehen.«

»Dann gehen wir eben quer über den Acker!«, schlägt Lukas vor.

Ich stehe auf und nicke. Ich will auf keinen Fall zu spät kommen und es spart Zeit, quer über den Acker zu gehen, auch wenn der Bauer das nicht gern sieht. In den ersten beiden Stunden haben wir Frau Kobol und von der will keiner eine Predigt hören. Frau Kobol hat Hamsterbacken und Knopfaugen und sie kann sich nicht durchsetzen. Vor Dustin hat sie sogar Angst.

Dustin ist unser Klassenclown. Einmal hat er sich freiwillig ganz nach vorn gesetzt, Frau Kobol aufmerksam angesehen, alles mitgeschrieben und darauf gewartet, dass der dicke lange Tausendfüßler, den er sich absichtlich in seine Haare gesetzt hatte, ihm auf die Stirn krabbelte. Ihr könnt euch nicht vorstellen, was da los war. Frau Kobol mag Tiere, aber nur, wenn sie Fell oder Flügel haben. Wenn sie sich aufregt, kriegt ihre Stimme diesen hohen Ton. Es klingt, als hätte man eine hysterische Möwe, eine schnatternde Ente und eine Opernsängerin gekreuzt. Es ist auch lustig irgendwie, aber man wird wahnsinnig davon. Man kann sich das nicht häufig antun – und schon gar nicht nur für doofes Zuspätkommen.

Lukas läuft auf den Acker und Flo folgt ihm. Der Boden ist von groben Furchen durchzogen und der Morgentau liegt auf den Weizenähren. Das Getreide steht um diese Jahreszeit nicht mal hüfthoch. Ich bin wieder in meinem Beobachtungsmodus und überlege, was in der Straßenkurve mit den eingedellten Schildern passiert sein könnte. In der Ferne bellt ein Hund. Zehn Meter vor mir laufen die anderen, Lukas geht aufrecht und schaut stolz in die Gegend, als sei das Feld ein Stadion in Barcelona. Flo trollt sich einige Meter hinter ihm herum, duckt sich ein bisschen und beginnt, sich an Lukas heranzuschleichen. Was hat der denn vor? Will er ihn erschrecken? Will er sich rächen für vorhin, als Lukas mit dem Ast auf ihn eingedroschen hat?

Ja, das will er wohl, denn nun rennt Flo los, springt mit dem rechten Bein voraus in Lukas' Richtung und holt ihn von den Füßen. Der schreit, als Flos Schuh seinen Fuß trifft, und hält sich instinktiv den Knöchel. Er hebt ganz kurz die Hand, als könne er zwischen dem Getreide einen Schiedsrichter herbeiwinken. Als er selber merkt, wie albern das gerade aussehen muss, nimmt er die Hand runter und wird rot. Flo hüpft derweil herum wie Rumpelstilzchen in seinem Wald und johlt: »Meine Damen und Herren, eine fantastische Blutgrätsche von Pierre Glanz hier im Stadion von Arminia Mailand. Eine großartige Tritttechnik, wie man sie zuletzt in den Siebzigerjahren bei Placebo Contestador gesehen hat. Das ist das Aus für Fortuna Brüssel im RTL-Pokal …«

»Halt die Klappe!«, bellt Lukas.

»Ja«, sagt Flo und zeigt auf den Gefoulten, »so ist das nämlich mit den Fußballspielern. Auf dem Rasen markieren sie den ganz Dicken und im Getreide kann man sie ganz schnell von den Beinen holen. Und jetzt sag nicht, du warst noch nicht fertig!«

»Du Vollpfosten!«, sagt Lukas und dreht sich auf die Knie. Jetzt sieht es aus, als wäre er ein kleiner Junge, der im Sandkasten sitzt. Er sieht sich um, nimmt in jede Hand einen Haufen Erde aus der Furche, in der der Weizen wächst, und wirft damit nach Flo. Der weicht dem ersten Haufen flink aus, kriegt den zweiten aber voll vor die Hose. Eine Sekunde später wälzen sie sich durch Krume und Stängel. Es sieht aus, als rolle ein Baumstamm durchs Feld, auf den man zu beiden Seiten wild um sich schlagende Männchen aufgeklebt hat.

Zur ersten Stunde bei Frau Kobol kommen wir nicht zu spät, denn wir kommen überhaupt erst zur zweiten. Lukas und Flo mussten wieder nach Hause, neue Sachen anziehen. Gemerkt hat es niemand. Lukas' Mutter war schon wieder im Bett, denn nachdem sie seine Stiefgeschwister in die Schule gebracht hat, macht sie jeden Morgen noch ein Nickerchen. Flos Mama macht um Viertel nach acht kein Nickerchen, weil ein Nickerchen bedeutet, dass man vorher schon mal wach war. Für sie ist Viertel nach acht aber noch tiefe Nacht. Frau Kobol allerdings, die ist wach wie ein aufgescheuchtes Huhn und sie legt los, als wir den Raum betreten: »Lukas, Florian und Finn! Beehren die Herren uns auch schon? Euch ist aber klar, dass die Schule nicht nur dazu da ist, damit ich euch beibringe, was es mit den alten Römern auf sich hat, also dafür natürlich auch, es ist nicht so, dass es nicht wichtig wäre, aber mindestens genauso wichtig ist, dass ihr lernt, Verantwortung für euch selbst zu übernehmen …«

Schnatter, schnatter, kecker, kecker, tirili und tirila! Ich stelle mir vor, wie ihr kleine Flügelchen wachsen und sie beim Schimpfen abhebt. Jetzt reißt sie auch noch den Zeigefinger hoch wie eine Sängerin, die sich selbst dirigiert, und hebt dabei ihre Kinnspitze. »... und Verantwortung, das heißt, ganz elementar, zuallererst einmal Pünktlichkeit. Damit fängt es schon an. Wenn ich also jetzt einen Eintrag ins Klassenbuch mache, dann tue ich euch damit einen Gefallen fürs Leben, denn ...«

Ich unterbreche sie, indem ich einfach die Hand hebe und langsam, laut und deutlich ausrufe: »Ein Unfall!«

Frau Kobol ist ruhig. Die Augen der Klasse und auch die meiner zwei Freunde sind auf mich gerichtet. Jetzt ist es meine Sache, eine Geschichte zu erzählen, die funktioniert. Schließlich ist es das, was ich kann. Mein Vater nennt das Fantasie. Meine Mutter nennt es lügen, ohne rot zu werden. Ich nenne es: eine andere Wirklichkeit machen.

»Mein Vater ist doch Drucker«, sage ich und Frau Kobol nickt, denn das findet sie gut. Sie wohnt auch bei uns im Viertel und sie mag es, dass mein Vater heute noch Bücher und Flugblätter und Einladungskarten herstellt, wie es früher üblich war, mit großen Pressen und Druckerschwärze an den Fingern. »Heute Morgen habe ich mit ihm eine dringende Lieferung ausgefahren. Werbezettel für einen Verein hinten in Niersfeld. Das haben wir noch vor der Schule gemacht.« Frau Kobols Haltung entspannt sich etwas. »In der Kurve vor dem großen Acker von Bauer Brockmeyer, gegenüber von Frau Schepers' Haus, da ist uns ein Reh vor das Auto gelaufen. Es war noch halb dunkel. Wir kamen ins Schlittern und haben die Leitschilder gestreift, das Reh flog auch kurz dagegen und dann wieder auf die Straße. Wir konnten kaum gucken, da lief es schon davon, auf den Acker. Es humpelte, aber es war trotzdem total fix verschwunden. Das hat sich furchtbar angefühlt, dieser Aufprall … Es ging durch den ganzen Wagen. Man konnte sich richtig vorstellen, wie in dem Fleisch die feinen Knochen splittern.«

Die Klasse, die eben noch begann, unruhig zu werden, ist jetzt wieder voll bei mir. Nur Dustin zischt verächtlich durch die Zähne, aber ich ignoriere ihn und rede weiter. »Ich glaube, es gab auch Blut, aber ich weiß nicht genau. Es ging alles so schnell. Und die Augen, die hab ich für eine Sekunde gesehen. Weit aufgerissen waren sie, wie bei einem stummen Schrei.«

Frau Kobol schaut betroffen. Das war ein gutes Bild, das mit dem stummen Schrei. Wer will, dass man seine Geschichten glaubt, braucht gute Bilder. Und viele Details. Das ist wichtig. Ich mache weiter. »Ja, jedenfalls, ein bisschen später dann, im Hellen, haben Lukas, Flo und ich noch mal den ganzen Acker abgesucht, bis zum Waldrand. Das geht einem ja nicht aus dem Kopf, so was. Das tut einem doch leid, das Tier! Ich hab den Förster angerufen, aber der meinte, wenn das Reh so schnell weglaufen konnte, sei schon nichts passiert. Er sucht aber auch noch mal das Revier ab.«

Wüsste ich es nicht besser, könnte man denken, Frau Kobol hat vor Rührung fast Tränen in den Augen. Sie weiß nicht, was sie jetzt machen soll, da sie uns eigentlich fürs Zuspätkommen eintragen muss. Für eine Sekunde schaut sie in die Klasse, als müsste sie sich von den anderen Schülern eine Erlaubnis holen. Dann macht sie einen Schritt vor, als wolle sie mir den Kopf tätscheln, lässt es aber und sagt nur: »Seht ihr? *Das* ist auch Verantwortung.« Die Klasse sieht es wohl ähnlich, nur Dustin sagt: »Schade, ich dachte, heute gäbe es Rehragout zum Mittag.« Es lacht niemand. Dustin macht ab und zu krasse, spannende Sachen, die sich sonst keiner traut, aber mit seinen Witzen ist er oft allein. Er trägt ein Armkettchen aus Silbergelenken und spuckt oft auf den Boden. Er lebt an der Kreuzung in dem großen Haus mit den fünfzig Briefkästen und den unzähligen Satellitenschüsseln. In unserer Siedlung nennen viele die Bewohner dort auch einfach nur Satellitenmenschen. Frau Kobol klappt das Buch, in das sie unsere Verspätung eintragen wollte, wieder zu.

»Wie kriegst du das hin, dass dir immer alle glauben?«, fragt mich Lukas in der Pause und trinkt aus seiner Flasche Wasser. Ich trinke Kakao, denn ich will später nicht auf ein Fußballinternat und habe keine Angst, zu viel zuzunehmen. Außerdem bekomme ich sowieso nie so einen Körper wie Lukas, egal, was ich mache. Lukas hat im Grunde ein Sixpack, stahlharte Bauchmuskeln. Es sieht aus wie bei Mario Gómez, wenn er sein Trikot hochzieht. Flo interessiert meine Antwort ebenfalls, auch wenn es nicht so aussieht, weil seine kleine, runde Knollennase ganz eng vor dem Bildschirm seines Nintendo DS klebt. Im Schacht steckt *Final Fantasy XII – Revenant Wings*.

»Ich habe es euch doch schon so oft erklärt«, sage ich. »Du musst genau hingucken, was um dich rum ist, und du musst dir klarmachen, wie die Menschen sind. Was sie mögen. Wie sie so ticken halt. Dann brauchst du nur noch ein bisschen Fantasie.« Lukas grüßt einen Fußballkollegen am anderen Ende des Schulhofs, aber er hört zu. Flo kratzt mit dem Stylus auf seinem kleinen Schlachtfeld herum. Ich erkläre weiter: »Mir ist aufgefallen, dass Dellen in den Schildern waren und rote Spritzer. Und Bremsspuren auf der Straße. Wir sind über den Acker gelaufen, also hat man uns heute Morgen dort vielleicht gesehen. Frau Kobol wohnt in der Nähe und sie mag Tiere. Wenn sie nachher auf dem Heimweg an der Kurve vorbeikommt, sieht sie die zerbeulten Schilder. Ein verletztes Reh tut ihr auf jeden Fall leid. Sie ist im Tierschutzverein. Das ist alles echt. Nur der Unfall, der ist dann das bisschen Fantasie.«

»Und was ist, wenn sie die alte Frau Schepers fragt? Die hätte doch gemerkt, wenn vor ihrer Tür ein Unfall gewesen wäre.«

»Die alte Schepers ist nicht da. Ihre Wäsche hängt zu lange draußen. Normalerweise nimmt sie die nach spätestens drei Tagen von der Leine. Immer. Vielleicht ist sie im Krankenhaus. Sie ist immerhin sehr alt.«

»Und wenn Frau Kobol deinen Vater fragt?«

»Wenn, dann tut sie das erst nach der Schule. Wir haben heute bis eins, sie hat bis drei. Da habe ich genug Zeit, meinen Vater in das Drehbuch einzuweihen.«

»Clever«, sagt Flo und zuckt beim Spielen mit dem Kopf, die fast kreisrunden braunen Augen starr auf den Klappmonitor gerichtet. Man weiß nicht genau, ob er mich damit meint oder den Schachzug des Computergegners in der Schlacht.

»Und dein Alter macht so was mit?«, fragt Lukas.

Ich grinse. »Na ja, wie heißt es doch so schön? *Lügen wie gedruckt*, oder?« Lukas hebt die Augenbrauen, aber das blöde Wortspiel konnte ich mir einfach nicht verkneifen. »Meine Mutter findet das nicht so lustig«, füge ich hinzu.

»Du vergisst den Förster«, sagt Flo und hat seine Schlacht wohl gewonnen, denn er guckt endlich hoch. Mit seinen Sommersprossen sieht er nicht gerade wie ein Feldherr aus.

»Meinst du?« Ich ziehe mein Handy aus der Tasche, wähle die Nummer, die ich heute Morgen, als die beiden sich umzogen, aus dem Telefonbuch rausgesucht habe, und sage: »Ja, guten Morgen, Finn Anders hier, spreche ich da mit dem Forstamt? Ich muss Ihnen einen Unfall melden.«

DIE DRUCKEREI

»Du, Papa, wir beide hatten heute Morgen einen Rehunfall.«

Mein Vater schaut hinter einem Regal hervor. In einem Karton liegen fertig gedruckte Werbezettel, die niemals abgeholt wurden, weil der türkische Imbiss, der sie bestellt hatte, schon wieder geschlossen hat. Das Regal ist aus Metall und eigentlich für Lagerräume oder Garagen gedacht. Es ist aus dem Baumarkt. Früher standen hier schöne alte Holzregale, aber die hat Papa abgeschafft. Angeblich hatten sie einen Holzwurm, aber ich habe nie irgendwelche Löcher gesehen. Ein einziges Holzregal hat er allerdings übrig gelassen: das hinter seinem Schreibtisch in der Ecke. Sein Schreibtisch in der Ecke hat mit der Druckerei nichts zu tun. Dort sitzt er abends oder nachts und schreibt per Hand einen Roman, mit einer hübschen alten Feder. Er schreibt den Roman »seit fünfzehn Jahren«, wie Mama immer sagt. In den letzten Monaten ist er allerdings damit gut vorangekommen, denn in der Druckerei ist kaum noch was zu tun. Und selbst wenn, macht es meinem Vater keine Freude. »Wieder bloß so ein Werbezettel«, grummelt er dann dabei, »am Ende holen sie ihn nicht mal ab … grummel, grummel.« Ich finde es schlimm, dass unsere Druckerei kaum noch Aufträge bekommt, aber dass mein Vater schreibt, gefällt mir. Er schimpft kaum, wenn ich draußen meine Lügengeschichten austeste. Er ist selbst ein Erzähler.

»So, so, wir hatten also einen Rehunfall?«

»Ja, Papa. Wir haben einem Verein in Niersfeld Werbezettel gebracht, so gegen halb sieben. In der Kurve gegenüber von Frau Schepers' Haus ist uns ein Reh vor die Stoßstange gelaufen. Flo, Lukas und ich haben es später im Feld gesucht. Deswegen sind wir erst zur zweiten Stunde gekommen.«

»So verhält sich das also«, sagt mein Vater.

Ich nicke.

»Du hast bestimmt schon den Förster angerufen, der jetzt umsonst sein Revier absucht.«

»Okay, erwischt. Aber so viel hat ein Förster auch nicht zu tun. Das bisschen Bewegung tut ihm bestimmt gut.«

Mein Vater schüttelt den Kopf und presst ein wenig die Lippen zusammen. Er muss natürlich so tun, als sei mein Verhalten verwerflich. Ich sehe, wie er versucht, nicht zu schmunzeln. Schließlich seufzt er, steht auf und kratzt sich am Hinterkopf. »Die alte Schepers ist übrigens im Krankenhaus«, sagt er. »Hexenschuss. Ihre Kinder haben es mir erzählt. Sie müssen noch die Wäsche von der Leine abhängen.«

»Hab ich mir gedacht«, sage ich.

Wir gehen rauf in die Küche. Meine Mutter sitzt am Tisch und hat den Laptop aufgeklappt. Sie tippt Summen von Rechnungen ab und gibt sie in die Eingabemaske des Onlinebankings ein.

»Schatz«, sagt mein Vater, »gib mir doch einfach die Rechnungen und ich gehe damit zur Bank.«

»Mach dir keine Sorgen, das ist sicher«, erwidert meine Mutter, denn mein Vater hat Angst vor fast jeder neuen Technik. Er besitzt kein Handy und er weigert sich beharrlich, im Auto ein Navi zu benutzen.

»Im Gewerbepark gibt es eine neue Firma«, sagt meine Mutter, ohne ihre Augen vom Bildschirm zu lösen. »Die machen Produktbeschreibungen. Man bekommt einen neuen Mixer auf den Tisch und dann muss man dazu kleine Werbetexte verfassen. Für Kataloge oder für E-Bay. Das geht sogar von zu Hause aus.«

»Ach, Sabine«, seufzt mein Vater.

»Ich habe mich bei denen beworben.«

»Das musst du doch nicht«, wiegelt mein Vater ab, aber er weiß, dass sie es doch muss, weil die Druckerei nicht gut läuft. Vor meiner Geburt war meine Mutter Werbetexterin.

Ich schnappe mir eine Rechnung vom Tisch. Sie ist von der Autoversicherung. Jahresbeitrag: 752,60 Euro.

»Soll ich da anrufen und denen eine Geschichte erzählen?«, frage ich und überlege mir schon, was ich mir Dramatisches ausdenken könnte.

»Du sollst deine Hausaufgaben machen«, erwidert meine Mutter.

»Ich ruf da an«, sagt mein Vater.

»Ruf lieber bei allen Geschäften im Ort an und überzeuge sie, dass sie in einer Kleinstadt wie unserer echte Papierwerbung brauchen und nicht bloß eine Homepage«, schlägt meine Mutter vor.

»Ja, und dann sind sie wieder bankrott, bevor sie ihr Zeug abholen. Außerdem hat das doch alles nichts mehr mit dem Druckhandwerk zu tun. Flugblätter für dubiose Spielhallen …!«

»Du bist zu griesgrämig, Klaus«, sagt meine Mutter, »vielleicht bleiben auch deshalb die Kunden aus.«

»Weil ich hier unter uns griesgrämig bin, kommen keine Kunden mehr?«

»Ja, Klaus. Die spüren das. Man muss dankbar sein für seinen Beruf und das, was man hat. Wenn man nicht mehr dankbar ist, schadet das.«

Mein Vater seufzt und gibt meiner Mutter einen Kuss auf den Kopf. Er glaubt nicht, was sie da sagt, aber er hat sie lieb. Genau wie ich. Sie kann die Autorechnung nicht bezahlen und will deshalb einen Job annehmen. Dafür bewundere ich sie.

Ich wünschte mir, meine Lügen könnten auch in solchen Situationen etwas bewirken. Ich wünschte mir, mein Vater würde seinen Roman vollenden und einen Riesenbestseller damit landen. Ich wünschte mir, ich hätte eine gute Idee für die Wirklichkeit.

DER FELGAUFSCHWUNG

»Ronaldo! Jetzt stell dir das doch mal vor! Er hat gegen Ronaldo gezockt!« Lukas zerrt in der Sportumkleide an Flo herum, damit der seine Begeisterung begreift. Tut er aber nicht. Er muss noch schnell etwas auf seinem DS-Bildschirm beenden. Umgezogen ist er schon. Seine kurzen Beine wachsen aus den Hosen wie kleine krumme Baumstämme. Er hat bereits viele dunkle Haare. Mein Flaum auf den Beinen ist blond, wie auch mein »Schopf«. So nennt das meine Mutter immer, was ich gar nicht leiden kann. Ich habe halt keine Lust auf so eine mathematische Kurzhaarfrisur wie Flo. Und Lukas' Justin-Bieber-trifft-Diego-Frisur steht ihm mit seinen dunklen Haaren wirklich gut, würde bei mir aber albern wirken.

»Flo, du Märchenbock! Hörst du, was ich sage? Unser Sportlehrer hat 1994 gegen Ronaldo gespielt. In Holland, beim PSV Eindhoven. Er hat dreißig Tore gemacht. Also, Ronaldo, nicht Herr Broich. Der hat damals beim VVV Venlo gespielt. Er war immer bei den kleinen Klubs, aber er war ein Profi und er hat tatsächlich gegen Ronaldo gespielt. Ich wusste ja schon, dass er eine echte Karriere hatte, aber *das* habe ich erst gestern im Netz herausgefunden.«

Flo versucht verzweifelt, seine Aufgabe auf dem DS zu beenden, aber Lukas schüttelt ihn so sehr, dass sein Stylus hinfällt. Flo klatscht die Konsole wütend auf seinen Rucksack und sieht Lukas an. »Ja, toll, danke! Das Labyrinth kann ich heute Mittag noch mal ganz von vorn machen.«

Lukas schüttelt den Kopf. »Du bist so bescheuert, echt.« Er geht in die Halle.

Ich kenne mich mit Fußball zwar nicht so gut aus wie Lukas, aber ich finde es auch beeindruckend, dass unser Sportlehrer ein Profi war. Ich stelle mir vor, Frau Kobol, bei der wir Religion und Erdkunde haben, wäre zwanzig Jahre lang eine Nonne gewesen. In einem weißen Gewand schreitet sie still durch die schattigen Gänge eines weißen Flures in Spanien, während ein paar junge Novizinnen ihr folgen wie Geister. Sie liest Latein, Griechisch und Hebräisch. Oder sie wäre Archäologin. Mit einem Tuch auf dem Kopf und einer Sonnenbrille, in der sich die Berge spiegeln, kratzt sie im heißen Wüstensand herum. Dann erkennt sie, dass der Stein, der sich gerade zeigt, die Spitze eines alten Palastes ist, der hundert Meter tief unter ihr im Sand steckt. Wenn dem so wäre, hätten wir alle mehr Respekt vor Frau Kobol. Und mehr Bock auf Religion und Erdkunde.

Herr Broich ist unser Lieblingslehrer, aber heute

macht er mit uns das Hinterhältigste, was jemals erfunden wurde: Geräteturnen. Ringe, Böcke, Barren, Reck. Er steht gut gelaunt vor diesen doofen Folterinstrumenten und strahlt, als hätte er uns Weihnachtsgeschenke mitgebracht.

»An diesem Tag«, sagt er, »schafft jeder von euch endlich den Felgaufschwung ohne Hilfestellung.«

»Ja, sicher …«, mault Dustin und verdreht die Augen. Die Mädchen unterhalten sich, als hätten sie gar keine Meinung. Also eigentlich plaudert Alina und die anderen hören zu und warten ab, bis sie auch mal kurz die Möglichkeit haben, was zu sagen. Im Grunde ist es wie im Internet: Alina ist der Blog und die anderen dürfen Kommentare abgeben.

Flo sagt: »Ich bin hier nicht im Feld. Im Feld bin ich heute Nachmittag wieder. Da läuft ein Raid mit fünfunddreißig Leuten, den darf ich nicht verpassen. Ich bin Unteranführer, und sollte sich der Raidführer ausloggen, geht das Kommando auf mich über.«

Lukas haut ihm auf den Hinterkopf. Er hat auch keine Lust aufs Turnen, aber er duldet keinen Widerspruch bei einem Mann, der gegen Ronaldo gespielt hat. »Das heißt nicht *Feld*aufschwung, das heißt Felgaufschwung, mit ›g‹, von Felge wie Fahrrad.«

»Ganz richtig, Lukas«, sagt Herr Broich, »dann mach mal vor.« Lukas geht an den Stufenbarren. Er fasst die obere der beiden Stangen mit den Händen und legt auf die untere seine Füße auf. Eigentlich heißen diese Stangen Holme, hat Herr Broich letzte Woche gesagt, aber ich finde, es passt nicht. Also bleiben sie für mich Stangen. Lukas stößt sich von der unteren ab. Bis zur Mitte sieht's noch gut aus, aber der Schwung reicht nicht ganz für einen eleganten Rückwärtssalto und Lukas knallt mit dem Bauch auf die Stange, bevor er komplett rum ist und wieder auf den Füßen steht. Lukas verzieht das Gesicht.

»Wie würde man beim Fußball sagen, Lukas?«, fragt Herr Broich. »Im Prinzip schon ganz ordentlich, aber doch knapp am Tor vorbei.«

Flo kichert.

»Florian!«, ruft Herr Broich. »Wer kichert, muss als Nächster ran.« Lukas trottet davon und presst ein Grinsen durch die Schmerzen in seinem Gesicht.

Was nun mit Flo an der Stange passiert, das spottet jeder Beschreibung. Eigentlich dürfte ich es nicht erzählen, denn Flo ist ein Freund und Freunde haut man nicht in die Pfanne. Aber andererseits sieht es zu geil aus, um es zu verschweigen. Was wir alle – Herr Broich, Lukas, ich, Dustin, Alina und die Mädchen – zu sehen bekommen, ist dies: Flo wuchtet seinen kleinen Computerkörper mit Schmackes von der unteren Stange nach oben. Er steckt alle Kraft, die er hat, in den Aufschwung, aber es reicht nur für die Hälfte des Wegs. Dann bleibt er hängen, kopfüber, den Bauch auf der Stange. Der Oberkörper mit den Armen hängt auf der einen und der Unterkörper mit den Beinen auf der anderen Seite herunter. Da geht nix mehr, nicht vor und nicht zurück. Wie ein alter Lappen auf der Leine. Herr Broich hat so was wohl auch noch nicht gesehen, denn er muss erst mal überlegen, ob er eingreifen soll oder ob es doch noch irgendwann von alleine weitergeht. Flo aber hängt einfach da und macht jetzt komische Geräusche. Ein Stöhnen, ein Jammern, ein Pfeifen. Ruft er um Hilfe? Feuert er sich selber für das große Finale an? Die Ersten fangen an zu feixen.

»Wenn keiner etwas unternimmt«, flüstert Lukas, »hängt er noch bis Weihnachten da.«

Ich verschränke die Arme vor der Brust, lehne mich etwas zurück und nicke, den Blick auf die Stange mit dem hängenden Flo gerichtet.

»Draußen fängt es an zu schneien«, sagt Lukas, »der Weihnachtsmarkt wird aufgebaut. Die Menschen nageln Lichterketten in den Giebel.«

»Hör jetzt auf«, sage ich, aber das Lachen steigt in mir hoch, »du bist gemein.«

Flo macht Geräusche wie ein Hirsch während der Brunft. Ob Herr Broich jemals eingreifen wird? Ob er ernsthaft glaubt, das wird noch was? Gut, er hat Fußball gespielt, da sagen die Trainer des Tabellenletzten mit fünfzehn Punkten Rückstand auch immer: »Rein rechnerisch ist noch alles möglich.«

Wir beobachten noch eine Weile, wie Flo am Barren hängt. Es hat was. Sogar Alina hat aufgehört zu plappern.

»Stell dir vor, er muss irgendwann kacken«, flüstert Lukas in mein Ohr.

Ich kann nicht anders, jetzt pruste ich los, und weil ich deswegen ein schlechtes Gewissen habe, sage ich: »Herr Broich, machen Sie ihn los!«

Herr Broich geht hin und wuchtet Flo auf die andere Seite. Er plumpst auf die Matte wie ein Sack Kartoffeln, bleibt noch einen kurzen Augenblick liegen und krabbelt schließlich davon.

Ich versuche es freiwillig als Nächster, um von Flos Schande abzulenken. Bei den ersten beiden Versuchen merke ich, dass der Schwung auch bei mir nur bis zur Hälfte reichen würde. Also breche ich ab. Beim dritten Mal schleudert es mich um die Stange und über die Matte hinaus. Ich erwische sie nur halb und knalle auf den Boden. »Uff!«, ächze ich, rapple mich hoch und greife mir ins Kreuz.

»Hast du auch Rücken?«, fragt Lukas lachend.

»Ich hab auch Rücken!«, bestätige ich.

»Flo hat nicht mal Rücken«, sagt Lukas halblaut, »der hat Körper.«

Flo zeigt Lukas vom Hallenboden aus den Mittelfinger. Lukas streckt ihm die Zunge raus. Herr Broich schüttelt den Kopf. »Was macht ihr eigentlich, wenn ihr mal auf der Flucht seid?«

»Vorwärts über den Zaun springen«, sagt Dustin.

»Ich nicht«, sagt Flo, der immer noch auf dem Boden sitzt und uns ansieht wie ein Molch, »ich suche mir extra eine Stelle, wo eine Stange ist, drehe mich dann noch mal um, schaue meine Verfolger höhnisch an, warte, bis sie ganz nah an mich rangekommen sind, und wirble dann im allerletzten Moment rückwärts über die Stange. Damit kann ich sie garantiert beeindrucken.«

Alle lachen. Flo wird rot. Die Leute lachen oft über ihn, aber selten wegen eines Witzes, den er macht.

»Es geht um Beweglichkeit, Leute«, sagt Herr Broich, »um Körperspannung.« Er hat gegen Ronaldo gespielt. Alle hören ihm zu. »Wisst ihr, warum ihr alle mit dreizehn schon Rücken habt und so ungelenkig seid?«

Es weiß keiner. War ja auch nur Spaß. Ein bisschen.

»Flo«, sagt Herr Broich, »du rennst am Tag fünfzig Kilometer, oder?« Flo sieht ihn fragend an. »Du rennst am Tag fünfzig Kilometer mit Marschgepäck durch das große bunte Land Azeroth im Computer.« Jetzt lachen wieder alle *über* Flo. Herr Broich wendet sich schnell mir zu. »Finn, was du machst, weiß ich nicht, aber ich vermute, du stehst eher am Hang und beobachtest Vögel.« Ich wackle mit dem Kopf. »Und du, Lukas.« Lukas sieht ihn aufmerksam an. »Fußball ist toll, wer wüsste das besser als ich.« Lukas lächelt. Herr Broich hebt die Hand. »Aber: Es ist total einseitig. Du entwickelst jetzt schon O-Beine und einen Buckel. Als hättest du ständig die Haltung, die man hat, wenn man gerade flankt. Das war bei mir auch so. Als ich Profi war, konnte ich gut laufen und schießen, aber frag mich mal, ob ich auf einen einzigen Baum gekommen wäre.«

Herr Broich geht zum Barren. Er hat unsere volle Aufmerksamkeit. Er packt die Stange und macht einen Felgaufschwung, so kraftvoll wie bei der Turn-WM und so flüssig wie Butter. Man sieht plötzlich seine Muskeln. Sie sind nicht übertrieben, aber sie treten überall klar hervor, wie bei einer Statue.

Er stellt sich neben die Matte und sagt: »Ein Steinzeitmensch oder ein Eingeborener, der heute noch so lebt wie vor fünfzehntausend Jahren, der springt dir mit einer Hand rückwärts über diese Stange.«

»Ein Artist oder ein Parcours-Läufer auch«, meldet sich Alina zu Wort.

»Ja, und warum? Weil die sich heute noch so bewegen wie die Dschungelmenschen! Wir konnten das alle mal. Auf Bäume klettern, springen, rennen, sich verstecken. Wir waren flexibel wie Bambus und gleichzeitig auch so hart. Und jetzt? Jetzt müssen wir uns nur noch aussuchen, ob wir unsere Brötchen beim Bäcker oder im Supermarkt holen. Aber als Menschen sind wir immer noch die gleichen wie die, die früher auf die Bäume mussten.«

»Und das heißt?«, fragt Dustin und will beiläufig auf den Boden rotzen. Er hat den Schnodder schon halb hochgezogen, als ihm einfällt, dass wir drinnen in der Halle sind und nicht draußen auf dem Sportplatz. Jetzt weiß er nicht, wohin damit. Er macht große Augen.

»Das heißt«, antwortet Herr Broich, »dass ihr rausmüsst. Nicht, um irgendwas Bestimmtes zu tun. Nicht, um ein Spiel zu machen. Nicht, um von A nach B zu kommen. Einfach so. Versteht ihr das? Wie die kleinen Kinder. Einfach so, mal gucken, was kommt. Und kommt ein Baum, dann rauf. Und kommt ein Zaun, dann drüber.«

»Das klingt wie ein Schlager«, sagt Alina und singt die Verse auf die Melodie von *Ein bisschen Spaß muss sein* von Roberto Blanco, diesem alten afrikanischen Mann. »Und kommt ein Baum, dann rauf! Lalalalala-lalaaaaaaaaa!«

»Aber wir sind keine Kinder mehr, Herr Broich«, erwidert Lukas. »Früher konnte man so tun, als ob man ein Superheld wäre, aber heute …«

»Ein Raid ist viel spannender«, sagt Flo, »Sie müssen sich das mal vorstellen. Da sitzen so um die fünfunddreißig Leute überall auf der Welt vor dem Rechner und kämpfen zusammen. Das ist voll taktisch und dramatisch und alles.«

»Und wenn ich von A nach B will, mach ich das Moped an«, sagt Dustin, der wohl eine Lösung für sein Rotzproblem gefunden und den Schnodder runtergeschluckt hat.

»Ich sag's nur«, sagt Herr Broich, »von mir aus könnt ihr auch weiter mit dem Roller Brötchen holen fahren. Aber beschwert euch nicht, wenn ihr dann eine Fünf im Turnen bekommt.«

Jetzt grummeln doch alle, Ronaldo hin oder her. Herr Broich winkt Dustin ans Reck. Die Stunde wird lang.

DIE KATZEN

»Also, ich fand das gar nicht so schlecht, was der Broich da gesagt hat«, sage ich auf dem Heimweg. Der Bus hat uns gerade ausgespuckt. Neben der Haltestelle wachsen Margeriten in großen Büscheln.

»Mit dem Rausgehen und so, das finde ich logisch«, spreche ich weiter, weil Lukas und Flo schweigend die Straße entlangschlurfen. Lukas kickt einen Stein zur Seite. Flo hat sein DS aufgeklappt und versucht schon seit der Busfahrt, erneut das Labyrinth zu lösen, das er in der Umkleide abbrechen musste. »Mit der Steinzeit und der Kletterei und alles. Das klingt sinnvoll.«

»Das führt doch zu nichts«, sagt Lukas. »Wenn ich ein Fußballspiel habe, dann kämpfe ich und mache Tore und am Ende haben wir drei Punkte oder einen Punkt oder keinen und die Tabelle verändert sich. Das ist ein Ergebnis.«

»Ja«, pflichtet Flo ihm bei, »und wenn ich *WoW* spiele, levele ich meine Figur auf. Mit jedem Schritt, den ich mache, wird sie stärker und erfahrener. In vierundzwanzig Stunden Spielzeit, also Nettospielzeit, bring ich einen Charakter auf Level vierunddreißig.«

»Boah«, schimpfe ich, »das Leben dreht sich doch nicht nur um Zahlen!«

»Ach nein?«, fragt Flo. »Tut es das nicht? Dann muss ich Frau Kobol sagen, dass es keine Rolle mehr spielt, ob wir eine Sechs oder eine Eins kriegen.«

»Ja«, sagt Lukas, »und ich sage meinem Vater: Warum haben wir nicht längst einen Maserati? Die Zahlen auf deinem Konto spielen doch keine Rolle, oder?«

»Also, wenn du schon 'nen teuren Feuerstuhl holst, dann doch wenigstens einen Porsche«, meint Flo.

Lukas verdreht genervt die Augen. »Was ist das denn für ein bescheuertes Wort, Feuerstuhl? Das sagt man höchstens bei Motorrädern und dann auch nur vor ungefähr hundertzwanzig Jahren.«

»Jetzt haltet einfach beide eure Klappe!«, sage ich. Wir sind wieder am Acker angekommen und ich lasse kurz meinen Blick darüberschweifen, als würde dort tatsächlich ein verletztes Reh auftauchen. Als wäre meine Geschichte von gestern Morgen Wirklichkeit. Es ist kein Reh zu sehen. Dafür aber Bauer Brockmeyer, dem das Gelände gehört. Er tuckert so langsam auf seinem Trecker an uns vorbei, als wäre er fast eingeschlafen. Er lenkt mit links und hält mit der rechten Hand einen Sack fest, der neben ihm auf dem breiten Sitz klemmt.

»Ich spreche nicht von einem Porsche Cayenne«, fängt Flo wieder an.

»Das will ich dir auch geraten haben, sonst hätte ich

dich auf der Stelle in diesem Acker beisetzen müssen«, sagt Lukas. »Schon aus Prinzip!«

»Wartet mal!«, rufe ich. Der Traktor ist bereits an uns vorbei und gurgelt die Straße hinab. Schon als er auf unserer Höhe war, wusste ich, was ich im Trecker gesehen hatte, aber manche Dinge brauchen einen Moment, bis sie einem wirklich ins Bewusstsein sickern. »Kommt mit!«, sage ich. Nach wenigen Schritten holen wir den Traktor ein und laufen parallel neben ihm her.

»Seht ihr den Sack?«

»Welchen Sack?«, will Lukas wissen.

»Den Hodensack des Landwirts!«, schreie ich und Lukas verdreht die Augen. »Welchen Sack wohl, ihr Blindfische?«

Flo entdeckt ihn zuerst. Ein großer, alter Kartoffelsack neben dem Sitz. »Der Sack zappelt ja!«

»Eben«, sage ich und rufe laut: »Herr Brockmeyer, halten Sie an!« Doch der Bauer starrt weiter müde auf die Straße. Ich werfe einen schnellen Blick Richtung Boden, nehme im Laufen einen Stein vom Straßenrand auf und schleudere ihn gegen den Rost der Maschine. Bauer Brockmeyer bremst ab, schaltet den Motor aus und funkelt uns mit seinen kleinen Knopfaugen wütend an. »Was soll das, ihr Bengel?«

»Hörst du?«, sagt Flo zu Lukas. »Bengel! *Das* ist ein altes Wort. Nicht Feuerstuhl. Feuerstuhl ist vollkommen gültig.«

»In deiner Fantasiewelt vielleicht«, sagt Lukas. »Da

fahren wahrscheinlich Echsenkrieger mit Hörnern am Kopf auf vierrädrigen Feuerstühlen und werfen brennende Klumpen um sich. Und dazu läuft so komische Esoterikmucke.«

Ich werfe den beiden einen Blick zu und sie verstummen. »Was ist denn in dem Sack da?«, frage ich dann unschuldig, obwohl ich es schon ahne. Die Sonne scheint und der Wind fährt durch ein paar Grasbüschel am Wegesrand, als sei die Welt ganz harmlos. Wäre sie das, wäre der Sack des Bauern allerdings leer.

»Geht euch nichts an«, meckert Bauer Brockmeyer. »Vielmehr könnte ich euch fragen, was ihr morgens auf meinem Feld verloren habt. Ich kann es nicht leiden, wenn jemand darauf herumtollt.«

»Herumtollen ist noch so ein Wort«, sagt Flo zu Lukas, »alt und uncool. Feuerstuhl hingegen ...«

»Da sind junge Katzen drin, oder?«, unterbreche ich die sinnlose Diskussion der beiden.

Die Antwort gibt der Sack. Es maunzt in ihm.

»Scheiße, da sind kleine Katzen drin?«, ruft Flo.

»Geht euch nichts an«, wiederholt Bauer Brockmeyer.

»Und ob uns das was angeht!«, sagt Flo und nimmt, ohne es selber zu merken, eine Art Kampfstellung ein. Man müsste ihm jetzt nur noch einen Helm aufsetzen und ein Schwert in die Hand geben.

»Äh, Leute?«, sagt Lukas.

»Wo wollen Sie die Katzen denn ertränken?«, frage

ich giftig. »Im Friensee oder im Sturzbach?« Die Knopfaugen des Bauern werden noch kleiner. Da habe ich ihn wohl erwischt. War aber auch leicht. Beide Gewässer liegen in seiner Fahrtrichtung.

»Wisst ihr eigentlich, wie schnell sich die Viecher vermehren?«, fragt er.

»Chinesen vermehren sich ebenfalls schnell«, bemerkt Flo, »aber da käme keiner auf die Idee, einen Sack drum rumzumachen.«

Der Bauer stockt. Dann sagt er: »Ich habe nichts gegen Katzen.«

»Ich habe auch nichts gegen Chinesen«, sagt Flo und funkelt Bauer Brockmeyer herausfordernd an. Doch der beachtet ihn gar nicht.

»Prinzipiell sind sie mir ja nützlich auf dem Hof, aber die Leute lassen ihre Kater frei herumlaufen und kastrieren sie nicht. Irgendwann ist es einfach zu viel des Guten.«

Er wird sie ersäufen, die Kätzchen. So viel ist sicher. Man muss ihm nur zuhören und man weiß, dass es für ihn so logisch ist wie für andere, ein paar Spinnen aus dem Haus zu kehren.

»Wie viele sind da drin?«, frage ich.

»Vier.«

»Was ist, wenn wir für die vier Katzen ein Zuhause finden?«

Ich wundere mich selbst, dass ich das gerade gesagt habe. Es ist aus mir herausgeplumpst, als hätte ich die

Worte ausgeatmet. Bauer Brockmeyer runzelt die Stirn. Ein Auto lässt kurz den Asphalt aufrauschen.

»Wir schaffen das«, bekräftige ich meine Worte und Lukas und Flo sehen mich an, als wäre ich nicht mehr ganz dicht. Offensichtlich hatten sie ihren Tag mal ganz anders geplant. Der Bauer knetet mit seiner groben Hand im Gewebe des Sacks herum. Die Kätzchen fiepen. »Bis heute Abend habt ihr jemanden gefunden oder die Kleinen gehen auf Grund.«

»Abgemacht!«, sage ich.

»Hey, Moment mal«, protestiert Lukas.

Bauer Brockmeyer hält den Sack fest.

»Ja, und jetzt?«, fragt Flo, als wäre es ganz selbstverständlich, dass wir diese Aufgabe gemeinsam meistern. »Nehmen wir die Kätzchen nicht mit?«

»Kostet zu viel Zeit, sie mitzuschleppen«, sage ich. »Die müssen pinkeln und alles. Außerdem sieht das nicht gut aus, so im Sack. Oder wollt ihr vier einzelne Katzenkörbe schleppen?«

»Ich will gar nichts schleppen«, entgegnet Lukas mürrisch, aber Flo und ich ignorieren ihn einfach. Ich hole mein Handy aus der Tasche und Bauer Brockmeyer macht den Sack auf, weil er schon begriffen hat, was ich vorhabe. Ich halte das Handy über die kleinen Köpfchen und Schnäuzchen, die sich dem Sucher entgegenstrecken wie hungrige Vogelkinder. Ich mache ein Dutzend Bilder, stecke das Telefon wieder ein und reiche dem Bauern die Hand. »Bis heute Abend«, sage ich.

»Bis heute Abend!«, brummt er.

Lukas sieht mich unsicher an. »Aber …«

»Ja, was denn aber?«, sage ich ärgerlich.

»Jetzt gehen wir den ganzen Tag ein neues Heim für Katzen suchen, oder was? Werden wir neuerdings von *Hello Kitty* gesponsert? Hab ich irgendwas verpasst?«

»Willst du, dass die ertränkt werden?«

Lukas antwortet nicht.

»Weißt du, wie das ist, ertränkt zu werden? Wenn einer dich unter Wasser drückt und sich deine Lungen langsam füllen?«

»Ist ja gut.«

»Wir sollen doch draußen rumlaufen«, versucht Flo, ihn endgültig zu überzeugen. »Wie Herr Broich gesagt hat. Jetzt haben wir einen guten Grund. Und wir haben Zahlen, Lukas. Vier Katzen, vier Familien. Zahlen.«

Lukas brummt.

»Kommt schon«, sage ich und gehe los.

Flo und Lukas folgen mir. Fünf Minuten lang diskutieren sie nicht über Feuerstühle.

»Können wir nicht einfach irgendwo klopfen?«, jammert Flo. Dabei laufen wir erst eine Viertelstunde.

»Wir sind gleich da«, sagt Lukas. Er will als Erster versuchen, die Katzen zu vermitteln. Er meint, dann hätte er seinen Teil wenigstens hinter sich. Er ist sehr zuversichtlich, dass es ihm sofort gelingt. Er zeigt auf ein Haus mit Vorgarten und vier Mülltonnen auf einem

Betonpodest. »Da drüben, da wohnt Herr Wollscheid. Das ist der Zeugwart von meinem Verein. Der kennt mich. Das wird ein Kinderspiel.«

Lukas klingelt. Der Vorgarten ist schmucklos. Nur Rasen mit viel Löwenzahn. Vor dem Haus ein paar verkümmerte Buchsbäumchen. Es passiert gar nichts. Lukas klingelt noch mal. Aus dem Flur ruft ein Mann: »Ja, ja, ich bin ja unterwegs!« Dann geht die Tür auf und Herr Wollscheid steht vor uns. Sein Bauch wölbt sich über eine Jeans. Er trägt nur ein Unterhemd.

»Lukas!?«, sagt er und es klingt, als freue er sich zwar, ihn zu sehen, aber doch nicht unbedingt um diese Zeit und vor seiner Haustür.

»Hallo, Herr Wollscheid!«, begrüßt Lukas ihn strahlend. »Wir haben ein Angebot für Sie, das Sie nicht ausschlagen können.«

»Ach ja?«, sagt Herr Wollscheid. »Was denn? Zeugwart beim FC Barcelona?«

»Nein, was Schönes für Ihr Haus.«

Herr Wollscheid runzelt seine buschigen Augenbrauen. *Schön* ist anscheinend nicht das Wort, das er mit seinem Haus verbindet. Er trennt zwar den Müll, aber er kümmert sich nicht gut um sich selbst. Ich vermute, seine Frau ist gestorben. Aus der Tonne für das Altpapier ragt Grünschnitt heraus, alter Efeu.

»Vier süße kleine Katzen!«, sagt Lukas jetzt so feierlich, als verkünde er einen Lottogewinn. Er hält dem Mann das Handy mit dem Foto vor die Nase. Herrn

Wollscheids Augenbrauen wandern noch tiefer, sodass sich schwarze Schatten über seine Augen schieben. Er räuspert sich, hält sich die linke Hand vor den Mund und kratzt sich mit der rechten in der Arschritze, bis er merkt, dass ich es merke, und sie wegzieht. Er sagt hustend: »Um Gottes willen, das fehlt mir noch!«

Lukas fällt das Lächeln aus dem Gesicht. Damit hat er nicht gerechnet.

»Ja, aber … Sie haben doch ein Haus und einen Garten und Sie leben allein.«

Bei dem Wort »allein« zuckt Herr Wollscheid ein ganz klein wenig zusammen. Das sehe nur ich. Man sollte nicht die wunden Punkte von Menschen ansprechen, wenn man ihnen was verkaufen will.

»Katzen, lieber Lukas«, sagt Herr Wollscheid und sieht mit seinen schwarzen Schattenaugenhöhlen auf uns hinab, »sind egoistische, anstrengende und unsaubere Viecher. Sich selbst putzen sie den ganzen Tag, aber sie haaren alles voll, verteilen Katzenklosand in den Couchritzen, und wenn man nicht macht, was sie wollen, pissen und kacken sie aus Protest überallhin.«

»Aber …«, setzt Lukas an, doch Herr Wollscheid ist nicht zu stoppen.

»Vielleicht muss ich es in Fußballsprache ausdrücken, damit du es verstehst. Hunde sind wie Borussia Dortmund. Sie spielen im Team, sie gehorchen, wenn der Trainer spricht, und man hat eine Menge Spaß mit ihnen. Katzen sind wie eine Weltauswahl aus lauter arroganten Superstars, die alle nur machen, was sie wollen, und am Ende kriegt man dann einen Nervenzusammenbruch.«

»Aber …«, stammelt Lukas.

»Nix aber, Lukas«, sagt Herr Wollscheid und schiebt schon die Tür zu. Bevor er ganz dahinter verschwindet, schiebt er seinen Kopf noch mal kurz aus dem Dunkel seines Hauses. »Wenn du reinrassige Schäferhundwelpen im Angebot hast, darfst du wiederkommen.« Dann rummst die Tür ins Schloss.

Wir stehen einen Augenblick schweigend vor dem Haus. Hinter seinen Mülltonnen hat Herr Wollscheid einen Karton mit Altglas versteckt. Zwölf Schnapsflaschen und ein Senfglas.

»Wow«, bricht Flo das Schweigen und starrt zur Tür hoch, als sei sie die fünfzehn Meter hohe Pforte eines geheimnisvollen Bergeingangs, »der sah ja aus wie ein Golem. Und *das* ist euer Zeugwart?«

Lukas schüttelt den Kopf, dreht sich um und rempelt Flo kurz an der Schulter, als er den Weg runtergeht. »Mach's doch besser!«, sagt er.

»Ja, das mache ich auch!«

Die Bekannte, die Flo sich ausgesucht hat, um ihr die Katzen anzudrehen, wohnt in einem Viertel, das nur aus Spielstraßen besteht. Autos dürfen hier gerade mal Schrittgeschwindigkeit fahren und auf fünfzehn Häuser kommt genau ein Spielplatz.

»So, jetzt zeige ich euch mal, wie man das macht«, prahlt Flo, als wir dem geschwungenen, kleinen Kiesweg durch den Vorgarten folgen. Er wurde sehr liebevoll und bunt bepflanzt, mit Narzissen, Stiefmütterchen und Vergissmeinnicht. Die Erde zwischen den Blumen ist sorgsam geharkt. Kein Unkraut weit und breit.

»Man darf bei kleinen Kätzchen keine Männer fragen«, sagt Flo und Lukas rollt mit den Augen, »man muss Frauen fragen. Besser gesagt: Mütter!«

Flo baut seinen kleinen Körper vor der Tür auf, drückt seinen Rücken durch und klingelt. Eine Frau mit halblangem blondem Haar öffnet. Sie hat Gummihandschuhe an, ein Spültuch in der einen und einen tropfenden Teller in der anderen Hand. Hinter ihr steht ihre kleine Tochter.

»Hallo, Frau Schieber.«

»Oh, hallo, Florian. Hat deine Mutter dich geschickt, um mir die Romane zurückzubringen?«

»Was?« Flo kommt kurz aus dem Konzept. »Nein, nein, die hat sie noch nicht ausgelesen. Es geht um was anderes. Und zwar …«, Flo lässt sich von Lukas mein Handy geben, »um das!«

Frau Schieber kneift die Augen zusammen, doch da quiekt ihre Tochter schon los. »Sind die süüüüüüß. Sind die süüüüüüüüüüüüüüüüß!« Sie hüpft auf und ab, zupft an einer Gummipalme im Flur, zupft an ihren Armbändchen und rennt ein Stück die Treppe hinauf und wieder herunter.

»Diese Kätzchen suchen ein neues Zuhause«, sagt Flo und die Tochter steckt ihren Kopf durch das Treppengeländer. »Kriegen wir sie, Mama?«

Frau Schiebers Lippen werden schmaler. Sie legt die Ohren an. Flo lächelt zuversichtlich und merkt gar nicht, wie sehr er die Frau überrumpelt, gerade *weil* ihre Tochter dabei ist.

»Jessy, Süße, wir können nicht einfach kleine Katzen aufnehmen.«

»Ach Mama, bötttteeeeeeee!!!«, bettelt Jessy.

»Die Tiere sind ganz pflegeleicht.«

»Tatsächlich, Florian?«, fragt Frau Schieber. »Sie sind also schon geimpft, entwurmt, kastriert und gechipt?«

Flo wird blass. »Öh …« Er schüttelt sich kurz, als müsse er einen bösen Gedanken vertreiben, reibt sich hinter dem Ohr, hebt den Kopf wieder und sagt, erneut siegessicher: »Frau Schieber, ich will ganz ehrlich mit Ihnen sein. Wenn wir für diese Kätzchen nicht bis heute Abend ein Zuhause finden, wird Bauer Brockmeyer sie im Fluss ertränken.«

»Was???«, kreischt Jessy und weint.

Frau Schieber funkelt zornig mit den Augen. »Das stimmt nicht, was der böse Junge da behauptet«, sagt sie und nimmt ihre Tochter in den Arm, »Katzen können gar nicht ertränkt werden.«

Die Tochter heult. Flo wippt vom linken aufs rechte Bein und zurück. »Können sie wohl. Tut mir leid, Kleine, aber so ist das. Ihr könntet sie retten.«

»Mama, wir müssen diese Kätzchen retten!«, schluchzt Jessy. Frau Schieber tötet Flo mit ihren Blicken. Dann hockt sie sich hin, zwingt sich zu einem Lächeln, fasst ihre Tochter an den Schultern und sagt: »Schatz, jetzt hör mir mal zu. Du möchtest helfen und das ist gut. Das ist richtig toll, Süße. Aber wir können nicht allen helfen. Guck mal, in Afrika, da verhungern sogar kleine Menschenmädchen, so wie du, nur weil sie dort statt hier geboren sind und nichts zu essen haben. Oder denk an die vielen japanischen Kinder, denen es schlecht geht wegen des kaputten Atomkraftwerks.«

»Okay«, sagt die Tochter. »Dann will ich ein afrikanisches Kind. Und ein japanisches!«

Lukas muss kichern. Flo weiß gar nicht, wie ihm geschieht. Ich seufze und ahne schon, dass mal wieder alles an mir hängen bleiben wird.

»Aber Jessy, das war jetzt nur ein Beispiel.«

»Japaner oder Katzen!!!«, schreit Jessy.

»Dann wohl lieber Katzen, oder?«, fragt Flo, der nie weiß, wann es genug ist.

»Sag deiner Mutter, sie kann die blöden Romane behalten!«, faucht Frau Schieber und knallt uns die Tür vor der Nase zu. Wir hören, wie Jessy dahinter weitertobt und -stampft. »Japaner! Japaner! Japaner!«, schreit sie und ein Blumentopf geht zu Bruch.

Flo senkt den Kopf. Wir verlassen den Vorgarten. Eine Biene trinkt sich an einer Narzissenblüte satt. Ein froschgrüner Golf fährt vorbei.

»Soll ich es jetzt mal bei jemandem probieren?«, sage ich und habe kaum zu Ende gesprochen, als Lukas und Flo beide schon laut »Ja!« sagen.

Ich suche mir einen Fremden. Die Auswahl im Wohnviertel ist ja groß. Man muss nur genau hinsehen. Die Lage checken, um zu verstehen, wer jemand ist und wie er lebt. Das dauert, aber Flo und Lukas haben jetzt Geduld. Lass Finn mal machen, denken sie bestimmt. Soll er sich doch die Finger verbrennen. Na, wir werden schon sehen. Bisher ist noch jeder auf meine Geschichten hereingefallen.

Nach einer Weile fällt mir ein Haus auf, bei dem die Garage offen steht. Kinderfahrräder stehen darin, ein kleines mit Stützrädern, ein dreckiges BMX und ein Mädchenrad ohne Stange. Regale voller altem Zeug, es quillt scheinbar wahllos heraus. Ich sehe es mir genau an. Ich schleiche auf das Gelände, setze behutsam einen Fuß vor den anderen und schaue durch das Wohnzimmerfenster. Ein gemütlicher Lesesessel vor einem Bücherregal, ein alter Sekretärschrank und echte, handgemachte Bilder an den Wänden. Sie sind alle vom selben Maler, das erkenne ich. Wer es ist, weiß ich nicht. Ich gehe wieder nach vorn.

»Der ist es«, sage ich und klingle. »Gib mal die Fotos her!« Flo reicht mir mein Handy, das er noch in der Tasche hat.

Ein älterer Herr mit grau meliertem Haar öffnet. Er

trägt eine Bundfaltenhose und ein Hemd, dessen obere Knöpfe offen sind. Seine Uhr war teuer.

»Ja, bitte?«

»Guten Tag, Herr Schäfer« – seinen Namen habe ich vom Klingelschild –, »ich bin der Sohn von Herrn Anders, dem Druckermeister, wissen Sie?«

»Aber klar«, sagt Herr Schäfer. »Ich finde es gut, wenn einer noch so ein ehrwürdiges Handwerk beherrscht. Wollt ihr reinkommen?«

»Gerne«, sage ich und genieße es, wie Flo und Lukas die Kinnlade runterfällt. Ich habe noch kein Wort von Katzen gesagt und bin schon drin. Wir betreten das Wohnzimmer und stehen jetzt zwischen den großen Gemälden und der wuchtigen Bibliothek. Ich suche, so schnell ich kann, mit den Augen auf den Bildern nach der Unterschrift des Malers.

»Was führt euch denn zu mir?«, will Herr Schäfer wissen. »Wollt ihr eine Limo?« Er holt schon welche, ohne unsere Antwort abzuwarten, klimpert in der Küche und stellt uns eine Auswahl auf den Tisch. Ich nehme ein Mezzo Mix, öffne es zischend und sage, den Blick auf die Gemälde gerichtet: »Herr Schäfer, was ich Ihnen jetzt erzähle, werden Sie mir nicht glauben.«

»Was denn, mein Junge?«

»Mein Vater, der hat sein Handwerk von Grund auf gelernt.«

»Ja.«

»Neunzehnhundert…«, ich rechne schnell im Kopf

nach, »…fünfundsiebzig hatte er an seiner Hochschule einen Tag lang einen Gastlehrer für Lithografie.«

»Aha«, sagt Herr Schäfer und ist beeindruckt, dass ein Junge wie ich so ein Wort wie Lithografie kennt. Das ist ein Flachdruckverfahren. Die Vorlage wird dabei spiegelverkehrt auf eine Steinplatte handgemalt. Sehr teuer. Reine Kunst. Eben etwas, das einen Mann wie Herrn Schäfer beeindruckt. »Und jetzt raten Sie mal, wer der Lithografielehrer meines Vaters war!«

Ich lächle. Herr Schäfer runzelt die Stirn, aber nicht ärgerlich wie Herr Wollscheid, sondern neugierig und gespannt. Ich nicke immer wieder in Richtung der Gemälde. Herrn Schäfers Augen weiten sich.

»Nein!«, sagt er.

»Doch«, sage ich, »mein Papa hat Otto Floss noch zu Lebzeiten kennengelernt!« So heißt der Maler, von dem all die Bilder in Herrn Schäfers Wohnzimmer stammen. Ob er tatsächlich tot ist, weiß ich nicht. Manche Schüsse müssen eben ins Blaue gehen.

»Wirklich?«, sagt Herr Schäfer. Floss ist also tatsächlich tot, was gut ist.

»Ja«, sage ich, »und jetzt passen Sie auf!« Ich zeige ihm die Kätzchen im Display des Handys. »Diese Katzenkinder hier, das sind die Enkel der Katzenmutter, die damals bei Otto Floss zu Hause durchs Atelier gelaufen ist.«

»Wie bitte?«

»Ja! Als der Floss gestorben ist, da hat er seine Katze

einem Assistenten vermacht und der ist bis heute gelegentlich Kunde bei meinem Vater. Neulich schreibt er ihm eine Mail von wegen ›Ich habe zu viele Katzen zu Hause‹ und ob wir die nicht vermitteln könnten, es wäre doch sonst zu schade drum.«

Herr Schäfer schaut sich das Bild so genau an wie ein altes Buch, dessen Schrift er entziffern will. Lukas und Flo halten ihre Limoflaschen in der Hand. Herr Schäfer fährt sich mit der Zunge über die Lippen.

»Ja, gut, wahrscheinlich ist es albern und sentimental«, mache ich weiter. »Bloß weil die Oma von den Kätzchen da die Katze von dem Floss war … ich meine, Sie sind ein erwachsener Mann und kein Mädchen, dem man sagt, man hat hier Katzen aus der Familie von Justin Bieber anzubieten.«

»Nein, nein«, sagt Herr Schäfer und winkt ab, »das ist nicht albern.« Er runzelt wieder die Stirn und überlegt. Er schaut sich im Raum um, geht in den Flur, stemmt die Arme in die Hüften. »Wenn ich eine oder zwei nehme, dann müsste ich schauen, wie ich das mit den Teppichen mache.«

»Es sind alles Geschwister, Herr Schäfer. Alle vier aus einem Wurf. Vierlinge. Wollen Sie die wirklich auseinanderreißen? Leibliche Geschwisterkinder?«

Lukas schaut mich an, als wolle er sagen, ich solle es nicht auf die Spitze treiben. Aber ich weiß, was ich tue. Herr Schäfer presst die Zunge zwischen die Lippen. Man sieht, wie seine Kiefermuskeln arbeiten.

»Es sind Freigänger«, erkläre ich, »Sie müssen sie nicht ins Haus zwängen. Obwohl die sich sicher wohlfühlen zwischen den Bildern hier.« Ich lächle.

Herr Schäfer sieht uns eine halbe Minute lang an. Eine halbe Ewigkeit. In der Ferne, weit draußen, röhrt ein Moped. Dann sagt er: »Gut. Was soll's? Tue ich mal wieder was Spontanes. Das würde dem Floss gefallen. Ich nehme sie. Alle!«

»Danke, Herr Schäfer«, sage ich, reiche ihm die Hand und drücke so fest zu, wie ich es als Dreizehnjähriger kann. Ein Geschäftsabschluss unter Männern.

»Verrückt! Da kriege ich die Katzen von Otto Floss.«

»Von seinen Nachfahren«, korrigiere ich ihn.

Herr Schäfer geht zur Tür und wir folgen ihm hinaus. »Wir bringen sie heute Abend vorbei, ja?«

»Ja«, sagt er, »ich treffe schon mal ein paar Vorbereitungen.« Ich halte fragend die Mezzo-Flasche hoch. »Könnt ihr mitnehmen«, meint er nur.

Wir gehen zur Straße. Ich schweige, spüre aber das Staunen meiner Freunde im Nacken. Lässig zeige ich über die Schulter nach hinten. »Ich wette, er steht gerade in seiner Garage auf den Zehenspitzen und kramt im obersten Regalfach herum, oder?«

Lukas und Flo drehen sich um.

»Gerade fällt ihm ein altes Gummiboot auf den Kopf«, sagt Flo.

»Und warum?«, frage ich.

»Weil er …«, Flo zögert kurz, »weil er ein altes Katzenklo vom Regal runterholt. Sag mal, kannst du eigentlich hellsehen?«

Ich grinse und drehe mich zu meinen Freunden um. »Gut beobachten, die Menschen einschätzen und dann ein bisschen was erfinden«, sage ich stolz.

»Du meinst wohl lügen?«, sagt Lukas. »Lügen ohne Ende.«

Ich schüttle den Kopf. »Das alte Katzenklo habe ich schon vorhin bemerkt. Er hatte also früher Katzen. Er ist ein Kulturmensch und Kulturmenschen mögen Katzen meistens lieber als Hunde. Er besitzt nur Bilder von einem einzigen Maler, also verehrt er ihn total. Er hat eigene Enkel, mindestens drei, Mädchen und Jungs, das siehst du an den Rädern in der Garage. Also nimmt er alle Katzen, weil er Geschwister nicht guten Gewissens trennen kann.«

»Das hast du dir alles in dem Moment ausgedacht ...«, sagt Flo und ich führe seinen Satz zu Ende: »... als ich die Garage und das Wohnzimmer sah, ja.«

»Trotzdem: alles gelogen!«, bleibt Lukas stur.

»Wenn du eine Schwalbe machst, dann ist das auch gelogen.«

»Ich mache keine Schwalben!«

»Schon wieder gelogen«, freut sich Flo.

»Leute!«, sage ich. »Lüge, Wahrheit – darauf kommt es überhaupt nicht an. Vier Katzen überleben und ich bin mir sicher, dass dieser Herr Schäfer sich gut um sie kümmern wird. Und er freut sich, weil er allen erzählen kann, es seien die Nachfahren seines Lieblingsmalers. Alles ist gut. Darauf kommt es an.«

Lukas und Flo schweigen und nuckeln an ihren Pullen. »Und jetzt lasst uns kurz Pause machen und dann die Katzen holen.«

Das Gesicht von Bauer Brockmeyer war geradezu filmreif, als wir die Katzen mitnahmen. Wie eine Kartoffel mit Knopfaugen. Das Gesicht von Herrn Schäfer war herzerweichend. Wie ein Junge, der ein Weihnachtsgeschenk auspackt.

Jetzt ist es früher Abend und ich stiefle in die Druckerei meines Vaters hinunter. Er sitzt unter seiner kleinen Schreibtischlampe und kritzelt mit seiner Feder in die alte Lederkladde mit seinem Romanmanuskript.

»Hallo, Papa«, sage ich.

»Hallo, Finn«, sagt er und klappt die Kladde zu.

Ich nehme eine Flasche Lösungsmittel in die Hand und lese das Etikett.

»Was ist los?«, fragt er.

Ich blinzle ihn an wie ein Mädchen, das um Verzeihung bittet. Dann räuspere ich mich laut. »Also, 1975 hast du einen Tag lang bei dem Maler Otto Floss studiert. Einer seiner ehemaligen Assistenten ist heute Kunde deiner Druckerei. Er hat damals Otto Floss' Katze übernommen. Und die Enkel von dieser Katze, vier Stück, die hatte er übrig und die hat nun Herr Schäfer aus dem Papenweg.«

Mein Vater zieht Oberlippe, Nase und Brauen hoch und kaut mit dem Unterkiefer einen Moment lang auf meiner Geschichte herum, bis er sie begriffen hat. Er schüttelt den Kopf. Halb tadelnd, halb stolz. »Finn«, sagt er, »so geht das nicht weiter.«

Ich lächle und stelle das Lösungsmittel zurück.

»Und von wem sind die Katzen wirklich?«, fragt er.

»Bauer Brockmeyer«, sage ich. »Er wollte sie ertränken. Da haben wir gesagt, wir vermitteln sie. War gar nicht so leicht.«

Mein Vater steht auf. Er ächzt, als wäre er älter, als er ist. Als läge ihm dieser ganze Keller mittlerweile wie eine schwere Last auf den Schultern. Er nimmt mich in den Schwitzkasten und tut aus Spaß so, als würde er mir eine Kopfnuss geben.

»Da muss ich den alten Schäfer wohl demnächst mal fragen, was die Floss-Katzen so machen«, sagt er.

»Sorry!«

»Ja, ja«, schmunzelt mein Vater. »Aber langsam solltest du deine Geschichten aufschreiben. Sonst kommen wir durcheinander.«

Ich liebe ihn.

»Papa?«, frage ich völlig unvermittelt. »Sind wir bald pleite?«

Mein Vater schluckt. »Es geht schon«, sagt er und ich weiß, dass er nur deswegen so nachsichtig mit mir und meinen Geschichten ist, weil ich nicht der Einzige bin, der in dieser Familie Lügen erzählt.

DER GRABEN

»Wisst ihr, was das gestern mit den Kätzchen im Grunde war?«, fragt Flo nach der Schule, die heute früher endet, weil Frau Kobol eine Sommergrippe hat.

Ich schüttle den Kopf. Lukas schießt einen Karton, der neben einer Altpapiertonne steht, in die Luft.

»Eine Quest. Im Grunde war das eine Quest!«

Lukas stöhnt, aber Flo ignoriert ihn. »Rette vier Katzen vor dem bösen Brockmeyer. Das ist wie eine Aufgabe in einem Computerspiel. Und wir haben sie bestanden.«

Lukas tritt den Karton weiter die Straße hinab und sagt: »Also, wenn die einer bestanden hat, dann Finn.«

»Ja, aber wir drei waren die Gruppe, die sich der Quest gestellt hat.«

»Finn hat gewonnen.«

»Es geht nicht um Gewinnen und Verlieren, du Fußball-Horst!«

»Dann kriegt Finn halt die Bonuspunkte oder wie das bei euch geht. Wahrscheinlich kommt am Ende der Punkte-Papst im Kettenhemd auf seinem Feuerstuhl herbeigerast und verteilt die Belohnungen.«

»Willst du wieder eine Blutgrätsche?«, fragt Flo.

»Ist doch gar nicht so doof«, sage ich. »Ihr beide kriegt bloß Erfahrungspunkte und ich bekomme einen ganzen Level an Stärke mehr. So geht das doch, oder?«

Flo überlegt. »So ungefähr …«

Ich bleibe stehen. Irgendwas bewegt sich in mir. »Das ist echt eine coole Idee, Flo – das mit der Quest! Wir waren gestern auch den ganzen Tag draußen deswegen, wie der Broich es uns empfohlen hat.«

»Jetzt mach mal halblang«, sagt Lukas.

»Ihr habt beide gemeckert, dass es total langweilig ist, sich draußen rumzutreiben, wenn man kein Ziel hat. Gestern hatten wir aber eins.«

»Und heute?«, fragt Flo.

»Heute«, ich überlege kurz, »heißt die Quest: Euros aus dem Graben ziehen.«

»Was?«

Ich zeige nach vorn, wo die Landstraße anfängt. »So macht man das doch in Spielen, oder? Man grast die Gegend ab und findet Schätze.«

»Na ja«, meint Flo, »so allgemein kann man das auch nicht sagen.«

»Wir machen das jetzt«, bestimme ich. »Jeder kriegt ein Stück Straßengraben, eine Stunde lang. Wer die meisten Schätze gefunden hat, gewinnt – oder, sorry, der wird aufgelevelt. Die anderen kriegen nur Erfahrungspunkte.«

»Das ist albern«, beschwert sich Lukas, »was willst du denn finden?«

»Jetzt lass dich doch mal drauf ein«, sagt Flo.

»Und dann?«, fragt Lukas und zeigt auf mich. »Dann latscht Finn mit einem Pralinenkarton voller Hundehäufchen zu Herrn Schäfer und behauptet, das wären späte Kunstskulpturen von Otto Floss, oder was?«

»Das wäre zum Beispiel eine Möglichkeit«, entgegne ich. »Man könnte aber auch einfach nur Pfandflaschen finden.«

»Oder Uhren«, sagt Flo.

»Uhren? Was bist du denn für eine Geistesmöhre? Wer lässt denn bitte seine Uhr fallen?« Lukas macht es vor. »Oh, hoppla, da ist mir die goldene Uhr meines Großvaters in den Graben geplumpst. Na ja, der ist mir zu tief, da steige ich jetzt nicht rein, die lass ich da mal liegen.«

»Ich habe kein Wort von *goldenen* Uhren gesagt!«, entgegnet Flo.

Ich lasse die beiden streiten, gehe so lange schon mal vor, steige in den Graben und halte eine leere Red-Bull-Dose mit dem Pfandsymbol drauf in die Höhe. »Ich sag mal so«, rufe ich, »es steht 25 Cent zu null zu null für mich!«

Die beiden gucken mich an wie Elche. Dann pressen sie die Lippen zusammen, nehmen Anlauf und springen ebenfalls in den Graben.

»25 Cent zu 25 Cent zu null«, ruft Flo wenig später und hält eine Bierflasche in die Luft.

»Falsch!« Lukas streckt den Kopf aus seinem Graben. »Das sind nur 8 Cent!«

Flo schaut auf das Etikett, als könne es ihm die Antwort verraten.

»25 Cent zu 8 Cent zu 25 Cent!«, sagt Lukas und hält eine Bierdose in die Luft.

»Ach!«, blafft Flo. »Bier in der Flasche ist nur 8 Cent wert, aber Bier in der Dose, das ist was anderes?«

»Ja, genau so ist es«, sagt Lukas triumphierend. »Hast du überhaupt keine Ahnung? Wahrscheinlich nicht, du trinkst ja nur Met in alten Tavernen, wo auch Orks und Kobolde einkehren.«

Flo beugt sich in seinen Graben, kramt darin herum und wirft ein kleines Ding aus Plastik über die Straße in Lukas' Richtung. Lukas hebt den Arm und das Ding prallt daran ab. »Ein Kamm?«, sagt Lukas, als er es aufhebt. »Du wirfst einen alten Kamm nach mir?« Flo zuckt mit den Schultern, als wolle er sagen, mehr hätte sein Waffenmenü zu diesem Zeitpunkt nicht hergegeben. Lukas verzieht das Gesicht und lässt den Kamm wieder fallen. »Bah! Da sind noch Haare drin! Fettige Haare mit Schuppen! Du bist so eine Sau, Florian Hertl! Hast du schon mal was davon gehört, dass Biowaffen verboten sind?«

Ich frage mich gerade, ob ich den beiden sagen soll, dass ich bereits für 2,15 Euro Pfand gefunden und in meinen Rucksack gesteckt habe, als ich unter einem trockenen Dornenbusch einen größeren Klumpen aus Stoff entdecke. Ich gehe näher ran. Hinter mir bewerfen sich Lukas und Flo quer über die Straße mit Bierdosen, Kleiderbügeln und Erdklumpen. Sie machen nur Pause, wenn ein Auto oder ein Fahrrad kommt.

Das Ding unter dem Busch ist ein alter Rucksack. Seine Naht ist an der Seite aufgerissen. Der Busch ist schon halb reingewachsen und seine trockenen Zweige brechen ab, als ich den Rucksack herausziehe. Ich öffne ihn und wühle darin herum. Ich greife an etwas Glattes. Das Glatte krabbelt und kitzelt. Es ist eine Schabe. Sie sieht aus wie eine Kakerlake. Aber die gibt es nur in Häusern und nicht in Gräben. Ich ziehe die Hand aus dem Rucksack, halte ihn in die Luft und kippe den Inhalt einfach auf den Boden. Eine leere Flasche, eine alte Socke, ein zermatschter Schokoriegel und eine kleine Tasche mit Reißverschluss fallen heraus. Die Schabe krabbelt eilig davon. Ich ziehe den Reißverschluss der kleinen Tasche auf und ein iPod mit Kopfhörerstöpseln fällt mir entgegen.

Hinter mir höre ich, wie Flo gerade fluchend einen alten Einkaufskorb nach Lukas wirft. Oder ein halbes Fahrrad. Es scheppert jedenfalls ziemlich laut. Ein irres Gefühl steigt in mir hoch. Nur ich weiß bis jetzt, was ich gefunden habe, aber es könnte auch alles nichts wert sein. Spannung und Vorfreude. Hoffnung. Ich wische einen der Stöpsel an meinem T-Shirt ab, stecke ihn ins Ohr und schalte das Gerät ein. Einen Moment lang passiert gar nichts, dann leuchtet das Display auf, als hätte ich einen alten Geist aus seinem Schlaf geweckt.

Die erste Wiedergabeliste heißt »Atzenmucke«. Ich öffne sie und *Die Atzen* grölen: »Hey, das geht ab, wir feiern die ganze Nacht!« Ich lache. Wie ein Irrer. Ich stehe auf und brülle, während aus Lukas' Schützengraben gerade ein mit Matsch gefüllter Joghurtbecher in Richtung von Flos Deckung fliegt: »Wir feiern die ganze Nacht! D.I.E. G.A.N.Z.E. N.A.C.H.T.!!!!«

Flo und Lukas hören sofort auf, sich zu bewerfen. Wie Hasen im Feld strecken sie die Köpfe aus dem Gras. So kennen sie mich nicht. Ich gröle nie.

»Ich glaube, ich werde heute wieder aufgelevelt!«, rufe ich und halte den iPod in die Luft wie ein Jäger die Wildgans, die er vom Himmel geschossen hat.

»10 Euro für den iPod«, sagt der Gebrauchtwarenhändler Gregorius eine Stunde später in der Stadt. Hinter ihm stehen auf einem Regal alle Folgen der Fernsehserie *Navy CIS* als DVD-Sammlung für 200 Euro. Die Reihe ist zwei Meter lang. Sie ist der Stolz seines Ladens.

»30 Euro!«, erwidere ich entschlossen.

»Junge …«, sagt Gregorius väterlich lachend in einem Tonfall, als hätte ich behauptet, ich könne jederzeit Megan Fox rumkriegen. Flo blättert die Spiele für PC,

PS3 und DS durch und tut so, als würde er nur mit halbem Ohr zuhören. Lukas hält einen alten Bildband von der WM 1990 in der Hand.

»12 Euro«, sagt der Gregorius, »mein allerletztes Wort. Das Ding hat ohne Ende Kratzer am Gehäuse.«

Ich überlege, was ich machen könnte, denn ich will für den Fund so viel Geld wie möglich rausholen. Nicht bloß, weil ich die Quest gewinnen will, sondern vor allem, weil meine Mutter die Rechnung für das Auto nicht überweisen kann. Ich denke mir also schnell eine Geschichte aus. Dann verziehe ich das Gesicht, drehe mich vom Händler weg und schlage mit der Hand auf die Theke. »Er konnte doch nichts dafür!«, schreie ich und tue so, als würde ich gleich weinen.

Lukas schaut sofort hoch und Flo hört auf, die Spiele durchzusehen. Der Händler macht ein fragendes Gesicht. Ich denke intensiv an einen Moment, in dem ich *wirklich* traurig war, denn wenn man das macht, kommen einem irgendwann tatsächlich die Tränen. »Mag ja sein, dass er ein Assi war, ein richtiger Proll«, schluchze ich. »Die erste Liste auf dem iPod heißt ›Atzenmucke‹. Aber er war ein guter Assi. Er hat es nicht verdient, mit dem Moped im Graben zu landen. Scheiße!«

Ich halte mir die Hände vors Gesicht. Flo und Lukas wissen gar nicht, was sie tun sollen. Ich bin selbst überrascht, wie sehr ich aufdrehe.

»Was?«, stammelt Gregorius.

Ich nehme die Hände wieder vom Gesicht und zeige

ihm meine wässrigen Augen. »Er hat das Kind zu spät gesehen, weil er seine Stöpsel in den Ohren hatte. Atzenmucke. Bum, bum, bum! Die Mutter schrie noch. Dann sah er die Kleine und hat den Lenker rumgerissen. Das Kind kam mit dem Schrecken davon. Er landete im Graben. Bein gebrochen, Arm gebrochen, das ganze Paket. Und jetzt liegt er im Krankenhaus, drückt mir den iPod in die Hand und sagt: ›Vertick das Scheißding und kauf der Kleinen davon 'ne ordentliche Barbie.‹ Verstehen Sie? Er fährt nie mehr mit Kopfhörern Moped.«

Ich sehe, wie es in Gregorius arbeitet. So ein Ankaufsgespräch hat er garantiert noch nie geführt. Er fragt sich, ob ich lüge. Aber er denkt sich bestimmt auch: Warum sollte ein junger Mann hier öffentlich vor mir rumheulen? Junge Männer schämen sich, wenn sie weinen. Die machen sich nicht lächerlich für ein paar Euro mehr. Er nimmt den iPod wieder in die Hand und begutachtet ihn noch mal.

»Ach, Mist«, stoße ich hervor, »dann kauf ich der Kleinen halt keine Barbie. Dann hol ich halt ein billiges Malbuch oder was weiß ich.«

Der Gebrauchtwarenhändler seufzt, reißt seine Kasse auf und legt einen Zwanziger auf den Tisch. »Hier«, sagt er, »aber geh zu Toys"R"Us, da kriegst du mehr Barbie fürs Geld.«

Ich greife gespielt zögernd nach dem Schein und wispere leise »Danke«. Dann verlasse ich schnell den Laden. Lukas und Flo brauchen ein paar Sekunden, bis sie mich schließlich draußen einholen. Ich reibe mir mit dem T-Shirt die Augen sauber.

»Alter!«, sagt Lukas.

»20 Euro zu 25 Cent zu 8 Cent?«, frage ich. »Oder habt ihr neben euren Grabenkämpfen vorhin noch Pfand gesammelt? Ach ja, ich hab auch noch Leergut in meinem Rucksack. Das sind dann 22,15 Euro zu 25 Cent zu 8 Cent.«

»Du bist erst dreizehn Jahre alt«, sagt Flo. »Wann zur Hölle hast du eigentlich Schauspielerei studiert?«

»Und woher wusstest du schon wieder, dass er dir die Geschichte abkauft?«, fragt Lukas.

»Wusste ich nicht«, sage ich. »Aber Schuldgefühle funktionieren fast immer. Vor meiner Geschichte sollte der Mann einfach nur zu viel Geld für ein altes Gerät rausrücken. *Nach* meiner Geschichte war das Geld plötzlich eine Spende für ein zu Tode erschrockenes Mädchen. Klar, er hätte sich auch denken können: Der Junge lügt. Aber was, wenn nicht? Dann wäre er der kaltherzigste Arsch unter der Sonne gewesen.«

»Das ist ganz schön krass«, sagt Flo und fixiert mich von der Seite. »Ich weiß nicht … es ist irgendwie … also, die Geschichte war schon echt heftig.«

Ich schürze die Lippen und gehe schweigend neben ihm her.

»Aber ich würde trotzdem sagen, dafür hast du zwei Levelaufstufungen verdient.«

»Nein«, widerspricht ihm Lukas.
»Wie, nein?«, sage ich.
»Nein«, bekräftigt Lukas. »Du hast Vorteile in dieser Disziplin.«
»Dann machen wir heute eben noch was, was *du* besser kannst«, schlage ich vor. »Oder?«
»Und ich?« Flo schaut unsicher von mir zu Lukas.
»Meine Disziplin war die Schauspielerei. Deine wäre eigentlich gewesen, die Schätze im Graben zu finden, aber du hast es ja vorgezogen, mit verseuchten Kämmen zu schmeißen.«
»Alles klar«, schaltet Lukas sich ein, »dann bestimme ich jetzt eine ganz einfache Quest. Um die Wette laufen. Bis nach Hause.«
Und schon rennt er los. Flo und ich zögern noch einen Moment, aber stehen zu bleiben wie zwei Hydranten ist ja auch bescheuert. Also folgen wir ihm, so schnell wir können.

Vom Gebrauchtwarenladen bis zu uns nach draußen ins ländliche Wohngebiet sind es gute sechs Kilometer. Daher dachten Flo und ich wohl im Stillen, Lukas mache sowieso nur Spaß. Falsch gedacht. Er läuft tatsächlich bis nach Hause!
Ich sehe ihn vor mir und der Abstand zwischen uns wird immer größer. Er läuft und läuft. An den Geschäften und den Anwaltsbüros vorbei. An den Spielplätzen und der alten Stadtmauer. An den Bushaltestellen und

den Weidezäunen. Immer weiter, bis rauf in unseren »Grüngürtel«, wie unsere Eltern das nennen. Locker steht er vor seiner Haustür, als Flo und ich eine gefühlte Ewigkeit später um die Ecke gekrochen kommen. Meine Brust brennt, als hätte jemand Terpentin in meine Lungen gefüllt. Flo läuft stolpernd aus, hängt sich über den Gartenzaun und würgt, als wolle er kotzen. Es kommen aber nur Spucke und Wasser.

»Das macht wohl einen Level für mich und für euch ein paar Erfahrungspunkte. Ihr habt Erfahrung darin gesammelt, wie unfit ihr seid.«

»Scheißfußballer«, röchelt Flo, den Kopf knallrot.

»Wir hatten noch Rucksäcke auf«, sage ich, stütze mich auf meine Oberschenkel und hechle wie ein alter Hund.

»Was ist denn hier los?«, fragt Flos Mutter. Sie steht gegenüber in der Haustür, trägt einen Bademantel aus Seide und hat ein Handtuch um den Kopf gewickelt. Sie ist dünn wie Weidengras und lebt allein mit Flo, da sie jeden Mann wieder aus dem Haus wirft, sobald er sie bittet, seine Socken mitzuwaschen. Bei dem einen geht das schneller, bei dem anderen langsamer.

»Flo? Ist dir schlecht?«

»Wir sind nur zu viel gerannt, Frau Hertl«, sage ich.

»*Ihr* seid zu viel gerannt«, sagt Lukas, »ich bin gerade erst warm geworden.«

Die Tür von Lukas' Haus geht auf und seine Geschwister purzeln heraus wie zwei überdrehte Zwerge.

Die Häuser von Lukas und Flo liegen unserem genau gegenüber. Ich brauche bloß aus meinem Fenster zu sehen und schaue auf ihre Vorgärten. Die Zimmer meiner Freunde liegen auch zur Straße hin. Wenn wir mit Schwung werfen, können wir uns gegenseitig Haribotüten oder Coladosen in die Fenster schmeißen. Auf diese Weise haben wir schon viele Tauschgeschäfte gemacht, im wahrsten Sinne des Wortes über die Köpfe unserer Eltern hinweg.

»Lukas!«, ruft sein kleiner Bruder Alex und hängt sich ihm wie ein Stofftier mit Klettpfoten ans Bein. Seine Schwester Venja zerrt an Lukas' Arm herum, damit er ihn ausstreckt und sie daran wie an einer Turnstange einen Felgaufschwung machen kann. Kinder unter sechs Jahren und fünfundzwanzig Kilo machen so was nämlich gern.

»Jetzt lass doch mal«, meckert Lukas und will Venja abschütteln, aber die lässt nicht locker. Alex klebt derweil an seinem Bein fest und bleibt da auch hängen, als Lukas einen Schritt zur Seite macht. Lukas' Vater ist noch arbeiten. Lukas' Mutter liegt wahrscheinlich im Bett oder spielt am Computer Frauenspiele. Sie baut sich bei *Die Sims* ein zweites Leben auf.

Ich sage: »Lukas: Level 2. Flo: Level 1. Ich: Level 3. Wie viele Erfahrungspunkte jeder hat, denkst du dir mal aus, Flo. Ich muss nach Hause.«

Flo nickt nur still, während er weiter über seiner Gartenreling baumelt.

»Was ist mit dem?«, fragt Venja und Lukas passt einen Moment nicht auf und lockert seinen Arm weit genug, dass sie ihn sich schnappen kann. Sofort wirft sie ihre kleinen Füße in die Luft und Lukas muss den Arm anspannen, da Venja sonst mit dem Kopf auf den Weg plumpsen würde. »Boah!«, sagt er, während seine Schwester am Arm Saltos schlägt und sein Bruder mit seinem Bein verwächst.

»Ich geh dann mal rein«, sage ich und betrete unser Grundstück. In der sauber aufgelockerten Erde vor unserem Haus wachsen Farne und Funkien. Das Gelände erinnert mich jedes Mal an den Jurassic Park. Vor der Tür von Flos Haus wachsen Weinranken an der Wand und seine Mutter erntet außerdem jedes Jahr die zwei Birnbäume im Garten hinter dem Haus ab. Lukas' Eltern halten ihren Garten »praktisch«, wie seine Mutter das nennt. Sie lassen die Zäune von Efeu umranken und haben eine Torwand auf den Rasen gestellt. Ich kenne jeden Zentimeter dieser drei Häuser, seit ich ein Kind bin. Jede dunkle Ecke unter einem Busch, jeden lockeren Ziegel auf einer Terrasse.

Ich schließe auf, rufe »Hallo!« ins Haus, bekomme keine Antwort und gehe die Treppe hinab. Beim Runtergehen ziehe ich mein schweißnasses T-Shirt aus, öffne die Tür der Waschküche, werfe es dort auf den Boden und schließe sie wieder. Ich gehe weiter in die Druckerei. Vor drei Jahren hat mein Vater sie von einem Geschäft in der Stadt hier in unseren privaten

Keller verlagert, um die Miete für den Laden zu sparen. »Wer was gedruckt haben will, bringt es auch ins Wohngebiet«, hat er gesagt. Das ging auch gut, zwei Jahre lang. Aber mittlerweile kommen nicht mehr viele Kunden. Die Leute bestellen sich ihre Flugblätter oder Broschüren jetzt im Internet.

»Papa?«

»Moment!«, antwortet er.

Ich sehe, dass er Regale und Schubladen ausräumt. Es ist offensichtlich: Er sortiert Sachen aus, um sie zu verscherbeln.

»Was ist los?«, fragt er. »Kenne ich ab heute Frau Merkel? Was für eine Geschichte hast du nun schon wieder in Umlauf gebracht?«

»Was? Nein, nein.« Ich krame in meiner Hosentasche, denn ich habe nie ein Portemonnaie dabei. Ich hole den zerknitterten Zwanziger heraus und lege ihn auf den Tisch. Er starrt auf den Schein.

»Da kommen noch 2,15 Euro dazu«, sage ich, »ich muss nur noch das Leergut eintauschen.«

»Wo kommt das her?«, fragt er.

»Ich hab heute jemandem ein paar Welpen verkauft und behauptet, sie seien von Franz Beckenbauers Hofhündin.«

Vater lacht nicht.

»Hab was vertickt. Jetzt nimm schon.« Die Stille ist mir unangenehm.

»Nein.« Mein Vater schüttelt vehement den Kopf.

»Da gönnst du dir was von, wenn du das Geld schon selbst verdient hast.«

»Ich brauch nix«, entgegne ich.

»Du bist viel zu genügsam für einen Teenager. Du willst kein Moped, du willst keinen teuren Computer, du …«

»Weißt du, was ich will?«, frage ich.

Er schüttelt den Kopf und kaut auf seiner Zunge herum.

»Ich will, dass du die Maschinen anschmeißt und für 20 Euro Werbezettel druckst. Für unsere Druckerei. Oder du bezahlst einen, der rumgeht und fragt, wer bald fünfzig wird. Und dann rufst du da an und sagst, du machst die Karten. Zu einem unschlagbaren Preis.«

»Aber …«

»Das ist eine Quest!«, sage ich.

»Bitte was?«

»Ein Spiel. Rette die Druckerei. Und tu nicht so, als ginge es uns gut. Also, spiel das Spiel, Papa! Wenn du es nicht spielst, kannst du es nur verlieren.«

Oh.

Jetzt bin ich tatsächlich laut geworden.

Ich renne aus dem Keller. Kurz bevor ich aus der Tür hechte, drehe ich mich noch mal um und sehe, wie mein Vater die Hand hebt. Er wollte wohl noch was sagen, aber er atmet nur ein und klappt den Mund zu. Dann steckt er schnell verschämt den Schein in die Tasche.

DIE BEWEGUNGSSPIELE

Es macht mir zwar Spaß, spontan Leute zu beeinflussen, die ich fünf Minuten vorher noch nicht kannte, aber ich mag es auch, wenn ich genau weiß, was an einem Tag passiert. So wie heute. Heute ist der Terrassentisch bis an den Rand gedeckt. Selbst wenn wir tatsächlich schon pleite wären, würden meine Eltern das große Sonntagsfrühstück beibehalten. Ich höre in meinem Bett, wie in der Küche die Pfanne zischt, weil meine Mutter Rührei mit Speck macht. Ich habe jetzt schon den Geschmack von Old Amsterdam auf der Zunge, diesem uralten, würzigen Käse, den es nur sonntags gibt, weil eine Scheibe dieser Sorte so viel kostet wie eine ganze Packung Gouda. Ein frisches, knackiges Brötchen, dick Butter drauf und eine Scheibe Old Amsterdam, dazu Rührei mit Speck und eiskalter, frisch gepresster Orangensaft: besser geht's nicht. Und während man das morgens mampft, weiß man schon, dass es mittags zum Fußballplatz geht, um Lukas bei einem Ligaspiel anzufeuern. Alle sind dann da, der Platz hinter der Bande ist voller Eltern, Nachbarn und Freunde und man kann sich sicher sein, die nächsten neunzig

Minuten in jedem Fall gut unterhalten zu werden. Schwungvoll springe ich aus dem Bett. Mein Magen knurrt.

Meine Mutter schneidet ihr Brötchen auf und Krümel fliegen über den Holztisch auf die Terrasse. Die Vögel zwitschern. Die Sonne wärmt meinen Rücken. Sie gießt Kaffee in die Tasse meines Vaters, der noch im Haus ist und den Ahornsirup holt, den er gern isst. Meine Mutter lächelt, greift in ihre Hosentasche und sagt: »Eigentlich sollte ein Vater ja seinen Sohn motivieren und nicht umgekehrt, aber ich danke dir trotzdem.«

Ich schaue sie an. Sie schiebt mir einen Zettel zu, gelbes Signalpapier im A5-Format. Darauf abgedruckt ist Werbung für unsere Druckerei.

»Bis vor Kurzem hat er ja sogar daran gespart, aber ich vermute, du hast ihn irgendwie überzeugt, nicht wahr?«

»Na ja ...«, murmle ich und beiße in mein Brötchen. Mein Vater tritt auf die Terrasse und sieht den Zettel vor mir auf dem Tisch liegen. »Kaum gedruckt, schon wird es rumgezeigt«, kommentiert er die Situation.

»Dazu ist es da«, sagt meine Mutter.

Im Wohnzimmer stehen die ersten Produkte, über die sie in ihrem neuen Job schreiben muss. Sie wurde genommen. Die gestern angelieferten Sachen sind ein Toaster mit Timer sowie ein Sprudelbad für die Füße. Papa setzt sich und quetscht Ahornsirup aus der Plastikflasche. Die Flasche furzt. Er kichert. Er zeigt mit der anderen Hand auf mich und sagt: »Die werden am Montag der Lokalzeitung beigelegt. Fünfzehntausend Stück.«

Ich nicke. Klingt gut. Aber sich mit einem Werbeblatt bei der Lokalzeitung einzukaufen hat bestimmt mehr als meine 20 Euro gekostet.

»Was ist mit der Idee, herauszukriegen, wer bald Geburtstag hat oder heiratet?«, frage ich. »Damit die Werbung direkt zu denen kommt, die Einladungskarten brauchen?«

»Die Idee ist gut, Finn«, sagt mein Vater, »aber wie willst du das machen? Willst du im Einwohnermeldeamt einbrechen und die Daten klauen?«

Ich würde gern *warum nicht* sagen, sage aber nur: »Mama, gibst du mir mal das Salz?«

Meine Mutter will zu einem Satz ansetzen, schnappt jedoch nur kurz nach Luft und hält dann wieder den Mund.

»Was ist, Sabine?«

»Ach, nix.«

Mein Vater lehnt sich zurück und stellt die Sirupflasche ab. »Komm! Nicht erst was sagen wollen und einen dann mit ›ach, nix‹ abspeisen.«

»Das ist zu extrem«, wiegelt meine Mutter ab. »Das geht nicht.«

»Was geht nicht?«, frage jetzt auch ich, denn »extrem« hört sich gut an.

Meine Mutter legt ihr Messer neben den Teller und gestikuliert mit den Händen, als müsse sie die gesagten Worte direkt wieder wie Qualm in der Luft verwischen. »Vielleicht könnte man …«, sie schüttelt den Kopf, »nee …«

»Jetzt sag's schon!«

»Also gut. Vielleicht könnte man die Werbeblätter an Besucher im Altersheim verteilen. Also nicht an die Bewohner, sondern an deren Angehörige.«

»Du meinst, weil …«

»Ja, weil die früher oder später sterben. Und dann hagelt es Trauerkarten. An die Beerdigungsinstitute selber kommt man nicht ran, weil die selbst drucken wollen, aber wenn die Angehörigen darauf bestehen, dass das bei uns gemacht wird, müssen sie darauf eingehen. Man lehnt Trauernden keine Wünsche ab.«

Ich sehe, wie es hinter der Stirn meines Vaters arbeitet. »Das kann man nicht bringen.«

»Hast recht«, stimmt meine Mutter ihm zu, aber ich sehe, wie sie ganz sacht lächelt. Sie hat den Gedanken in den Kopf meines Vaters gesät und diese Saat muss nicht sofort aufgehen. Ich finde es nicht so schlimm. Von irgendwas muss man ja leben. Und wenn es vom Sterben ist.

Ein paar Stunden später sind wir alle auf dem Fußballplatz: meine Eltern, Lukas' Eltern, seine Geschwister, seine Freundin Vivien und Flo mit seiner spindeldürren

Mutter. Wir stehen hinter der Bande und feuern Lukas an. Gerade rennt er genau an uns vorbei und treibt einen Angriff auf der rechten Flanke voran. In der einen Sekunde, die es braucht, bis er an uns vorbeigestürmt ist, spüre ich die Hitze, die sein Körper abstrahlt, und rieche den Schweiß, der mir scharf in die Nase sticht. Er keucht und pumpt wie eine Fußballdampfmaschine. Er gibt alles. Es macht mir Spaß, das Spiel anzusehen, aber danach will ich unbedingt mit den Jungs eine Sonntags-Quest starten. Ich habe mir überlegt, dass wir in ein Altersheim gehen, Dienstkleidung klauen und uns dann umhören, wer demnächst den Löffel abgibt. Klingt hart, aber irgendwie auch spannend. Außerdem sind sonntags viele Angehörige zu Besuch, die man belauschen kann.

Lukas flankt den Ball in die Mitte zu einem seiner Mitspieler. Ein wendiger Türke steigt hoch und setzt zu einem Kopfball an. Dummerweise ist er aber nicht lang genug und streift den Ball nur ein wenig von unten, sodass dieser ohne jede Wucht in die Hände des gegnerischen Torwarts segelt, der ihn mühelos fängt.

»Oooochhhh«, seufzen die Fans. Alex und Venja klettern an der Bande herum wie kleine Äffchen. Vivien ruft »Lukaaaaas!« und klatscht in die Hände. Sie ist schon vierzehn und geht in die achte Klasse. Sie hat nussbraune Augen und ihre Haare sind zu einem kurzen Pferdeschwanz gebunden. Im Gegensatz zu Lukas ist sie nie sitzen geblieben, aber auch sie ist sportlich und hat einen durchtrainierten Körper, ist aber nicht so hager wie Mädchen, die Marathon laufen oder Kalorien zählen. Ich beobachte ihre Lippen und den sanften, süßen Schwung ihrer Nase, als sie Lukas zujubelt. Als hätte ich eine Zeitlupe eingeschaltet. Ich glaube, ich sollte das lassen.

»Warum lässt der Trainer Lukas wieder als Rechtsaußen und nicht zentral spielen?«, schimpft Lukas' Vater hinter uns. Seine Frau klopft ihm auf die Schulter. »Reg dich nicht immer so auf, Stefan.«

»Doch, ich rege mich auf!«, bellt Lukas' Vater und zeigt mit der offenen Hand auf das Spielfeld: »Guck doch mal, Anja, wenn Mehmet auf rechts spielen würde und Lukas in der Mitte gestanden hätte, wäre das eben ein Tor gewesen. Lukas ist doch viel größer und ein besserer Kopfballer. Ich versteh das nicht.«

»Vielleicht will der Trainer jeden Spieler mal auf jeder Position ausprobieren, Herr Lindner«, schaltet sich Flo ein. »Das ist bei *Warcraft* auch so, da merkt man erst durch Ausprobieren, dass ein Magier besser gepasst hätte als ein Krieger.«

»Papperlapapp!«, sagt Lukas' Vater. »Das ist doch keine Minikicker-Mannschaft mehr, wo man aus Gerechtigkeit jeden mal überall spielen lässt. Der Draxler in Schalke ist bloß ein paar Jahre älter und spielt schon Bundesliga. Man muss die Jungs jetzt da einsetzen, wo sie stark sind!«

Lukas' Vater ist sehr ehrgeizig. Wann immer er kann,

geht er zu Lukas' Trainingsstunden. Beim Sonntagsspiel fehlt er nie. Er hat früher selbst gespielt, bis rauf in die dritte Liga. Mit achtzehn durfte er ein Probetraining bei Borussia Mönchengladbach absolvieren, aber den Sprung zum Profi hat er nie geschafft. Sein Vater wollte damals, dass er seine Lehre fertig macht. Jetzt ist er Dachdecker und die Woche über meistens irgendwo auf einer Baustelle. Sein Dachdeckerteam treibt er an wie eine Fußballmannschaft. Einmal, hat er erzählt, haben sie ein Dach an einem Vormittag gedeckt.

»Steh auf!«, brüllt er jetzt, da ein gegnerischer Spieler nach einem Rempler vor Lukas liegen bleibt und so tut, als wäre er schwer verletzt. »Da war gar nichts!«

Der Schiedsrichter läuft herbei und schaut tadelnd zu ihm und zu dem Jungen, der auf dem Boden liegt und sich theatralisch windet.

»Hey, du Salatmümmler«, ruft Lukas' Vater, »spiel hier kein Theater!«

»Mach doch den armen Jungen nicht so an«, sagt Anja. Sie ist nicht Lukas' richtige Mutter. Die hat sich von seinem Vater scheiden lassen, als er acht war. Anja und sein Vater haben vor drei Jahren geheiratet. Alex und Venja sind Anjas Kinder, die gab's als Geschwister quasi von selbst dazu wie Spielzeugfiguren beim Happy Meal.

Die Mannschaft erobert wieder den Ball. Flo stemmt seinen kleinen Körper mit den Händen halb über die Bande und johlt: »Luuuuukaaaas Lindneeeeer, du bist der beste Mann!« Ich sehe, wie Lukas mitten im Zweikampf grinsen muss, weil er Flos Schlachtgesang hört.

Lukas passt zu Mehmet und läuft dann weiter nach vorn in die Mitte. Der kleine Türke begreift, was Lukas vorhat, und hebt den Ball kunstvoll mit der Fußspitze nach oben. Lukas steigt hoch, überragt alle Abwehrspieler, die ihn verzweifelt aufhalten wollen, und macht das Ding rein.

»Jaaaaa! Sag ich's doch! Jaaaaa!«, brüllt sein Vater und rennt am Spielfeldrand hysterisch auf und ab wie Jürgen Klopp, wenn Dortmund gewinnt. Er macht die Faust, er tobt, seine Haare wirbeln wild in der Luft. Anja wird ein bisschen rot, klatscht aber ebenfalls und hält die Hände dabei über den Kopf. Lukas kommt herbeigelaufen, pflückt seine kleinen Geschwister hinter der Bande vom Boden, wirbelt sie kurz durch die Luft und klatscht uns ab. Er macht die Faust in Richtung seines Vaters. Dann gibt er Vivien über die Bande hinweg einen langen Kuss. Einen richtigen. Mit Zunge.

Ich höre auf zu klatschen und knibble mir stattdessen mit der rechten Hand am linken kleinen Finger. Wieder Zeitlupe. Mein Herz pocht sehr laut. Lukas löst sich von Vivien und läuft aufs Feld zurück. Ich lasse meinen Finger los und brülle: »Lukas Lindner, hoi, hoi, hoi!« Flo schlägt dazu mit der flachen Hand rhythmisch auf das Blech der Bande. Und Lukas läuft zur Bestform auf.

Lukas' Team gewinnt die Partie 3 : 1. Nach dem Abpfiff steht er am Feldrand und sieht aus wie ein lebendes Spielplatzgerüst, denn Alex hängt ihm wie ein Koala am Hosenbund, sein Vater reißt seine Hand nach oben, Vivien saugt sich an seinem Mund fest und Venja schlägt Purzelbäume an seinem ausgestreckten Arm.

»Nimm mal!«, sagt Lukas zu seinem Vater und reckt ihm seinen Hintern und Arm entgegen, damit er die Kinder von ihm abpflückt. Dann kommt er zu uns. Wir klatschen ihn ab.

»Sauber«, sagt Flo.

»Danke«, sagt Lukas.

Ich klatsche in die Hände. »So, Jungs. Nach dem Duschen ab auf die Räder und ein paar Levels aufstocken?«

»Ja, ich will heute noch Levels aufstocken«, meint Flo, »bei *WoW*. Wenn ich mir Lukas so ansehe, kriege ich voll Bock darauf, eine Runde ausgiebig in meinem Sport zu zocken.«

»Das ist kein Sport«, widerspricht Lukas.

»Du willst an den Rechner?«, sage ich ungläubig. »Bei dem Wetter?«

»Was willst du denn?«, fragt Flo.

»Ich will ins Altersheim.«

»Was?«

Ich erkläre den beiden, was ich vorhabe, aber sie gucken so verlegen wie jemand, der zum Geburtstag vom Sohn des Schuldirektors eingeladen wurde.

»Ja, was denn?«, sage ich. »Ist doch eine geile Quest. Undercover sozusagen.«

»Also, ich wollte eigentlich noch den Sieg feiern«, meint Lukas. »Mit Vivien und so.« Er schaut zu seiner Freundin. »Macht ihr das doch zu zweit.«

»Zu zweit geht nicht, denn dann sammeln wir auf jeden Fall Erfahrungspunkte und du nicht«, erklärt Flo. »Das ist unfair. Ach ja, du hast übrigens 255, Finn. Ich hab da mal so Listen entworfen. Ich würde sagen, die Erfahrungspunkte verteilen wir nach der Zeit, die im Spiel vergeht, und dann gibt's noch Bonuspunkte für erfolgreich erledigte Aufgaben in den Kategorien Kraft und Ausdauer, Geschicklichkeit und Magie. Also Magie ist dann Psychologie und so 'n Kram und da führst natürlich du mit 55 Punkten, wobei Lukas in Kraft und Ausdauer schon 60 Punkte hat wegen dem Wettlauf neulich und …«

»Das ist doch Schwachsinn, dass du heute nicht mitkommen kannst, nur weil Lukas nicht dabei ist«, unterbreche ich ihn. »Bei *World of Warcraft* läuft auch manchmal ein Raid, ohne dass ein Spieler dabei ist.«

»Ja, und das holst du dann nicht mehr auf«, sagt Flo. »Deswegen will ich heute auch ran. Um fünfzehn Uhr ist da …«

Ich unterbreche ihn wieder. »Es ist wichtig.«

»Ach komm«, sagt Lukas, »euer Laden wird schon nicht pleitegehen, nur weil du am Wochenende mal keine Leichen fledderst, oder?«

Meine Eltern plaudern drüben zwischen Bande und Tribüne lachend mit Lukas' Vater. Ich habe Lukas und Flo nicht erzählt, wie eng es bei uns mit dem Geld ist. Ich möchte irgendwie nicht, dass sie das wissen, schon gar nicht Lukas, dessen Vater ein Dach an einem Vormittag fertig bekommt. Ich würde es manchmal gerne erzählen. Nichts macht so einsam wie Geheimnisse vor Freunden. Aber irgendwie ... wie soll ich das sagen? Wenn Lukas' Vater von der Arbeit kommt, dann sagt er immer: »Hier, von wegen Internet und Hightech, Fatzkebuch und der ganze Kokolores – ich sag euch eins, Jungs: Handwerk, das hat goldenen Boden.« Er hat wohl recht, denn er fährt einen neuen Audi A8. Lukas' Fußballschuhe kosten 179 Euro. Mein Vater beherrscht auch ein Handwerk, aber das hat keinen goldenen Boden mehr.

Da stehen meine Freunde und gucken mich groß an. Ich schüttle den Kopf und gehe. »Hey, Finn, wohin willst du denn so schnell?«, ruft mein Vater, doch ich drehe mich nicht um.

Am Montag lässt uns Herr Broich in der Turnhalle alles aufbauen, was der Geräteraum hergibt. Allerdings nicht, um zu turnen. Wir verteilen Barren und Matten, stapeln Sprungkästen zu verschieden hohen Hindernissen auf, stellen Sitzbänke quer und lassen sämtliche Ringe und Seile von der Decke herab. »Mädchensport«, lästert Dustin, denkt aber heute daran, nicht auf den

Hallenboden zu rotzen. Das Spiel heißt *Pippi Langstrumpfs Küche*. Man hüpft, klettert und springt so durch die Halle, dass man den Boden niemals berührt. Alle beginnen an einer zufälligen Stelle und müssen dann je nach Kommando von Herrn Broich an einen anderen Ort gelangen. Alle Jungs zum Beispiel oder alle Mädchen, alle Dunkelhaarigen oder alle Blonden. Das Spiel heißt so, weil Pippi Langstrumpf beim Backen mit ihren Freunden durch die Küche turnt, ohne den Boden zu berühren.

Während wir das Spielfeld aufbauen, sagt Lukas: »Immer noch sauer?« Seit dem Fußballspiel haben wir nicht mehr miteinander geredet, auch heute Morgen nicht. Mathe nicht. Deutsch nicht. Pause nicht. Ich war eisenhart. Ich habe mich sogar freiwillig mit Dustin unterhalten. Er nimmt ein Deo, bei dem der Schweiß durchkommt. Am Ende riecht alles süßsauer. Flo schleicht sich ebenfalls an. Er zerrt eine Matte hinter sich her und lässt sie mit einem dumpfen Klatschen auf den Boden fallen. Es klingt, als wäre ein Walross ohnmächtig geworden.

»Hat sich dein Raid wenigstens gelohnt?«, frage ich ihn schnippisch.

»War okay«, antwortet er. »Da haben wieder diese zwei Typen mitgemacht, mit denen im Grunde keiner was zu tun haben will, weil die so vorlaut sind. Man braucht sie aber bei sich, denn sie kämpfen saugut. Der eine, der …«

Flo unterbricht sich selbst, da Lukas die Hand gehoben hat, die Lippen schürzt und die Augenlider senkt. »Sei mal ehrlich, Finn«, sagt er in versöhnlichem Ton, »das mit den Quests in der Wirklichkeit ist doch eine Schnapsidee.«

»Ja«, sagt Flo, »das trägt irgendwie nicht.«

Ich schnaufe und sehe ihn böse an. »Bist du jetzt Kritiker geworden oder warum redest du so geschwollen daher? Du hast doch zuerst die Idee gehabt! ›Das trägt nicht!‹ Aber ein Raid mit Leuten, die man nicht leiden kann, trägt, oder was?«

»So!«, ruft Herr Broich. »Steht jetzt alles, ja? Dann legen wir los! Alle an einen Platz, das Kommando kommt dann!«

Flo stellt sich auf die Matte. Lukas hängt sich an ein Seil. Ich steige auf eine Bank am anderen Ende der Halle, wo auch der süßsaure Dustin steht.

Nach einer halben Stunde treffen wir uns zufällig alle drei gemeinsam auf einem Sprungkastenhügel. Unsere Hände sind rot und rau von den Kletterseilen. Wir drei sind nicht schlecht in diesem Spiel, es macht uns tierisch Spaß, sogar Flo hechtet über die Hindernisse wie ein übereifriger Mischling, der das erste Mal ohne Leine in den Wald darf. Es strengt uns nur wahnsinnig an. »Ist das geil«, sagt Lukas und sogar er muss heute mal schwer atmen.

»Ich stell mir die ganze Zeit vor«, japst Flo und wischt den Schweiß weg, der in seine Augen fließt, »die Kästen hier wären Häuser. Oder Garagen. Und die freien Stellen vom Hallenboden sind Bäche und Flüsse und Gleise und Autobahnen. Und du musst immer geradeaus, egal, was kommt.« Er hustet. Ich schaue ihn an und hocke dabei ganz am Rand des Sprungkastenhügels, beide Füße direkt nebeneinander, die Hände auf den Zehen.

»Das ist es, Leute«, sage ich schließlich. »Das ist *die* Quest!«

Lukas legt den Kopf schief. »Nein, ihr wollt doch wohl nicht …?«

Flo und ich sehen uns an, ganz eins, wie Brüder im Geiste. »Querfeldein«, sagt Flo, »so heißt die Quest.«

»Immer geradeaus«, sage ich.

»In einem Korridor von zehn Metern Breite.«

»Machen wir fünf.«

»Sieben.«

»Abgemacht!«

»Hey!«, protestiert Lukas.

»Und wer weiß, was wir dabei finden«, sage ich.

»Was heißt hier *wir*?« Lukas schaut uns empört an.

»Na, findest du, *das* trägt?«, frage ich Flo und er schubst mich freundschaftlich.

»Wie lange geradeaus?«, will ich wissen.

»Einen ganzen Tag lang.«

»Und was ist mit meinem Training?«, fragt Lukas, was gar nicht schlecht ist, denn das bedeutet, er macht sich keine Gedanken mehr, *ob* er mitmacht, sondern nur noch, *wann*.

»Hast du am Samstag Training?«

»Nein.«

»Und Schule ist auch nicht«, stellt Flo fest.

Herr Broich ruft etwas.

»Dann haben wir genau viereinhalb Tage, um uns vorzubereiten«, sage ich.

»Und die Regeln auszuarbeiten«, wirft Flo ein und seine Augen funkeln. »Ich bin mit der Liste sowieso noch nicht ganz zufrieden.«

»Das war ja klar«, sagt Lukas, »Herr Hertl schreibt ein dreihundertseitiges Regelbuch.«

»Ja genau, und Fußball ist völlig regelfrei«, kontert Flo, »deswegen diskutieren die Verbände auch über Abseitsreformen.«

»Hallo, die Herren!«, knallt Herrn Broichs Stimme mit einem Mal in unseren Kokon. »Es geht weiter!« Er spricht zwar laut, aber er lacht dabei, denn diese drei »Herren« haben anscheinend Spaß an der Sache. Und er ahnt nicht mal, auf welche Idee er sie gebracht hat.

DIE WERBUNG

Noch drei Tage, bis unsere Quest Querfeldein losgeht. In meinem Zimmer steht schon der Rucksack, halb gepackt. Ich füge ständig was hinzu und nehme es dann doch wieder heraus. Einerseits will ich gut ausgerüstet sein, aber andererseits kann ich auf dem Rücken kein Gewicht gebrauchen. Ich brauche Seile mit Haken und Ösen, Handschuhe und Messer; ich habe sogar eine Gartenschere eingepackt, falls wir uns einen Weg durchs Dickicht schneiden müssen.

Mein Opa wäre garantiert stolz auf mich, wenn er das sehen könnte. Er lebt noch, aber er wohnt hoch oben im Norden, bei Dagebüll, am Meer. Er hat die Familiendruckerei damals gegründet. Von ihm sind noch die ältesten der Maschinen unten im Keller. Er ist stolz, dass mein Vater sein Handwerk übernommen hat. Wie Papa mag er alles, was man selbst mit den Händen macht. Er hat bis heute keinen Computer. Oma wollte mal einen haben, als sie bei uns gesehen hat, dass man darauf *Solitär* und *Mahjongg* spielen kann, aber Opa blieb hart. »Karten können wir doch viel schöner auf der Terrasse spielen«, hat er zu ihr gesagt, und da der Blick von ihrer Terrasse auf die Nordsee fällt, war Oma schnell überzeugt. Sie starb, als ich zehn war. Seither fahren wir immer zu Ostern, in den Sommerferien und an Weihnachten rauf ans Meer.

Ich muss deswegen an meinen Opa denken, weil ich gerade vor dem Altersheim stehe. Ein einzelner faltiger Mann sitzt im Rollstuhl vor der Tür und hat eine Wolldecke auf den Beinen, unter der ihm schrecklich heiß sein muss. Mein Rad steht in einem Ständer. Auf dem Gepäckträger klemmt ein Karton mit Ausgaben der Lokalzeitung, in denen die Werbeflyer für unsere Druckerei liegen. Einen Stapel loser Zettel habe ich außerdem mitgebracht.

Jetzt, wo ich hier stehe, kommt mir meine Idee unmöglich vor. Soll ich wirklich da reingehen und herausfinden, wer bald stirbt? Oder soll ich einfach nur Zeitungen hinlegen? Oder ich verteile nur direkt ein paar Zettel im Café. Oder besser noch: Ich klemme sie an die Autos auf dem Parkplatz. Ja, das ist wahrscheinlich am besten. Die Wagen gehören den erwachsenen Kindern der alten Leute hier und diese müssen irgendwann »alles regeln«. So drücken sie es immer aus, wenn sie bei meinem Vater die Trauerpost in Auftrag geben: »Jetzt regeln wir erst mal alles.« Solange es »etwas zu regeln« gibt, können sie das Weinen und Traurigsein offensichtlich irgendwie aufschieben. Als wäre das was, was man ein- und ausschalten kann. Das habe ich nie verstanden. Als meine Oma starb, war für mich die

Welt wochenlang abgemeldet. Ich wollte das nicht hinnehmen, dass ein Leben einfach so aufhört. Dass so etwas Grausames einem Menschen passiert, den ich lieb habe. Dass Oma nicht krank war, so mit Schmerzen und Sorge und irgendwann ist man wieder gesund, sondern dass wirklich das Ende kommt und man vorher auch noch weiß, dass man stirbt. Wie jemand, der hingerichtet werden soll. Da kann ich nicht »erst mal was regeln«. Ich finde, der Tod ist eine ganz große Sauerei.

Ich nehme die einzelnen Werbezettel aus dem Karton und gehe zum Parkplatz, um sie hinter die Scheibenwischer zu klemmen. Auf dem Boden liegt ein Popball, diese halben Flummis, die man umstülpt und die dann raketenmäßig losschießen. Es ist ein gelber mit Smiley drauf.

Ich lege die Werbezettel zur Seite, nehme den Popball und stülpe ihn über meinen Daumen. Ich lasse los. Er fällt schlapp herunter. Das Smileygesicht kullert über den Boden. Ich hebe es auf. Der zweite Versuch. Ich lasse es schnippen und es segelt auf einer irre langen Bahn über eine ganze Reihe Autos hinweg. Wie ein Golfball, den man mit Wucht abschlägt. Jawoll! Ich liebe es, wenn die Dinger richtig fliegen! Lukas findet es kindisch, aber meine Güte, ich will hier gleich Werbung verteilen, um ganz erwachsen eine Firma zu retten, da kann ich ja wohl mal eine Runde Popball über die Autos schießen.

Der Smiley trifft auf einem Toyota Landcruiser auf, ein fettes Gerät, dessen Räder quasi den Durchmesser eines Planschbeckens haben. Ich gehe zu dem Wagen und bücke mich zu dem Popball, als ich ein Mädchen weinen höre. Ich habe keine Schwester, aber ich weiß trotzdem, dass es zwei Arten des Weinens gibt. Wenn kleine Mädchen heulen, weil sie im Laden den ganzen Kram von Prinzessin Lillifee haben wollen, dann sind sie einfach nur nervig und bescheuert. Aber wenn kleine Mädchen weinen, weil ihnen wirklich das Herz wehtut, dann geht mir das immer durch Mark und Bein. Jessy, die kleine Tochter von Frau Schieber, die neulich unbedingt die Kätzchen haben wollte, fällt eher in die erste Kategorie. Lukas' Schwester Venja fällt in die zweite. Letztes Jahr glaubte sie ihm, als er vor der Abfahrt ins mehrwöchige Trainingslager scherzte, dass er vielleicht nicht wiederkommt, wenn Real Madrid ihn direkt vom Platz weg ausfliegt. Er musste sie lange beruhigen, so sehr klammerte sie sich an ihm fest.

Das Mädchen nähert sich mit ihren Eltern langsam dem Parkplatz. Die Mutter nimmt sie in den Arm, streichelt ihr über die Wange und sagt: »Opa geht's besser dort, wo er jetzt ist.« Ihr Mann kann seine Tränen kaum zurückhalten. Wahrscheinlich war der Opa sein Vater. Die Kleine hat erlebt, was ich bei Oma erleben musste. Ende. Aus. Ohne Chance. Kein böser Traum. Wirklich aus. Ich bekomme einen riesigen Kloß im Hals. Das Mädchen schluchzt weiter. Durch ihre Tränen sagt sie:

»Ich muss hier vorhin irgendwo meinen Popball verloren haben.«

Es geht nicht um einen Popball, wenn man so was sagt, nachdem der Opa gestorben ist. Also, nicht direkt. Man will nur nicht noch etwas verlieren, und wenn es bloß der kleine Smiley ist. Ich wische den Popball an meinem T-Shirt ab und trete hinter dem Landcruiser hervor. »Ist es der?«, frage ich.

Die Eltern sehen mich überrascht an. Ich sage: »Entschuldigung, ich habe Sie zufällig gehört.« Die Mutter nickt zu ihrer Tochter. Ich gebe der Kleinen den Ball. »Danke«, schluchzt sie durch die Tränen.

Die Familie steigt in den Landcruiser. Ich sehe ihnen nach, wie sie davonfahren. Ein paar meiner Werbezettel sind verweht. Ich sammle sie wieder ein, gehe zu meinem Rad und mache mich auf den Nachhauseweg.

Als das Altersheim außer Sicht ist, kriege ich mich wieder ein. Ich denke an Opa. Meistens fahren wir zu ihm ans Meer, wie gesagt, aber wenn er mal bei uns zu Besuch ist, geht er stolz durch den Keller und streichelt die alten Druckerpressen, als wären es freundliche Hunde, die ihn selbst nach Jahren wiedererkennen. So, wie es dem kleinen Mädchen eben das Herz gebrochen hat, weil sein Opa gestorben ist, würde es meinem Opa das Herz brechen, wenn mein Vater mit der Druckerei pleiteginge.

Ich denke über diese Sache nach, als ich nach Hause

fahre. Es riecht nach frisch gemähtem Gras. Über allem liegt eine friedliche Feierabendruhe, aber Fakt ist, dass mein Plan mit dem Altersheim nicht geklappt hat. Jetzt bleibt nur noch zu hoffen, dass die Werbeaktion besser funktioniert. Also: Wir haben fünfzehntausend Werbezettel in die Zeitung legen lassen. Nehmen wir an, nur jeder Zehnte hätte einen Auftrag für Papa. Dann hätten wir tausendfünfhundert Kunden gewonnen. Das sind bei dreihundert Arbeitstagen im Jahr ganze fünf Aufträge pro Tag! Die Maschinen würden wieder laufen.

Ich lächle bei diesem Gedanken, als ich in die Kurve gehe und abbremse. An der Kreuzung steht das Haus mit den Satellitenschüsseln. Dort gibt es viele Sozialwohnungen und Hartz-IV-Familien. Jeder weiß das. Das Satellitenhaus, so nennen es unsere Eltern. Und man spürt, dass sie niemals dazugehören wollen. Lukas sagt, die seien nicht so schlimm, immerhin wohne Dustin da und der tue immer nur so hart, aber ich weiß nicht, was ich von Dustin wirklich halten soll.

Eine Frau wischt gerade den Hausflur. Das Lokalblatt mit unserer Werbung drin hat der Zeitungsausträger hier nicht einzeln in die vielen Briefkästen gesteckt, sondern einfach als Stapel auf den Treppenhausboden geworfen. Es ist sogar noch der Plastikstraps drum. Die Putzfrau schiebt mit ihrem Gummischrubber einen Schwall dreckiges Wasser auf die Straße und schwemmt die Zeitungen fast mit hinaus. Sie sind jetzt pitschnass, nur noch ein Klumpen. Na super.

Ich fahre weiter und spüre, wie ich wütend werde. Kraftvoll trete ich in die Pedale und bremse scharf, als mir ein paar Straßen weiter Jessy vors Rad läuft.

»Hey, pass doch auf!«, rufe ich, doch sie schaut mich nur mit großen Augen an.

»Du bist der Junge, der die Katzen verteilt hat, oder?«, fragt sie.

»Und du bist das Mädchen, das lieber Japaner wollte, oder?«

Sie kichert. Frau Schieber erscheint und zieht ihre Gartenhandschuhe aus.

»Tag, Frau Schieber«, grüße ich sie freundlich. »Sie brauchen kein schlechtes Gewissen zu haben, ich habe die Katzen woanders unterbringen können.«

»Ich habe kein schlechtes Gewissen«, entgegnet sie. Die Lokalzeitung ragt auch bei ihr noch aus dem Briefkasten. Sie winkt ihrer Tochter, sagt: »Schatz, gleich gibt's Essen«, zieht die Zeitung raus und blättert sie auf. Ihre Augen bleiben auf der ersten Seite kleben. Dort gibt's eine Kinokritik, einen Buchtipp und ein Sudoku. Sie zieht eine Schere aus der Hosentasche, schneidet das Sudoku aus, steckt es ein und wirft den Rest der Zeitung samt unserer Werbung in die Tonne. Einfach so. Macht ja nix, es geht ja nur um die Existenz meiner Familie und das alte Herz meines Opas! Mir wird heiß, und ehe ich noch darüber nachdenken kann, platzt es aus mir heraus: »Ein Sudoku können Sie machen, aber einen Japaner nehmen Sie nicht!«

»Wie bitte?«, sagt Frau Schieber.

»Wegen Leuten wie Ihnen explodieren Atomkraftwerke!«, steigere ich mich weiter in meine Wut hinein. Frau Schieber öffnet den Mund. »Ja. Gucken Sie nicht so! Warum brauchen wir die Atomkraftwerke denn? Weil wir so viel Strom verschwenden. Zum Beispiel, um eine Lokalzeitung zu drucken, von der Sie bloß das Sudoku ausschneiden! Das ist gerade mal ein Fünfzigstel der ganzen Zeitung. Wenn wir bloß ein Fünfzigstel des Stroms verbrauchen würden, dann bräuchten wir gar keine Atomkraftwerke. Dann wäre das ruck, zuck mit ein paar Solarzellen auf dem Dach getan. Aber Sie werfen einfach die ganze Zeitung weg, schnappen sich das Zahlenrätsel, das in Asien erfunden wurde, und nehmen nicht mal ein paar verstrahlte Japaner bei sich auf!«

Frau Schieber sieht mich an, als wäre ich aus einer Klinik ausgebrochen. »Du bist doch der Sohn von Herrn Anders, oder?«

Ich antworte nicht, was für sie auch eine Antwort ist. Ich steige wieder aufs Rad und fahre weiter. Manchmal sollte ich einfach meine Klappe halten.

Frau Schieber ruft mir hinterher: »Ich werde mal mit deinem Vater reden!«

Ich trete in die Pedale.

DER VAMPIR

Noch ein Tag bis zum Start. Auf dem Bildschirm meines Computers stehen die Regeln, die Flo für unsere Quest aufgestellt hat: *Die Teilnehmer der Quest Querfeldein gehen einen Tag lang immer geradeaus, egal, welches Hindernis sich ihnen in den Weg stellt. Ein Tag ist definiert als mindestens zwölf Stunden. Die Teilnehmer bewegen sich in einem Korridor von sieben Metern Breite. Alles, was außerhalb dieses Korridors liegt, darf nicht betreten werden.*

Es folgen lange Ausführungen über das Punkteprinzip. Es gibt Erfahrungspunkte für das Erkunden neuer Gebiete, das erfolgreiche Überwinden von Hindernissen oder das gelungene Anschwindeln von Leuten. Wann man warum einen Level aufsteigt und wer bestimmt, wie viele Punkte es genau für welche Aufgabe gibt, verstehe ich nicht. Ich verstehe lediglich, dass die Gesamtquest Querfeldein nur bestanden ist, wenn wir mindestens zwölf Stunden geradeaus gehen. Egal, welches Hindernis kommt.

Ich denke daran, wie gern ich eine entscheidende Idee hätte, wie mein Vater seine geschäftlichen Hindernisse überwinden kann. Seit die Werbung vor ein paar Tagen in der Zeitung war, ist niemand gekommen. Fünfzehntausend Zeitungen, fünfzehntausend Werbezettel und kein einziger Kunde als Ausbeute!

Ich schiebe meine düsteren Gedanken beiseite und lese weiter in Flos Regeln. Da steht: *Startpunkt ist die Straße vor den Häusern der Teilnehmer. Die Himmelsrichtung der Querfeldein-Mission wird am Morgen des Starts spontan bestimmt. Es ist den Teilnehmern strengstens verboten, die möglichen Wege und Hindernisse vorher auf Google Earth nachzuschlagen!*

Flo hätte das gar nicht erst erwähnen sollen. Ich schließe das Textprogramm und schon zittert mein Mauszeiger über der blau-weißen Kugel von Google Earth. Ich liebe dieses Programm. Am liebsten fliege ich damit über Küsten und Meere. Die Decke meines Zimmers nimmt ein großes Fischernetz aus dem Norden ein. In den Maschen hängen Seesterne, Karabinerhaken und eine Flaschenpost. Ich habe alte Seekarten an den Wänden, die mir mein Opa geschenkt hat, und eine Hängematte aus Schlepptauen. Hoffentlich muss ich dieses Zimmer nie wieder ausräumen.

Ich versuche, mir die möglichen Wege unserer Quest vorzustellen, und schließe konzentriert die Augen. Ich gehe davon aus, dass wir links oder rechts die Straße runtergehen. Rechts käme nach ein paar Hundert Metern das Anwesen von Doktor Feldhoff, der reich ist, weil er keine alten Druckerpressen, sondern neue Röntgengeräte im Krankenhaus bedient. Dann kämen Felder und Wald und weiter weiß ich schon nicht mehr. Links würden wir runter auf die Landstraße gehen und, sobald die ihre Kurve macht, auf den Acker von Bauer Brockmeyer stoßen. Auch der endet irgendwann am Wald. Aber dann? Mist! Ich kann für hundert Häuser im Umkreis auswendig sagen, wer in seinem Garten Bambus pflanzt, aber aus der Vogelperspektive kenne ich unsere Gegend viel zu wenig.

Ich öffne die Augen. Die Kugel von Google Earth lacht mich an. Nur einmal klicken. Kann mir doch keiner erzählen, dass Flo und Lukas sich das verkneifen. Oder? Bevor mein Finger zweimal auf die linke Maustaste klicken kann, sehe ich durchs Fenster, wie sich unten ein Mann nähert. Er hat einen Ordner in der Hand, blickt hinein, hebt den Kopf, sucht nach unserer Hausnummer und schreitet auf unsere Tür zu. Ein Kunde, ganz bestimmt! Ich renne die Treppe runter und mache dem Mann die Tür auf, noch bevor sein Daumen unseren Klingelknopf erreicht hat.

»Hallo!«, sage ich und hoffe auf einen Großauftrag, denn der Mann hat ja einen Aktenordner dabei.

»Hallo«, sagt er, »mein Name ist Entenmeyer. Ich komme vom Zirkus Ratolli. Ich sammle für unsere Tiere im Lager, denn uns wird das Futter knapp und …«

Meine Mutter kommt die Treppe herauf. Sie hat einen leeren Wäschekorb in der Hand. »Sorry, Schatz. Ich war gerade unten, eine Maschine anwerfen.«

Herr Entenmeyer nickt ihr kurz zu. »Also, die Tiere«, sagt er dann und klappt ungefragt seinen Ordner auf. Es sind Bilder von Kamelen und Elefanten darin und alte, vergilbte Zeitungsartikel.

»Ist das Ihr Ernst, Herr Entenmeyer?«, frage ich ihn.

Der Mann erschrickt, als ich seinen Namen sage. Niemand, der einen überrumpelt, ist darauf gefasst, dass man sich tatsächlich seinen Namen merkt. Egal, ob Bettler an der Tür oder Call-Center-Leute am Telefon – sie denken alle: Ich verdreh den Leuten mal schnell den Kopf, zocke etwas Geld und verschwinde dann wieder im Nebel. Merkt man sich aber ihren Namen, hat man sie schon ein Stück weit aus diesem schützenden Nebel ans Licht gezerrt. Und Licht mögen diese Typen nicht. Kein Wunder, im Grunde sind sie ja auch Vampire.

»Sie wollen also Geld für Ihren Zirkus und alles, was Sie zu zeigen haben, sind Zeitungsartikel von 1998 und 2003?« Der Zirkusvampir wird rot. Er hat nicht damit gerechnet, dass ich auf das klein gedruckte Datum achte. »Außerdem sehen Ihre Tiere so abgemagert aus, als würden Sie das Futtergeld selber versaufen.«

»Finn!«, sagt meine Mutter entsetzt, als stünde da der Bundespräsident vor uns, den man nicht beleidigt.

Vampir Entenmeyer lässt sich nicht beeindrucken und spult weiter seinen Standardtext ab. »Es sind harte Zeiten für den Zirkus. Wir sind nicht mehr modern. Wir müssen uns heute gegen Hightech-Freizeitparks durchsetzen.«

Ich zeige auf das Firmenschild neben unserer Hausnummer und sage: »Es sind harte Zeiten für klassische Druckereien. Wir sind nicht mehr modern. Wir müssen uns heute gegen Hightech-Internet-Druckereien durchsetzen.«

»Er meint es nicht so«, sagt meine Mutter entschuldigend, stellt den Plastikkorb ab, greift in ihre Hosentasche und reicht dem Mann 2 Euro.

»Mama!«, rufe ich entsetzt, weil ich es nicht fassen kann.

»Augenblick«, sagt meine Mutter zu Vampir Entenmeyer und zerrt mich ein Stück in den Flur. »Finn, was soll das?«

»Dasselbe könnte ich dich fragen! Du gibst dem Mann 2 Euro und drinnen steht ein Fußwhirlpool, über den du Werbetexte schreiben musst, um Geld zu verdienen. Und dem gibst du einfach so 2 Euro – ich fass es nicht!«

»Und warum, denkst du, dass ich das mache?«, fragt meine Mutter ganz ruhig.

Ich stutze.

»Weil ich nicht will, dass man rumerzählt, wir könnten uns nicht mal mehr eine Tierspende leisten. Ich halte ja sogar noch meinen neuen Nebenjob geheim.«

Das verschlägt mir die Sprache. Ich schaue zum Vampir, der immer noch in der Tür steht. Und plötzlich kommt mir eine Idee.

»Herr Entenmeyer«, sage ich und gehe zurück zur

Tür. »Seien wir doch ehrlich. Sie brauchen keine Almosen, Sie brauchen dringend neues Publikum. Oder?«

Herr Entenmeyer nickt zögerlich.

»Ich denke, es ist ein Wink des Schicksals, dass Sie bei uns geklingelt haben. Hier kriegen Sie nämlich das Komplettpaket. Gestaltung, Design, Produktion. Mein Vater macht Ihnen einen Eins-a-Werbezettel zum Sonderpreis. Alles ganz professionell, verstehen Sie? Normalerweise schustern Zirkusse ihre Werbezettel doch selbst auf einem alten Wohnwagen-PC zusammen.«

Herr Entenmeyer grinst verlegen.

»Was nützen Ihnen 2 Euro Spende, wenn Sie bei uns eine Superwerbung kriegen können?« Ich ziehe den Mann am Ärmel ins Haus. »Kommen Sie, ich führe Sie nach unten. Sie können das gleich mit meinem Vater besprechen.«

»Nein, nein«, stammelt der Mann und stemmt die Füße in den Boden wie ein Hund, der nicht zum Tierarzt will.

»Mein Papa ist nicht nur Druckermeister, er hat auch Gestaltung studiert. Er hat sogar noch unter Otto Floss gelernt. Den kennen Sie doch?« Während ich nun voll in meinem Element bin, schaut der Mann flehend zu meiner Mutter, als könne die ihm helfen, aber die lächelt mittlerweile und hat die Arme vor der Brust verschränkt. Offensichtlich findet sie wohl doch gut, was ich mache. Im Gesicht von Vampir Entenmeyer tanzen nun die Augenbrauen unkontrolliert auf und ab. Sein rechtes Augenlid zuckt nervös wie bei dem Eichhörnchen in *Ice Age*, wenn ihm die Eichel entwischt.

»Was ist denn da oben los?«, sagt mein Vater und schreitet die Treppe aus dem Keller herauf.

»Du hast einen neuen Kunden«, sage ich und zeige auf Herrn Entenmeyer. »Der Zirkus Ratolli ist interessiert an neuem Werbematerial.«

»Herrgott noch mal, ich bin gar nicht vom Zirkus!«, brüllt Vampir Entenmeyer jetzt. Alle sind still. Dem Vampir zuckt das Lid.

Meine Mutter geht zu dem Mann, nickt und nimmt ihm wortlos wieder das Zweieurostück aus der Hand. Dann schließt sie die Tür.

Mein Vater schüttelt den Kopf und geht wieder die Treppe hinab, in Gedanken versunken, wahrscheinlich schreibt er gerade.

»Ich weiß, was du jetzt denkst«, sagt meine Mutter. »Der Mann war gar nicht vom Zirkus und ich bin drauf reingefallen. Du hast ihn entlarvt. Alles klar.« Ich lächle, aber meine Mutter schaut sehr ernst. »Aber was hier an der Tür gesagt wird, das bestimmen Papa und ich. Ist das klar, junger Mann?«

Ich wippe mit dem Kopf und sage: »Ist klar.«

Bevor sie ihren Wäschekorb wieder aufhebt, strubbelt sie mir kurz durchs Haar. Ich gehe in mein Zimmer zurück, ziehe den Mauszeiger vom Google-Earth-Symbol runter, öffne den Browser und tippe *schnelles geld machen* in die Suchleiste.

DIE WÄSCHESTANGEN

»Der frühe Vogel fängt den Wurm«, sagt mein Vater und grinst, als ich am Samstagmorgen um Punkt acht Uhr mit meinem Rucksack zur Haustür gehe. Er hat einen dampfenden Becher Kaffee in der Hand. »Exkursionen sind gut«, sagt er, der mir natürlich glaubt, dass Lukas, Flo und ich einfach so einen ganzen Tag lang durch Wald und Wiese streifen, um nebenher ein paar Notizen und Fotos für den Biounterricht in der Schule zu machen. Er tippt sich mit dem Füller an seine Schläfe. »Wem viel auffällt, fällt viel ein!« Ich hoffe so sehr, dass sein Buch eines Tages fertig wird. Ich wüsste so gern, wovon es handelt.

Draußen stehen Lukas und Flo. Lukas trägt eine knielange schwarze Hose mit Seitentaschen, ein braunes T-Shirt und teure, gut gefederte Turnschuhe. Flo hat eine kurze Tarnfleck-Militärhose, eine Anglerweste und feste Kampfstiefel angezogen. Er hat sich das alles letztes Jahr beim Militariahändler auf dem Trödelmarkt gekauft. Damals zockte er noch mehr klassische Kriegsspiele. Aus seinem Rucksack ragt der Kopf einer Wasserflasche heraus. Mein Herz schlägt höher, als ich meine Freunde so sehe. Sie nehmen die Quest ernst, sogar Lukas. Es fühlt sich an, als seien wir an diesem Morgen anders als alle anderen Menschen in diesem Land. Als seien wir Auserwählte. Männer mit einer Mission, einer krassen Aufgabe, der sich noch niemals irgendjemand auf der ganzen Welt gestellt hat, nicht einmal die Parcours-Läufer, die in den Städten über die Mauern springen. Wir wandern geradeaus. Zwölf Stunden lang. Immer. Egal, was kommt.

Mein Vater schließt die Tür. Flo hält eine Eineuromünze in die Luft. »Bei Kopf gehen wir links lang, bei Zahl gehen wir rechts lang.« Lukas und ich nicken. Rechts käme schon nach zweihundert Metern das Haus von Doktor Feldhoff. Flo wirft, fängt die Münze, klatscht sie sich auf die Rückseite seiner linken Hand und sagt: »Kopf!« Ich atme auf. Wir gehen los.

»Die sind total bekloppt im Internet«, sage ich nach fünfzig Metern. Wir können erst mal eine Weile ganz entspannt der Straße folgen. Trotzdem ist es aufregend zu wissen, dass dieses Gehen auf der Straße für uns kein Gehen auf der Straße mehr ist, sondern ein Gehen in einem Siebenmeterkorridor, der sich für alle anderen Menschen unsichtbar quer durch das Land zieht.

»Wer sind denn *die im Internet*?«, fragt Flo. »Glaubst du, da sitzen irgendwo ein paar Leute in einem Haus und steuern alleine das ganze Internet?«

»Ist doch so, Flo«, meint Lukas. »Das Irgendwo heißt Kalifornien und das Haus heißt Googleplex.«

»Ich meine diese Anbieter, die behaupten, dass man bei ihnen schnell Geld verdienen kann«, erkläre ich. »*Sensationelles Geschäftsmodell! Bis zu 3.000 Euro am Tag!* Und wenn man dann weiterliest, findet man heraus, dass man erst mal ein obskures Starterpaket kaufen muss. Wie bei so einer Sekte.«

»Warum willst du denn schnell viel Geld verdienen?«, fragt Lukas. »Werfen dich deine Eltern bald aus dem Haus, oder was?« Er lacht.

Ich erzähle Lukas und Flo natürlich nicht, dass meine Eltern und ich zusammen aus dem Haus fliegen könnten, wenn das so weitergeht. Ich sehe es schon vor mir, wie meine Mutter beim ausgiebigen Sonntagsfrühstück noch einmal richtig tollen Knusperspeck brät und selbst gemachte Marmelade auf den Tisch stellt. Dann esse ich, Vater und Mutter seufzen, ich blicke hoch, Marmeladenreste am Mund, und sie bringen mir langsam wie einem kleinen Kind bei, dass wir das Haus verkaufen und wegziehen müssen. In das Haus unten an der Kreuzung, wo die Lokalzeitung als Klumpen aus der Tür gewischt wird. Satellitenmenschen.

»Es gibt Händler von virtuellen Gegenständen, die machen Kohle«, sagt Flo.

»Das habe ich gehört«, sagt Lukas, »die verkaufen Schwerter und Rüstungen aus Pixeln und kriegen dafür echtes Geld. Das stimmt wirklich?«

»Aber klar«, bestätigt Flo.

»Wie bescheuert muss man sein! Hey, hier hast du

500 Euro, verkauf mir mal eine Klinge aus Daten«, witzelt Lukas.

»Man bezahlt nicht für die Daten, sondern für die Zeit, die es bräuchte, sich diese Klinge selbst zu erspielen«, erklärt Flo. »Es gibt Profis, die leben davon, einen Charakter bis Level achtzig hochzuspielen und dann den ganzen Account zu verkaufen. Dafür kannst du mehrere Tausend Dollar absahnen.«

»Da kauft dann also jemand eine superstarke Spielfigur, die schon alles erreicht hat, ohne selbst den Finger krumm gemacht zu haben?« Lukas wirft Flo einen ungläubigen Seitenblick zu.

»Das heißt nicht Spielfigur, das heißt Charakter, Spielfiguren gibt's bei Halma!«

»Was für 'ne Riesenverarsche!«, sagt Lukas. »Das ist doch nicht zu fassen! Ich dachte immer, ihr Computerspieler habt alle nur keinen Sex, aber das ist ja noch krasser. Ihr kauft euch einfach einen starken Charakter, weil ihr zu faul seid, ihn selbst zu entwickeln.«

Ich weiß nicht, ob Lukas gemerkt hat, was für ein tolles Wortspiel ihm da gerade gelungen ist. Ich sage aber nichts, weil ich darüber nachdenke, ob Lukas mit Vivien schon Sex hat. Flo fragt sich das sicher auch. Wir haben ihn bislang noch nicht gefragt. Er prahlt auch nicht damit. Das allerdings könnte ein Zeichen dafür sein, dass sie es schon miteinander machen, so richtig, aus Liebe und alles, wie ein Paar.

Wir gehen ein Stück und schweigen. Flo zieht seinen

Rucksack nach vorn, trinkt den ersten Schluck aus seiner Wasserflasche und verstaut sie wieder. »Mann, Lukas, stell dir mal vor, da käme jemand mit einer Spritze an. Und der sagt dir: ›Wenn ich dir dieses Serum ins Bein pumpe, kannst du ab sofort so gut dribbeln, flanken und schießen wie Thomas Ballack.‹ Würdest du da ablehnen?«

Lukas prustet los. »*Thomas* Ballack? Wie geil ist das denn? Alter Schwede!«

Ich beuge mich ein wenig zu Flo und flüstere: »Er heißt Michael Ballack. Und er ist schon so gut wie weg vom Fenster.« Lukas lacht sich weiter kaputt.

»Meine Güte, es geht doch ums Prinzip«, sagt Flo. »Ich könnte auch sagen, da kommt einer mit einer Spritze und danach kannst du Fäden schießen wie Spider-Man.«

Irgendwann kriegt Lukas sich wieder ein. »Beim Sport würde ich ablehnen«, sagt er schließlich. »Ich hätte keinen Spaß mehr daran, wenn ich immer wüsste, dass ich nicht selbst so gut bin. Ich würde ja auch nicht dopen.«

»Und ich kaufe keinen Charakter«, sagt Flo.

Beide nehmen ihre Disziplinen sehr ernst. Für unsere Quest ist das gut. Ich denke nicht, dass auf dieser Tour jemand schummeln wird.

Die Häuser nehmen ein Ende. Vor uns liegen links und rechts der Straße jetzt Felder, Wiesen und die Gräben, in denen wir neulich nach Pfand gesucht haben.

Ich entdecke den Busch, aus dem ich den alten Rucksack mit dem iPod gezogen habe. Vielleicht gibt diese Quest ja auch wieder ein wenig Geld her. Und selbst wenn nicht, lenkt sie mich wenigstens einen Tag lang von meinen düsteren Gedanken ab. Einen Tag, das darf ich ja wohl! Ich bin dreizehn Jahre alt, ich müsste mir eigentlich nicht so viele Sorgen um die Firma meines Vaters machen. Mit dreizehn muss man sich im Grunde gar keine Sorgen machen. Man muss sich nur an den Tisch setzen und meckern, wenn kein Speck da ist, als wüsste man nicht, dass alles Geld kostet und man Scheine nicht vom Baum pflückt.

Weiß ich aber.

Das ist mein Problem.

»Jungs!«, sage ich und zeige nach vorne. Die Straße führt genau auf das Haus der alten Frau Schepers zu und macht dann eine Linkskurve. Flo streckt beide Arme von sich weg und kneift die Augen zusammen, als könne er auf die Entfernung die Breite abschätzen. »Hm, das Gelände ist definitiv breiter als sieben Meter«, sagt er, läuft aber unbeirrt weiter. Nach einer halben Minute sind wir an der Kurve angekommen und stehen vor dem Haus.

»Wo wir gehen, ist die Mitte, richtig?«, fragt Lukas.

»Ja«, sagt Flo.

»Also dürfen wir drei Meter fünfzig nach rechts und drei fünfzig nach links?«

»Ja.«

Wir schauen uns das Haus an. So, wie wir jetzt stehen, kommt drei Meter fünfzig nach rechts einfach nur Wand. Drei fünfzig nach links ist Garten. Den können wir aber auch nicht in seiner ganzen Breite nutzen. Lukas geht dreieinhalb Schritte nach links und zeigt wieder nach vorn. »Hier ist die Außenlinie unseres Korridors«, sagt er. Eine Route durch den Garten, nur einen Meter von der linken Hauswand und den Fenstern entfernt. Mehr geht nicht.

»Dann los«, sagt Flo.

Wir klettern über den Zaun und betreten den Rasen. Mir wird mulmig im Bauch. Nicht weil wir fremden Besitz betreten, sondern weil die Wäsche nicht mehr hängt. Neulich hing sie einen Tag zu lang und jetzt sind sogar die Leinen abgebaut. Nicht mal mehr Stangen stecken in den Rasenlöchern. Es ist leer und still. Die Regentonne ist verschwunden. Das Gartenwerkzeug, das sonst an der Hauswand lehnt, auch. Mein Vater hat zwar erzählt, dass Frau Schepers mit einem Hexenschuss im Krankenhaus liegt, aber was ist, wenn es doch was Schlimmeres war? Ich weiß, wie das ist, wenn alte Frauen länger als ein paar Tage ins Krankenhaus kommen. Sie kehren nicht mehr zurück. So war es bei meiner Oma damals. Und bei meinem anderen Opa, dem Vater meiner Mutter, der ist nämlich auch schon tot, falls ich das noch nicht erwähnt habe. Und es ist immer dasselbe. Ein Erwachsener steht am Telefon, wird blass, schaut in den Raum, hält den Scheißhörer zu und sagt: »Sie haben ihn ins Krankenhaus gebracht.« Und dann weißt du schon, was das heißt, und dir wird ganz schlecht im Bauch. Und genau das fühle ich jetzt auch, weil ich weiß, was es bedeutet, wenn die Wäschestangen nicht mehr stehen. Und weil ich das nicht will. Weil der Tod so eine Sauerei ist.

»Finn, alles klar bei dir?«, fragt Flo, und bevor ich antworten kann, zucken wir alle drei zusammen, da mit einem lauten Knall eine Fensterlade aufgeht.

»Hey, ihr Lümmel, was habt ihr in meinem Garten verloren?«

Ich kann gar nicht sagen, was gerade mit mir passiert. Mein Bauch ist mit einem Mal wieder leicht, ich mache einen Schritt auf das Fenster zu – in diese Richtung darf ich ja – und umarme die verwunderte Frau, als sei sie meine Oma.

»Äh …«, brummt sie und weiß gar nicht, wie ihr geschieht.

»Er mag Sie«, sagt Lukas, als sei ich ein Hündchen, das an ihr hochspringt. Ich lasse sie los. Sie lächelt. Jetzt ist es egal, dass wir über ihr Grundstück gehen.

»Warte mal«, sagt sie, »du bist Finn Anders, vom Druckermeister, oder?«

»Wo sind die Wäschestangen?«, frage ich und nicke gleichzeitig.

»Die waren verrostet. Mein Sohn bringt mir neue. Nach dreißig Jahren haben die aber auch ihren Dienst getan, nicht?«

»Haben Sie neulich morgens den Rehunfall gesehen?«, fragt Flo, der übermütig wird, weil wir unser erstes Hindernis überwinden.

»Ach daher kommen die Dellen und Spritzer? Ich hatte mich schon gefragt. Ich war in der Zeit im Krankenhaus. Ich hatte schlimm' Rücken. Jetzt kann ich wieder springen wie ein junger Hüpfer.«

»Das freut mich«, sage ich.

»Und warum …?«

»Nur eine Abkürzung«, unterbricht Lukas sie, »entschuldigen Sie vielmals, das hätten wir nicht machen sollen.«

»Ist schon okay«, sagt sie. »Besser *ihr* geht in der Kurve einfach geradeaus weiter, als dass mir ein Laster ins Wohnzimmer fährt, oder?«

Sie lacht.

Wir lachen mit.

Und nach ein paar Minuten sind wir schon auf dem Acker.

DIE BACHSTELZE

Das Getreide weht im Wind und kitzelt an den Beinen. Zwischen den Stängeln auf dem Feld huscht es hier und da, Feldmäuse vielleicht oder Kaninchen. Ich denke an das Reh, das wir hier angeblich gesucht haben.

»Mann!«, schimpft Flo, der beim Geradeauslaufen wankt wie ein Betrunkener. »Dieser Acker ist der volle Knochenknacker.«

Lukas dreht sich um. »Wag es nicht, mich hier wieder von hinten zu foulen!«

»Nein, ich mein ja auch nur, man kann hier voll scheiße laufen.«

Lukas lacht, legt beide Handflächen an seine Wangen, knickt mit den Beinen ein und spricht mit hoher Stimme, als wäre er eine feine Dame bei Hofe: »Ach Gottchen, da haben wir doch glatt vergessen, dem Herrn Hertl für seine Querfeldein-Mission den Weg vorher zu planieren.«

»Da vorne beginnt der Wald«, sage ich.

»Der Wald, in dem neulich das Reh verschwunden ist«, sagt Lukas, lacht und rennt ein Stück vor.

Im Wald stellt Flo sich noch ungeschickter an als auf

dem Acker. Es ist ein richtiger Wald, kein Spaziergelände für Touristen. Hier herrscht echtes, tiefes Unterholz. Der Fuß dringt bis weit über den Knöchel in Gestrüpp aus alten Ästen und Blättern, Farn und Moos ein. Mit jedem Schritt wühlen unsere Sohlen einen anderen Geruch aus dem Boden. Mal faulig und pilzartig, mal scharf und würzig und mal angenehm wie ein Naturduftkissen. Dank unseres sieben Meter breiten Korridors können wir kleinere Büsche umlaufen, aber jetzt gerade kämpfen wir uns durch ein Geflecht, das sich wie eine Mauer zwischen den Bäumen langzieht. Die Zweige sind trocken und leicht zu brechen, aber sie schneiden in die Haut wie winzig kleine Skalpelle. Lukas und ich haben die Zweige bis eben mit großen, alten Ästen beiseitegeschlagen, aber jetzt reicht es mir und ich hole die Gartenschere aus meinem Rucksack.

»Alter, was ist das denn?«, sagt Lukas, als ich beginne, in aller Seelenruhe die Zweige abzuknipsen. »Da hat der botanisches Werkzeug dabei!«

»Ja.« Ich grinse, stecke den Kopf tiefer ins Geflecht und suche eine Stelle, aus der viele Zweige gleichzeitig rauswachsen, damit ich nicht jeden einzeln abschneiden muss. Bei den Büschen zu Hause im Garten sind solche Verzweigungen immer gut zu finden, aber hier im Wildwald wirkt es so, als hätte das Gestrüpp weder Anfang noch Ende.

»Das dauert doch ewig so«, sagt Flo und hat wahrscheinlich recht.

»Finn, die Idee war gut«, meint Lukas, »aber der Busch ist zu groß. Was du da machst, ist so, als wenn einer den Rasen vom Olympiastadion mit dem Trockenrasierer schneiden will.«

Ich grummle und stecke die Gartenschere wieder ein. »Also weiter«, sage ich, nehme wieder den Stock und schlage das Gestrüpp weg. Nach einigen Metern des Raschelns und Reißens kreischt Flo wie ein kleines Mädchen: »Aaaaaaah! Mach das weg! Mach das weg!« Was wir zu sehen bekommen, ist dies: Flo steht im Gebüsch und wischt sich panisch übers Gesicht. Zwischen Augen, Nase und Mund kleben die Reste eines Spinnennetzes. Mehrere verdorrte Fliegen- und Mückenleichen sind noch darin, wie kleine schwarze Punkte kleben sie auf Flos teigweißer Haut. Die Spinne selbst ist nicht zu sehen. »Hilfe!«, schreit er und schlägt mit den Händen um sich, weil er sie irgendwo an seinem Körper vermutet.

»Ob er die Spinne jemals finden wird?«, fragt Lukas und schaut sich das Theater mit verschränkten Armen an.

»Er könnte auch einfach systematisch suchen.«

»Oder sich ausziehen.«

»Jetzt macht was!«, quiekt Flo.

Lukas lacht sich schlapp. Ich öffne meinen Rucksack, ziehe ein Handtuch heraus, halte Flo am linken Arm fest und rubble ihm kraftvoll das Gesicht wie einem Jungen, dem die Mama Apfelmusreste aus den Mundwinkeln reibt. Dann klopfe ich ihn überall ab und laufe zweimal um ihn herum, damit er den Eindruck bekommt, ich hätte ihn sauber inspiziert.

»Alles gut«, sage ich und er beruhigt sich langsam.

»Wie geil ist das denn?« Lukas wischt sich die Lachtränen aus den Augen. »Kämpft jeden Tag mit Streitäxten und Feuerstößen gegen gigantische Bestien und im echten Wald kriegt er die Panik, weil er in ein Spinnennetz läuft!«

Flo holt Luft, um spontan etwas zu erwidern, atmet aber wieder aus, überlegt einen Moment und sagt dann viel ruhiger als sonst: »Lukas?«

»Ja?«

»Irgendwann wird uns etwas begegnen, wovor du panische Angst hast.«

Flo sagt das so langsam und beschwörend, als ob es ganz sicher geschehen wird. Als hätte er es durch seinen Satz gerade in die Welt gesprochen. Es klang gar nicht wie Flo. Es klang, als hätte jemand anders durch ihn gesprochen. Lukas schluckt, verkneift sich einen Spruch als Antwort, greift den Ast in seinen Händen fester, als könne er sonst fallen, und sagt: »Lasst uns weitergehen!«

Eine halbe Stunde lang kraxeln wir wortlos durch den Wald. Es ist gar nicht so übel, wenn man nicht redet. Man konzentriert sich mehr auf jeden Zweig und jede Senke im Boden. Man sieht plötzlich Pilze, die am Boden oder als Parasiten aus den Bäumen wachsen.

Seltsame, faszinierende Farbspiele in Borken und Blättern. Schönheit.

»Es gibt hier gar keine richtigen Tiere, oder?«, bricht Lukas das Schweigen.

Ich kaue auf meiner Zunge herum. Vor uns lichtet sich ein wenig das Gestrüpp zwischen den Bäumen. Dafür senkt sich der Boden leicht nach unten und der Wind trägt ein zartes Rauschen und Plätschern an mein Ohr.

»Finn, vielleicht war deine Lügengeschichte neulich mit dem Reh doch nicht so brillant. Kann doch sein, dass das hier gar kein Revier für Tiere ist. Dann hättest du zum ersten Mal eine Story erfunden, die nicht gut war.«

»Ich habe immerhin den Förster angerufen«, werfe ich ein. »Schon vergessen?«

»Ich mein ja nur«, sagt Lukas. »Ich habe noch nicht mal einen Vogel gesehen.«

Irgendwie regt mich das auf. Meine Geschichten sind gut. Sie sind immer gut. Selbst wenn ich sie spontan erfinde, funktionieren sie. »Ich wette mit dir um 5 Euro, dass du innerhalb der nächsten Stunde mindestens einmal den Namen eines Vogels ausrufst.«

Lukas sieht mich an.

»Abgemacht?«

»Gut, abgemacht.«

Flo läuft vor, kramt in seinem Rucksack, bleibt stehen, holt etwas heraus, mit dem er sich einen Moment lang beschäftigt, steckt es wieder weg und sagt: »Leute, ich glaube, wir haben unser erstes echtes Hindernis gefunden.«

Vor uns liegt ein Bach. Das klingt nicht gerade gefährlich, aber er liegt in einem tiefen Bett und wird von zwei breiten, schrägen Ufern begrenzt. Am Fuße dieser Ufer gibt es jeweils einen großen Streifen dunkelbraunen Matschbodens. Es sieht aus, als sei ein Riese mit zwei Eimern geschmolzener Nutella durch das Bachbett gelaufen und hätte sie wie eine Markierung hingegossen.

»Das nennst du ein Hindernis, Duke von Azeroth?« Lukas schüttelt den Kopf. »Das ist doch gar nichts!« Er nimmt seinen Rucksack von der Schulter, holt aus und schleudert ihn auf die andere Seite. Dann geht er ein paar Schritte zurück, um Anlauf zu nehmen.

»Du willst springen?«, frage ich ungläubig.

»Hallo?!«, antwortet Lukas. »Ich bin Leistungssportler. Beim Weitsprung in der Schule schaffe ich vier Meter fünfzig.«

Ich taxiere den Bach und beide Uferschrägen. Die Wasserfläche ist geschätzt nur zwei Meter breit, aber würde man die Entfernung vom oberen Rand unseres Ufers zum oberen Rand des gegenüberliegenden messen, sind es sicher mehr als vier Meter fünfzig. Denke ich mir so. Sage es aber nicht. Flo hebt ganz sacht seinen Mundwinkel.

Lukas rennt los und springt so präzise ab, als sei unsere Uferseite die weiße Markierung vor der Sandgrube beim Weitsprung. Er schafft es nicht, das andere Ufer auf Höhe des Waldes zu erreichen, sondern bohrt sich mit beiden Beinen genau in die Mitte der schrägen Uferböschung. Da er dort keinen Halt hat, kullert er wie ein Igel rückwärts in den Nutella-Streifen. »Scheiße!«, ruft er, Hose, Hemd und Gesicht voller brauner Streifen und Flecken.

»Nein, bloß Matsch!«, sagt Flo und lacht Tränen. Wie kleine glitzernde Murmeln kullern sie über seine pummeligen Wangen.

»Komm bloß hier rüber, Rumpelstilzchen!«

»Mach ich auch«, entgegnet Flo. Er geht einige Schritte nach rechts. Lukas ruft: »Nur drei Meter fünfzig in eine Richtung, denk dran!«

»Ich habe die Regeln zufälligerweise selber geschrieben!« Flo bückt sich und hebt einen alten Baumstamm an, der halb verrottet auf der Uferböschung liegt. »Hilf mir mal«, sagt er und wir wuchten das Ding gemeinsam ins Wasser. Es ist gerade mal so lang, dass seine Enden im Matsch auf beiden Seiten zu liegen kommen. Balanciert man darüber und kommt aufrecht auf der anderen Seite an, könnte man trockenen Fußes den Rest der Böschung hinaufklettern. Aber eine Tatsache lässt mich zögern: Der Stamm war beim Tragen eigentlich viel zu leicht. Lukas hebt kurz die Augenbrauen. Dann steht er auf und kraxelt am anderen Ufer die drei Meter nach rechts zu seinem Ende der von Flo gebauten Brücke.

»Jetzt guckst du!«, kommentiert Flo schadenfroh. »Von wegen der Gamer kommt in der Wildnis nicht klar.«

»Dann zeig mal, was du kannst«, sagt Lukas.

Flo steigt auf den Stamm und hebt beide Arme, um sich auszubalancieren. Seinen Rucksack behält er auf, was kein Problem ist, da er kaum etwas mitgenommen hat. Das Ding klebt an seinem breiten Rücken wie ein Handtäschchen. Er schafft zwei Drittel des Weges und ist schon bei der Hälfte des Matschstreifens angekommen, als ein großes Stück aus dem morschen Holz bricht. Flo gibt einen kurzen Schrei von sich, der klingt, als sei jemand aus Versehen auf eine Kröte getreten. Dann landet er neben Lukas im braunen Brotaufstrich. Lukas gackert. Flo spuckt braunen Matsch und winzige schwarze Zweigreste aus. »Du hast am Stamm gedreht«, gurgelt er. Lukas hört auf zu lachen. »Wie bitte? Das Holz ist gebrochen, ich habe gar nicht gedreht.«

»Das war ein Foul!«, beharrt Flo. »Das war deine Rache.« Er nimmt eine große Handvoll Matsch aus dem Wasser und klatscht sie Lukas mitten ins Gesicht. Jetzt geht's wieder los, denke ich, und so ist es auch. Stumpf bombardieren sich meine Freunde gegenseitig und geben dabei Laute von sich wie die Oger.

Ich nutze die Zeit, um *meinen* Plan zur Bachüberquerung umzusetzen, den ich ehrlich gesagt schon hatte, seit ich das Gewässer das erste Mal plätschern hörte. Ich hoffe nur, ich finde das passende Hilfsmittel dafür.

Innerhalb der sieben Meter unseres Streifens liegt jedenfalls nichts Brauchbares. Also mache ich mich auf und gehe wieder ein Stück zurück in den Wald hinein.

»Ey, haust du jetzt ab, oder was?«, ruft Lukas und die beiden unterbrechen kurz ihr Schlamm-Wrestling.

»Ich suche was!«, rufe ich zurück.

»Was denn?«, sagt Lukas. »Eine Klappbrücke aus Alu? Glaubst du, hier ist irgendwo eine kleine Hütte im Wald, wie in den Spielen von Flo, und da steht dann ein Kaufmann und bietet dir für deine Goldstücke ein Schwert, einen Schild und ganz zufällig auch noch eine Klappbrücke aus Alu an?«

Lukas kann sich so super aufregen. Das lernt er beim Fußball. Wer da bestehen will, muss nicht bloß spitzenmäßig Fußball spielen. Er muss auch lernen, sich ständig laut und lange aufzuregen. Ich sehe mich ein paar Minuten um und freue mich, als ich einen kleinen Baum finde, der bietet, wonach ich suche. Ein armdicker Ast von rund zweieinhalb Metern Länge wächst in Kniehöhe aus seinem Stamm heraus. Ich kann ihn nicht abbrechen, also hole ich wieder die Gartenschere heraus und ritze das dicke Ding an allen Seiten so lange ein, bis sich Bruchstellen gebildet haben. Dann trete ich es ab und schlendere damit zu den Jungs zurück, die zwar nicht mehr kämpfen, aber immer noch im Matsch sitzen. Erst als sie mich sehen, beginne ich, in aller Seelenruhe die störenden Zweige von dem langen Ast abzuknipsen. »Wusste ich's doch, dass ich die Gartenschere noch mal brauche«, sage ich und Lukas erwidert: »Und was gibt das?«

Ich schneide alle restlichen Zweige ab, gehe ans Ufer, klettere vorsichtig bis an die Kante des Matschrands hinab und stecke meinen langen Stab ungefähr in die Mitte des Wassers. Der Bach ist so flach, wie ich dachte. Der Wasserspiegel dürfte mir knapp bis zum Hosenbund gehen. Es könnte klappen. Ich klettere wieder das halbe Ufer hoch, atme tief durch, ramme den Stab ins Wasser, stoße mich mit voller Wucht ab und stemme mich an dem Ding über das Wasser und bis in die Mitte der anderen Böschung. Ich lasse rechtzeitig los, lande auf dem Bauch im Gras, kralle mich fest und bekomme keinen einzigen Spritzer Matsch ab. Wie ein robbender Soldat arbeite ich mich nach oben, lasse mich auf den Rücken fallen, schaue in die Baumkronen, durch welche die Sonne bricht, und hebe die Hände wie ein Olympiasieger.

»Wow!«, sagt Flo.

»Mist«, knurrt Lukas, »da hätte ich selbst draufkommen müssen. Eine Bachstelze!«

Ich grinse breit, das Gesicht noch in den Baumkronen, stemme mich hoch und reiche den Jungs die Hand, um ihnen jeweils beim Erklimmen der Böschung zu helfen. Dann halte ich Lukas die offene Rechte hin. Der ist noch dabei, sich Matsch und Dreck von den Klamotten zu klopfen.

»Was ist?«, fragt er.

»Ich kriege 5 Euro.«

Lukas rollt mit den Augen. »Warum kriegst du 5 Euro?«

»Unsere Wette«, sage ich. »Du hast eben den Namen eines Vogels ausgerufen. Bachstelze.«

Lukas wedelt mit dem Finger wie auf dem Fußballplatz, wenn der Schiedsrichter angeblich mal wieder unrecht hat. »Nein, nein, nein, wir haben gewettet, dass wir in der nächsten Stunde keinen Vogel sehen.«

»Wir haben gewettet, dass du in der nächsten Stunde den Namen eines Vogels ausrufst!«

»Finn hat recht«, sagt Flo, »ich habe das notiert.«

»Du hast das notiert?«, fragt Lukas.

»Ja. Ich war mir nicht sicher, ob Wetten auf dieser Quest sozusagen als Mini-Games gelten, also habe ich einfach mal mitgeschrieben. Und hier steht es. Finn sagt: ›Ich wette mit dir um 5 Euro, dass du innerhalb der nächsten Stunde mindestens einmal den Namen eines Vogels ausrufst.‹ Für die Bachstelze gibt's übrigens 25 Punkte extra in der Kategorie Geschicklichkeit.«

»Geht's noch?!«, sagt Lukas.

»Finn weiß immer ganz genau, was für Geschichten er erzählt«, sage ich in der dritten Person über mich selbst. Lukas brummt, zieht sein Portemonnaie aus der dreckigen Hose und klatscht einen zerknitterten Fünfer in meine Hand.

Flo macht eine Notiz.

DAS GARAGENDACH

Nach dem Wald kommen die Weiden. Kühe stehen darauf, aber sie scheren sich nicht um uns Eindringlinge. Hinter dem Stacheldrahtzaun am Horizont sind die nächsten Häuser zu erkennen. Die Sonne brennt mittlerweile ordentlich; im Wald war es dank des dichten Blätterdachs kühler.

»Halb zehn in Deutschland. Zeit für Knoppers, das Frühstückchen«, zitiert Lukas die Fernsehwerbung und setzt eine Wasserflasche an seinen Mund.

»Hast du welche dabei?«, fragt Flo mit glänzenden Augen.

Lukas setzt die Flasche ab und prustet Wasser aus. »Bist du bescheuert? Als ob ich so was essen würde! Ich will Profisportler werden.«

»Was hast du denn dabei?«, fragt Flo ihn.

»Nix, nur Wasser und Isostar.«

»Isostar ist Chemiescheiße«, sage ich. »Da kannst du auch Apfelschorle trinken und hast mehr davon.«

»Ach, und was ist mit deinem geliebten Mezzo Mix, Herr Finn? Haben das alte Biobäuerinnen persönlich aus den glücklichen Orangen gepresst, oder was?«

Ich kann nicht anders, ich fange an zu lachen.

»Hast du Mezzo dabei?«, fragt Flo aufgeregt. »Oder was zu essen?«

Ich halte an. Eine Kuh blickt auf. Mir wird erst jetzt klar, worüber wir da eigentlich reden. »Äh, nein«, sage ich und mir wird noch wärmer. »Ehrlich gesagt dachte ich, ihr hättet …«

»Du dachtest, Flo hätte«, sagt Lukas, »weil er unser Fast-Food-Fresssack ist?! Was ist das denn für 'ne Logik, bitte schön?«

»Ich wollte Gepäck sparen«, erkläre ich. »Da zählt jedes Gramm. Und du siehst doch, die Gartenschere hab ich schon gebraucht.«

»Ihr habt gar nichts zu essen dabei???«, jault Flo und gerät langsam in Panik. »Ich auch nicht!«

Oh, oh. Das war so nicht geplant.

»Guckt euch meinen Rucksack doch an«, jammert Flo und dreht sich um, »da ist nur das Notiz- und Regelbuch drin. Und ein Stift. Und Klopapier.«

»Klopapier?« Lukas schreit fast.

»Ja, sicher«, sagt Flo. »Wenn wir mindestens zwölf Stunden unterwegs sind, muss ich eben irgendwann mal. Ich geh zu Hause bis zu viermal am Tag. Wenn ich auf dem DS ein gutes Spiel zocke, sogar siebenmal. Oder mehr. Bei *Dragon Quest IX* gehe ich sogar neunmal ka…«

»Bah, du Ferkel!«, unterbricht Lukas ihn.

»Ach, deswegen heißt es *Dragon Quest IX*«, kichere

ich. Dann sehe ich Flo wieder besorgt an. »Und du hast wirklich nichts zu essen dabei?«

»Nein. Ich selbst bin doch schon schwer genug. Ich bin froh, wenn ich meinen eigenen Körper durchgeschleppt kriege.«

Wir stehen ratlos auf dem Feld. Lukas stemmt die Arme in die Hüften. Flo schaut zu einer Kuh. »Die isst du aber nicht«, kommentiert Lukas.

»Ha, ha«, brummelt Flo.

»Weiter«, sage ich und zeige zu den Häusern am Horizont, »da vorn kommt wieder Zivilisation. Vielleicht finden wir was.«

Der Stacheldrahtzaun am Ende der Weide ist kein Problem, da wir alle unter dem untersten Straps durchkriechen können. Wir stehen an einer schmalen Straße. Vor uns liegt ein Privatgelände mit großem Haus und breiter Doppelgarage. Ich beuge mich hinab, reiße etwas Grünzeug aus dem Boden und esse es.

»Bah, was machst du denn?«, sagt Lukas. »Frisst du jetzt Gras wie eine Kuh?«

Ich schmunzle beim Kauen. Ich wusste, dass die Jungs nicht wissen, was das ist. »Das ist kein Gras«, sage ich und pflücke mir mehr, »das ist Vogelmiere. Kann man sogar Salat draus machen.« Lukas guckt skeptisch. »Probiert mal.«

Lukas nimmt sich einen Strang und kaut, erst zaghaft, dann kräftig. Er lächelt. »Das ist gut«, bestätigt er. »Nimm auch«, sagt er zu Flo.

»Nee, ich hab jetzt Knoppers im Kopp.«

»Knoppers wächst hier aber nicht, also iss.«

»Ihr wisst nicht, wie das ist«, sagt Flo, »wenn ich einmal ein bestimmtes Essen im Kopf habe, will ich das haben. Alles andere regt mich dann nur auf.«

»Meine Güte!« Lukas verdreht die Augen.

»Dann betrachte es nicht als Essen«, schlage ich vor, »sondern als reines Energie-Item. Da sind Ballaststoffe drin, das macht dich satt. Das ist eine Quest, da musst du irgendwie Energie auffüllen.«

Das Argument mit dem Item zieht, wie jedes Argument, das mit Computerspielen zu tun hat. Flo isst ein paar Stränge und packt sich einige Büschel in seinen leichten Rucksack. Wir trinken noch einen kräftigen Schluck Wasser und wenden uns unserem nächsten Hindernis zu. Das Haus ist locker zehn Meter breit. Die Garage liegt noch in unserem Radius.

»Das ist zu machen«, sagt Lukas.

Ich lasse meinen Blick langsam über das Haus, die Fenster, den Garteneingang schweifen. »Niemand da«, stelle ich schließlich fest.

»Wieso?«, fragt Flo.

Ich zeige auf ein Fenster, hinter dem ein paar Rosen in einer Vase stehen. »Die lassen die Köpfe hängen«, sage ich. »Hat niemand neues Wasser nachgefüllt. Wer ein teures Haus hat, der kümmert sich auch um seine Blumen. Wenn er daheim ist. Daraus folgt: keiner zu Hause.«

Lukas steht bereits mit dem Rücken vor der Garagenmauer und macht mit den Händen eine Räuberleiter. »Komm, Knoppers-Junkie, du zuerst!«

Flo schaut kurz hoch. Er zögert.

»Ich lass dich schon nicht fallen«, versichert Lukas ihm.

»Das ist es nicht«, sagt Flo.

»Was dann?«

»Na ja«, sagt er und sieht mich an. »Und es ist wirklich keiner da?«

»Die Rosen sind vertrocknet.«

»Es ist nur«, stottert Flo, »das ist jetzt das erste Mal, dass wir es tatsächlich tun. Ich meine, da ist ein ganzes Haus als Hindernis.«

»Ja«, sagt Lukas, »ist doch geil. Das ist doch der Reiz bei der Sache.«

Ich gehe zu Flo, fasse ihn an den Schultern und sage: »Flo, du hast die Spielregeln selbst geschrieben. Du bist unser Gamer hier. Willst du keine Bonuspunkte fürs Klettern verdienen?«

»Die Kategorie heißt nicht Klettern, die heißt Geschicklichkeit. Ich hab das alles schon für euch extrem vereinfacht.«

»Also willst du?«

Ich sehe, dass er Bock hat. Er hat aber auch Angst. »Wenn uns irgendwer dumm anmacht, habe ich immer eine gute Geschichte zur Hand, in Ordnung?«, versuche ich, ihn zu überzeugen. »Ich verspreche es dir.«

Er zwingt sich zu einem Lächeln. »Wahrscheinlich hab ich einfach nur Hunger«, sagt er.

»Dann rauf jetzt aufs Dach!«

Flo atmet durch, geht zu Lukas, klettert mit den Matschsohlen auf dessen Schulter und wuchtet sich auf die Garage. Oben bleibt er flach liegen, dreht sich um, guckt zu uns herunter und sagt: »Dahinter kommt noch ein Haus mit Garten. Da sind welche zu Hause.«

»Kopf runter, eins nach dem anderen«, sage ich und erklimme ebenfalls das Dach. Tatsächlich. Die beiden Häuser stehen Garten an Garten und hinter den Terrassenfenstern der Nachbarn bewegen sich Menschen im Wohnzimmer.

»Na super«, beschwert sich Lukas, »und wer macht *mir* jetzt die Treppe?«

Ich seufze, hole ein Seil aus meinem Rucksack und lasse es zu ihm runter.

»Flo, gib Finn mal ein paar Extrapunkte, weil er den besten Rucksack gepackt hat.« Flo und ich halten gemeinsam das Seil, lehnen uns nach hinten und ziehen Lukas auf die Garage.

Ein paar Minuten liegen wir flach am Rand des Garagendachs und beobachten die Bewohner im Haus dahinter. Sie tragen Frühstückszutaten auf den Tisch in ihrem Garten. Es ist schließlich Samstagmorgen.

»Wir müssen nur einen Moment erwischen, wo keiner von denen im Garten ist«, sage ich. »Dann springen wir schnell rein.«

»Und dann?«, fragt Flo.

»Wart's ab!«, sage ich. Aber die Familie tut uns den Gefallen nicht. Vater, Mutter und die kleine Tochter tragen die Teller, Käsebretter und Safttüten nie gemeinsam in den Garten, sodass immer einer draußen ist. Die Dachpappe der Garage ist von der Sonne so erhitzt, dass es am Bauch und an der Brust bereits wehtut.

»Scheiße, ich kann nicht mehr, ich verbrenne hier«, stöhnt Lukas, steht auf und springt, ohne zu zögern, aufs Gras. Er rollt sich gerade ab, als das kleine Mädchen rauskommt. Es kreischt und lässt vor Schreck einen Korb mit Brötchen fallen. Was soll das Kind auch anderes machen, als zu schreien? Immerhin ist da gerade ein matschverklebter Irrer in schwarzer Militärhose vom Dach gesprungen. Die Eltern sind in einer Nanosekunde im Garten. Der Vater nimmt sich eine Schaufel. Bevor er Lukas damit eins überbraten kann, rufe ich: »Sebastian! Hast du Mimi gefunden?« Ich richte mich auf. Flo liegt neben mir wie ein Zwerg, der zu meiner Kampfgruppe gehört. »Oh, da ist ja jemand«, sage ich laut und schaue nach unten.

»Ja, da ist jemand«, bestätigt der Vater, »und zwar ganz zufällig der Mann, dem dieses Gelände gehört.«

Ich tue so, als wäre mir gar nicht bewusst, dass wir was Unrechtes tun. »Haben Sie unsere Katze gesehen?«, frage ich, und noch bevor ich eine Antwort bekomme, rufe ich: »Mimiiiiiii!«, lege die Hand wie einen Schirm über die Augen und spähe über die Dächer.

»Eure Katze?«, fragt der Mann und seine kleine Tochter entspannt sich langsam. Seine Frau nicht.

»Ja, wir suchen sie schon seit vier Stunden«, sage ich. »Wir wohnen fünf Kilometer von hier. Wir haben sogar schon den halben Wald durchforstet. Sie sehen ja, wie wir ausschauen.« Ich stupse Flo mit dem Fuß an, dass er sich auch endlich mal zeigt. Er rappelt sich auf und die Familie starrt völlig entgeistert zu uns aufs Dach. »Wir sind total verzweifelt!«, sage ich. Flo macht ein trauriges Gesicht und nickt. Lukas rappelt sich auf, weil er wahrscheinlich nicht mehr mit der Schaufel geschlagen wird.

»Kommt erst mal von diesem Dach runter«, meint der Mann schließlich und greift uns sogar am Hosenbund, als wir uns vorsichtig herunterlassen. »Wie sieht diese Mimi denn aus?«, fragt er.

»Grau getigert. Rechtes Auge komplett mit weißem Fell umrandet.«

»Haben wir nicht gesehen«, sagt die Frau des Hausbesitzers, die uns aus ihrem Garten haben will. Flo schielt zum Frühstückstisch, als hätte er seit Tagen nichts mehr zwischen die Zähne gekriegt.

»Ja, okay«, sage ich, »dann müssen wir weiter.« Ein schmaler Weg führt links am Haus vorbei auf die Straße davor. Er liegt gerade noch in unserem Korridor.

»Geht da lang«, sagt der Hausbesitzer, »und fragt das nächste Mal vorher, wenn ihr Privatgelände betretet. Klingelt und sagt, ihr sucht eure Katze. Das verstehen die Leute. Aber einfach so in den Garten reinspringen geht nicht.«

»Ich verstehe«, sage ich.

»Aber …«, stammelt Flo und sein gieriger Blick ist auf die Brötchen geheftet, die einen halben Meter vor ihm auf dem Boden liegen. »Entschuldigen Sie die Störung«, sage ich schnell, bevor er auf dumme Gedanken kommt. »Einen schönen Samstag noch.«

Wir hauen über den schmalen Weg ab. Die Gattin des Hausbesitzers sieht uns nach, bis das Törchen vor dem Haus zugesprungen ist.

»So«, sage ich wenig später, »solange wir noch in diesem Viertel sind, suchen wir diese Katze. So was spricht sich rum. Die Story gilt jetzt, bis wir weit genug weg sind, wo Nachbarn nicht miteinander tuscheln.«

»Und so lange heiße ich Sebastian«, sagt Lukas.

Flo antwortet nicht, denn er ist stehen geblieben und starrt eine Querstraße hinab, als hätte ihn jemand hypnotisiert. »Da«, sagt er und hebt zitternd den Finger wie ein Verdurstender in der Wüste. Am Ende seiner Fingerspitze sehen wir: einen Kiosk. Zehn Meter außerhalb unseres erlaubten Korridors. Kühle Limonaden, knackige Knoppers. Flo sieht mich bettelnd an.

»Oh nein«, sage ich und schüttle langsam den Kopf. »Du hast das Regelbuch auf deinem eigenen Rücken. Und das sagt ganz klar, dass wir den Korridor nicht verlassen dürfen. Nicht für Schoko-Nuss-Schnitten.«

»Aber das sind nur zehn Meter«, quengelt Flo. »Vielleicht sogar nur neun. Minus der drei Meter fünfzig, die wir nach links gehen dürften.«

»Da fängt der an zu diskutieren«, sagt Lukas, den die Aussicht auf Nahrung kaltlässt. Mich lässt sie nicht kalt, aber wenn man schon eine Quest macht, dann auch richtig.

»Wir mogeln nicht«, sage ich.

»Aber …«

»Mogelst du bei *Warcraft*?«, frage ich. »Wer hat uns denn erzählt, was das für unfaire, miese Typen sind, die sich starke Charaktere einfach so kaufen? Du mogelst da nicht, dann mogelst du auch nicht hier!«

Flo zögert. In seinem Kopf kämpft der Flo, der süchtig nach Knoppers ist, mit dem Flo, der süchtig nach Spielen ist. Nach Spielen, die man ehrlich gewinnt. Der Spieler siegt.

»Iss den Rest Vogelmiere«, sage ich.

Flo macht seinen Rucksack auf, geht weiter und stopft sich mürrisch das schon leicht angetrocknete Gewächs in den Mund. Er schmollt, aber ich sehe ihm an, dass er auch ein wenig stolz auf sich ist.

DIE GLEISE

»Deutschland ist voll zugewachsen«, lästert Lukas, als wir aus dem Gebüsch treten. Er zerrt an ein paar dünnen, gummiartigen Strippen herum, deren Blätter von unten klebrige Widerhaken haben. Zieht man sie gegen den Strich ab, schneiden sie wie tausend kleine Klingen in die Haut. Die Wildnis hier ist anders als im Wald. Eben haben wir uns noch gefragt, warum. Jetzt wissen wir es: Es ist die Wildnis, die am Rand von Schienen wächst.

»Hindernis Nummer vier«, sagt Lukas und Flo erwidert: »Nummer sechs.«

»Wieso denn Nummer sechs?«

»Der Garten von Frau Schepers, der Acker von Bauer Brockmeyer …«

»Du zählst das schon als Hindernisse? Das war doch gar nichts.«

»Soll es keins sein, bloß weil es leicht ist? Oder würdest du auch sagen, ein Treffer zählt nicht, wenn der Stürmer aufs leere Tor zielen konnte?«

Lukas schürzt die Lippen, als wolle er sagen: Respekt, das war echt ein gutes Argument. Er macht einen

Schritt Richtung Gleisbett. Zwei Schienenpaare führen hier entlang. Zwischen Gestrüpp und Bahnschotter sind knapp zwei Meter Platz. Lukas fährt mit der Hand durch den Blütenschopf eines Unkrauts.

»Finger weg!«, sage ich und er lässt los. »Das ist Bärenklau. An dem Strunk verbrennst du dir die Haut. Zumindest, solange die Sonne draufscheint.«

Lukas zeigt auf mich, schaut aber Flo an. »Wann hat dem eigentlich ein verrückter Professor den Kopf aufgeschnitten und alles Wissen der Welt reingekippt?«

»Und vor allem: Warum hat er ihn nur halb zugenäht, sodass alles immer von alleine rausfällt?«, setzt Flo noch einen drauf und sie lachen.

»Hey!«, sage ich. »Das ist unfair! Ich warne euch und zum Dank verbündet ihr euch gegen mich!«

Wir gehen weiter. Ich weiß auch nicht mehr als andere, ich vergesse eben nur weniger. Was kann ich denn dafür, so ticke ich nun mal. Dafür hat Lukas schon eine Freundin.

»Das ist cool hier«, sagt Lukas, »das erinnert mich an diesen uralten Film, wo die Jungs an den Gleisen eine Leiche finden. Kennt ihr den? *Stand by Me* heißt der, glaube ich. Das ist cool.« Ich kann seine gute Laune verstehen.

»Ja«, sage ich, »Gleise sind cool. Die geben viele Punkte, oder, Flo? Die machen als Hindernis echt was her, aber gleichzeitig sind sie pupsleicht.«

Ich stelle meinen Rucksack ab, um die Flasche Wasser rauszuholen, blicke dabei nach links und erstarre, als ich ungefähr dreihundert Meter entfernt einen Mann auf dem Boden sehe. Er kriecht auf Knien an die Schienen heran. Es sieht aus, als wolle er seinen Hals auf den heißen Stahl legen und abwarten, bis ein Zug kommt und ihn köpft.

»Was hast … ach du Scheiße!« Lukas sieht es jetzt auch. Flo steht schweigend da, den Mund weit offen. Dann sagt er: »Das ist außerhalb unseres Korridors.« Der Satz schwebt vor uns durch die Luft, treibt in den giftigen Bärenklau und zerstäubt in viele kleine Teile.

»Das hast du jetzt nicht ernsthaft gesagt, oder?«, frage ich ungläubig.

»Ja, was denn?«, entgegnet Flo und seine Stimme zittert. »Du hast doch gesagt, dass wir uns an das Regelwerk zu halten haben. Der Kiosk war bloß zehn Meter nach links. Sechseinhalb, wenn man …«

»Der Typ will sich umbringen!« Ich blitze Flo wütend an. Ich denke daran, wie ich mich fühlte, als meine Oma starb. An die Kälte, die sich in mir ausbreitet, wenn ich daran erinnert werde, dass wir alle irgendwann nicht mehr da sind. Wir können jeden Tag so viel machen. Das hat mein Opa immer gesagt, in seinem Haus am Meer. Finn, hat er gesagt, wir könnten hier und jetzt nach Afrika fahren. Wir machen es vielleicht nicht, aber wir *könnten*. Wir haben tausend Möglichkeiten. Nur der Tod, der beendet sie alle.

»Lass«, meint Lukas, »Flo hat doch nur Angst.«

»Und du?«, frage ich, warte seine Antwort aber nicht ab, sondern gehe entschlossen in Richtung des Selbstmörders. Mein Herz hämmert gegen meinen Brustkorb. Zum einen, weil auch ich ein bisschen Schiss habe. Zum anderen, weil es mich aufregt, dass er sein Leben selbst beenden will, während andere gerne noch weiterleben würden, um ihre Möglichkeiten zu nutzen. Und genau das will ich ihm sagen. Der Schotter lässt mich immer wieder straucheln und ich flehe, dass jetzt kein Zug um die Ecke geschossen kommt. Endlich bin ich nah genug an ihm dran und will gerade beginnen, ihm etwas zuzurufen, da macht es *klick!*

Es ist das Geräusch eines Auslösers. Der Typ korrigiert die Position, in der er vor den Schienen hockt. Er hat eine große Kamera in der Hand. Er will sich gar nicht umbringen. Er fotografiert. Erschrocken zuckt er zusammen. »Hast du mich erschreckt, Junge!«

»Was machen Sie da?«, frage ich und spüre, wie sich mein Herzschlag langsam wieder beruhigt.

Er zeigt auf einen braunen Punkt im Schotter, die Brust immer noch fast am Boden und den Hintern in die Höhe gerichtet. »Siehst du ihn?«

Ich beuge mich runter und kneife die Augen zusammen. Zwischen den scharfen Steinen sitzt ein großer Käfer. Der Typ zeigt auf seine Kamera. »Digitale Spiegelreflex. Besonders guter Zoom für Nahaufnahmen.«

Lukas und Flo haben den Tatort auch endlich erreicht. Der Typ hebt seine rechte Hand und sagt: »Pssssst!«

»Was ist denn los?«, fragt Flo leise.

»Ein Maikäfer«, erklärt der Mann. »Ihr denkt jetzt wahrscheinlich: Was soll daran besonders sein, wir haben doch schließlich Mai! Aber Maikäfer findet man nicht jedes Jahr, sondern eher nur alle vier Jahre.«

»Weil keine neuen nachkommen, solange die aus der aktuellen Generation noch nicht voll geschlechtsreif sind«, sage ich und bereue es in dem Moment, wo ich es ausspreche, denn Lukas und Flo schauen mich an wie Harry Potter und Ron Weasley ihre Freundin Hermine, wenn die mal wieder superschlaue Kommentare macht. Eine elende Besserwisserin.

»Die Zykluszeit, genau«, sagt der Mann. Er macht noch ein paar Fotos, dann steht er auf. Der Käfer fliegt davon. Seine Flügel lärmen, als würde man Skatkarten unter dem Daumen durchrasseln lassen.

»Wir dachten, Sie wollen sich vom Zug köpfen lassen«, sagt Lukas.

»Gott bewahre«, ruft der Mann aus, »ich liebe das Leben!«

Ich strahle ihn an und hebe die Hand, damit er einschlägt. Er weiß zwar nicht, warum ich mich so freue, aber er klatscht mich trotzdem ab.

»Aber es ist doch gefährlich, an den Gleisen herumzukriechen«, sagt Flo.

Der Mann lacht. Er hat eine Glatze, trägt eine randlose Brille und hat sich den Bart so rasiert, dass zwei schmale Bahnen über die Wangen zum Kinn wandern und sich dort zu einem buschigen Ziegenbart aufbauschen. »Ach, Jungs«, sagt er, »es ist schon amüsant, was wir Deutschen alles für gefährlich halten.« Flo runzelt die Stirn. »Hier kommt alle zweiundzwanzig Minuten ein Zug«, erklärt der Mann. »Mein Kopf ist so nah am Gleis, dass ich ihn schon höre, wenn er noch zwei Kilometer entfernt ist. Ich habe genügend Platz, zur Seite zu gehen. Wenn ich achtsam bin, kann mir gar nichts passieren.«

Flo und Lukas sehen ihn an, als habe er zwar recht, aber als dürfe ein Erwachsener so etwas nicht sagen. »Wart ihr schon mal in Israel, Jungs?«, fragt er und wir schütteln den Kopf. »Da kann jeden Tag in jedem Café eine Bombe hochgehen. Und trotzdem sitzen die Leute immer noch da und trinken Cappuccino.«

Da wir ihm noch immer wortlos gegenüberstehen, schenkt er uns ein kurzes Lächeln und sagt dann: »Wenn wir aufmerksam sind für die Welt um uns herum, dann brauchen wir keine Regeln.« Er packt seine Kamera ein. »Also, Jungs, ich zieh dann mal weiter.« Und schon verschwindet er im Gestrüpp. Sprachlos starre ich ihm nach.

»Wir müssen wieder in unseren Korridor«, sage ich und gehe in Richtung des Punktes, an dem wir aus dem Gebüsch gekommen sind. Lukas folgt mir langsam. Flo bleibt stehen. »Ach ja«, sagt er, »müssen wir das? Wo wir doch keine Regeln brauchen, wie dein Held eben gesagt hat.«

»Wieso denn mein Held?«

Flo bleibt trotzig neben dem Gleis stehen. »Du hast den Typen doch angestrahlt, als wolltest du gleich mit ihm ausgehen.«

»Weil er recht hat«, sage ich.

»Okay, dann brauchen wir also keine Regeln und keinen Korridor mehr. Dann gehe ich jetzt zum Kiosk zurück und hole mir eine Stange Knoppers.«

»Jetzt stell dich nicht so an«, sagt Lukas.

»Genau, weil dir Regeln ja auch völlig egal sind«, schnappt Flo giftig. »Eure Schiedsrichter-Regelbücher sind doch so dick wie Island.«

»Was ist das denn für ein bescheuerter Vergleich?«, fragt Lukas. »Dick wie Island? Ein Land ist höchstens breit, aber doch nicht dick.«

»Was ist denn überhaupt los?«, frage ich Flo, den ich so gar nicht kenne.

»Ach, dieses dumme Gequatsche von wegen Aufmerksamkeit«, sagt er und zeigt in den Busch. »So Typen wie du oder der Fotograf eben, immer wisst ihr alles. *Das ist Vogelmiere. Das ist Bärenklau. Das ist der Maikäfer mit seinem Zyklus.* Und ich? Ich bin der Depp, der nur vor seinem Rechner sitzt. Als wenn ich überhaupt nicht lebenstauglich wäre.«

»Das hat doch keiner behauptet«, versuche ich zu beschwichtigen, aber irgendwas bringt Flo gewaltig auf die Palme.

»Was kann ich denn dafür«, brüllt er nun, »dass ich

keinen Vater hatte wie du? Einen, der absichtlich kein Handy benutzt und seinem Finn im Wald jeden Baum erklärt? Oder wenigstens einen, der mich zum Profisportler trimmt. Scheiße!«

Lukas und ich wissen nicht, was wir sagen sollen. Und wir hören erst jetzt, dass in ziemlich zügigem Tempo ein Zug heranrauscht. Flo bemerkt es offensichtlich nicht, denn er spuckt auf den Boden und sagt: »Ich gehe jetzt hier rüber, und ob ich auf der anderen Seite wieder in den Korridor zurückkehre, überlege ich mir dann noch!« Er betritt die Schiene und Lukas und ich rennen uns gegenseitig über den Haufen, weil wir gleichzeitig losstürzen. Ich falle in den Schotter. Die scharfen Steine schneiden mir in die Handoberfläche.

»Zug!«, schreie ich und sehe halb vor und halb über mir, wie Lukas' durchtrainierte Beinmuskeln sich anspannen und sein Fuß den Schotter nach hinten treibt wie eine Lawine. In zwei Sekunden ist er bei Flo und reißt ihn vom Gleis. Ich sehe, wie die beiden ins Gebüsch purzeln, als der spitze weiße Intercityexpress auch schon vorbeirauscht.

Ich kauere mich neben den Schotter und verstecke meinen Kopf unter den Armen. Der Luftdruck des rasenden Zuges boxt mir auf den Rücken wie eine Horde Hooligans. Die Horde ist fünfzehn Waggons lang und es fühlt sich an, als höre es niemals auf. Ich hoffe, dass mich der Luftsog hinter dem letzten Wagen nicht vom Boden hochschleudert und auf dem Schotter zerschmettert. Ich hoffe das immer noch, als Lukas und Flo schon längst hinter mir stehen.

»Er ist weg«, sagen sie und ich warte noch mal zehn Sekunden, bis ich wieder in der Welt auftauche. Meine Hand pocht, die Schrammen bluten, aber Lukas und Flo sehen noch übler aus. Im Schlamm gewälzt, von Garagen gesprungen, fast vom Zug erfasst worden – ich starre die beiden nachdenklich an.

»Willst du aufhören und die Quest beenden?«, frage ich Flo, der sich an Lukas' Hemd klammert, ohne es überhaupt zu merken. Lukas' Meinung zu dem Thema kann ich nicht einschätzen. Was ich denken soll, weiß ich auch nicht. Flo spannt uns einen Moment auf die Folter. Eben wollte er noch gehen. Jetzt sagt er: »Und dann? Dann wäre das eben ganz umsonst gewesen!«

Ich nicke. Flo lässt Lukas los. »Doch kein so pupsleichtes Hindernis, oder?«, sagt er und lacht dann. Aber er lacht so, wie Leute lachen, die einen riesigen Schreck erst mal runtergeschluckt haben und erst morgen damit anfangen wollen, ihn zu verdauen.

DER SUPERMARKT

Als wolle die Landschaft uns erst mal schonen, führt unser Weg zwei Kilometer lang durch Brachland. Hundert Meter rechts von uns steht eine schmutzig weiße Ruine. Unsere Füße laufen über alten Asphalt, den die Natur längst wieder zurückerobert hat. Grasbüschel haben ihn durchbrochen, kleine Bäume und zwei Meter hohe Disteln. Die letzten zwanzig Minuten hat keiner was gesagt.

»So würde es überall aussehen, wenn es keine Menschen mehr gäbe«, sagt Flo. »Wie bei *Fallout 3*.«

»Es gibt keinen Satz, der nicht mit einem Computerspielvergleich endet«, seufzt Lukas.

»Achtung!!!«, brülle ich wie aus heiterem Himmel und werfe mich mit voller Wucht auf den harten, staubigen Boden. Lukas duckt sich instinktiv und Flo rollt sich auf der Stelle wie eine Schnecke am Boden zusammen. Ich lache mich schlapp. Es ist unglaublich, wie gut das immer funktioniert.

Flo rappelt sich auf und Lukas winkt ab, als hätte er gerade auf dem Platz das Tor verfehlt. »Mann! Schon wieder!«

Ich wiehere, die Lachtränen auf den Wangen.

»Guckt mal, da«, sagt Flo, der noch auf dem Boden liegt und in eine bestimmte Richtung zeigt. Er sieht wirklich etwas. Am Horizont. Ein Aldi-Markt. Von hinten. Genau in gerader Linie auf unserem Weg.

»Oh«, sagt Lukas, »der ist breiter als sieben Meter.«

»Das ist er wohl«, sage ich.

Eine Viertelstunde später stehen wir auf der Rückseite des Gebäudes. Hier gibt es keine Menschen und keine parkenden Autos. Nur einen Zaun, den wir leicht überklettert haben, und eine große graue Doppeltür aus Stahl, die wahrscheinlich ins Lager führt.

»Wir haben ein Problem«, stellt Flo fest und schaut ins Regelbuch, als könne er dort eine Antwort finden. »So ein Aldi hat immer nur zwei Seiten mit Eingängen. Den für die Kunden und diesen hier.«

»... und sie liegen sich nicht gegenüber«, sage ich.

»Genau. Selbst wenn wir von vorne gekommen und durch den Kundeneingang rein wären, hätten wir irgendwann vor der Kühltheke gestanden.«

»Und wenn wir diese Tür aufbekommen und durchs Lager in den Laden gehen würden ...«, sagt Lukas.

»... stünden wir irgendwann vorm Brot«, ergänze ich.

»Egal, wie wir reingehen, wir laufen immer vor eine Wand«, stellt Flo fest. Er blättert im Regelbuch.

»Da brauchst du nicht zu blättern. Es gibt keinen Ausweg. Wir müssen übers Dach«, sagt Lukas.

»Bist du verrückt? Es ist halb zwölf vormittags, und das an einem Samstag«, sagt Flo. »Hunderte Kunden packen gerade die Tüten in ihren Kofferraum, und wenn die uns auf dem Dach entdecken, dann …«

»Ein Hindernis ist ein Hindernis«, unterbricht Lukas ihn. »Ich sag ja auch nicht eines Tages: ›Nö, Trainer, gegen Piqué spiele ich nicht. Der ist mir zu gut.‹«

»Soll ich wieder einen Computerspielvergleich machen?«, fragt Flo.

»Für Räuberleiter ist das Gebäude sowieso zu hoch«, sage ich. Am Rande unseres Korridors entdecke ich einen Altpapiercontainer auf Rollen, der an der Mauer steht. »Wenn wir den rüberziehen, raufklettern und dann darauf Räuberleiter machen, müsste es klappen.«

»Was ist mit Paragraf zwölf in meinen Spielregeln?«, wirft Flo ein. »Da steht: Zwingt ein außerordentlicher Umstand (z. B. Kampfhund) die Gruppe zur Flucht, darf sie den Korridor kurzfristig verlassen.«

»Siehst du hier irgendwo einen Kampfhund?«, fragt Lukas.

»Kampfhund ist nur ein Beispiel«, sagt Flo.

»Also gut«, meint Lukas, »siehst du hier irgendwas anderes, was uns gefährden könnte? Oder krabbelt hier irgendwo eine Spinne rum, die ich übersehen habe?«

Flo schaut zum Container und dann hinauf zum Dach. »Okay«, gibt er sich geschlagen. »Wir sind uns aber einig, dass uns die Regeln erlauben, innerhalb des Korridors vor- und wieder zurückzugehen?«

»Ja«, sagt Lukas, »das hat Finn doch schon gemacht, als er sich im Wald seine Bachstelze geschnitzt hat.«

Flo sieht auf die graue Tür vor unserer Nase. »Das heißt also auch, dass der Lagerraum, der sehr wahrscheinlich hinter dieser Tür liegt, auf einer Breite von sieben Metern noch zu unserem Korridor gehört?«

Lukas versteht, worauf er hinauswill. »Oh, nein!«

»Und das heißt«, lässt Flo sich nicht beirren, »wir könnten da theoretisch reingehen, wieder rausgehen und dann den Weg übers Dach nehmen und wären die ganze Zeit weiterhin im Areal unserer Quest?«

Lukas sieht nach rechts über den Platz, schüttelt lachend den Kopf und reibt sich den Nacken. Ich nicke und sage: »Das wäre alles erlaubt, Flo.«

»Dann will ich jetzt ein Pfund Knoppers!!!«, plärrt Flo, halb im Scherz und halb ernsthaft. Lukas seufzt und rüttelt an der Tür. Sie ist natürlich zu. »Gut«, sagt er, »großer Gamer. Hast du deinen Universalschlüssel dabei oder bevorzugst du einen Öffnungszauber?«

So kann das nicht weitergehen, denke ich mir. Außerdem habe ich selbst Hunger. Ich überlege mir was. Es dauert zwanzig Sekunden, dann bin ich mit Überlegen fertig und klopfe laut bollernd vor die Tür. »Was soll das denn?«, fragt Lukas noch, da geht die Tür schon auf. Eine junge Frau mit schmalem Mausgesicht, hohen Wangenknochen und straff gebundenem Zopf öffnet. Sie trägt einen blauen Kittel mit einem Namensschild darauf.

»Frau Flips, endlich!«, sage ich laut. »Wir dachten schon, Sie machen gar nicht mehr auf.« Sie guckt fragend. Das ist gut. Wäre sie die Filialleiterin, würde sie böse schauen oder gestresst. Sie guckt aber fragend. Also ist sie bloß eine normale Angestellte.

»Ich weiß, dass wir eigentlich erst am Montag zum Probearbeiten für den Schülerjob kommen sollen, aber der Chef meinte, es wäre gut, wenn wir uns heute schon mal einen ersten Eindruck verschaffen.«

Frau Flips guckt jetzt noch verwirrter, was aber auch daran liegen kann, dass wir garantiert aussehen wie die letzten Heckenpenner – verschwitzt, verdreckt und zwei von uns quasi in voller Kampfmontur.

»Ich, also … ich weiß nichts von Schülerjobs.«

Ich lache, beuge mich zurück und schaue links und rechts das Gelände hinab. »Es hört keiner mit, Frau Flips«, sage ich.

»Wie?«

»Ja, ich weiß, dass Sie offiziell so tun müssen, als wüssten Sie nicht, worüber ich rede.« Die arme Frau sieht mich an, als stünde ich in einem lila Hühnerkostüm vor ihr. Ich weiß manchmal gar nicht genau, was ich dabei empfinde, wenn ich Leute so verarsche. Sie tut mir auch leid, die junge Frau, ich sehe ihr die Verunsicherung an und ich will niemanden demütigen, aber gleichzeitig macht es Spaß – und außerdem knurrt mein Magen wie ein ausgewachsener Bär. Also mache ich weiter. »Junge Teenager? Schwarzarbeit? So was darf natürlich nur heimlich ablaufen. Ich weiß. Dafür verdienen wir ja auch nicht viel.«

Frau Flips schaut zur Seite und inspiziert eine Palette Klopapier, als fände sie dort eine Antwort auf die drei rätselhaften Jungs, die vor der Tür stehen. »Wartet hier«, sagt Frau Flips und verlässt das Lager. Die anderen trauen ihren Augen nicht. »Los!«, sage ich und Flo stürzt in den Raum wie ein kleiner, puscheliger Zootiger bei der Fütterung. Lukas sieht sich bedächtiger um. Präzise packt er eine Tüte H-Milch, ein ganzes Bündel Bananen und eine Salami ein. Flo könnte sich Coladosen und Schokonüsse nehmen, aber er vergeudet seine Zeit, indem er hektisch nach Knoppers sucht.

»Beeil dich!«, dränge ich ihn. Lukas ist fertig und steht bereits wieder in der Tür. »Was macht der denn so lang?«, zischt er. Flo wühlt und sucht und verlässt dabei fast die Korridorbreite. »Nimm was anderes!«, rufe ich.

»Was ist denn hier los?«, ertönt eine tiefe Männerstimme, die ganz nach Boss klingt. Einem Boss, der kein Problem damit hat, kurzen Prozess mit Lügnern und Dieben zu machen! Der Boss heißt Herr Trulsen. So steht es auf seinem Kittel.

»Kampfhund-Regel!«, schreie ich und Flo reißt den Kopf hoch und begreift endlich, was geschieht. Er rennt los. Lukas ist schon nicht mehr zu sehen. Herr Trulsen greift nach Flo, erwischt ihn am Rucksack und hält ihn fest. Ich überlege kurz, einen Schein aus der Tasche zu ziehen und ihn Herrn Trulsen vor die Füße zu werfen, aber das würde ihn wahrscheinlich auch nicht sonderlich beeindrucken. Außerdem denke ich daran, was meine Mutter mal gesagt hat, als der Lidl an der Bundesstraße abbrannte: »Die sind doch top versichert. Das kostet die keinen Cent!« Insofern wird Aldi auch nicht an ein paar geklauten Bananen zugrunde gehen.

Ich sehe Herrn Trulsen an, zeige zur Wand hinter ihm und sage: »Da!« Er fällt nicht wirklich darauf rein, aber für eine Sekunde ist er abgelenkt und ich löse Flos Rucksackgurte an ihren vorderen Laschen. Flo fällt nach vorn und taumelt. Herr Trulsen fällt nach hinten Richtung Kaffeepalette.

»Im Rucksack sind die Regeln drin!«, jammert Flo.

»Die sind alle hier drin«, entgegne ich und stupse ihm den Finger an die Stirn, während ich ihm aufhelfe und wir davonlaufen, so schnell wir können. Wir rennen einmal ums Gebäude rum, über den Parkplatz mit den verwunderten Kunden und weiter ins Gewerbegebiet hinein. Unsere Lungen brennen, aber wir rennen geradeaus, wieder innerhalb unseres Korridors. Ich hatte recht. Wir brauchen die Regeln tatsächlich nicht mehr, wir switchen ganz von selbst in sie zurück. Auch Lukas läuft innerhalb des Korridors, ich kann ihn ein paar Hundert Meter vor uns sehen.

Ein Baumarkt. Ein Autoteile Unger. Ein Schuhcenter. Erst dann bleiben wir stehen und drehen uns wieder um. Niemand folgt uns.

»Ich kotz gleich wieder«, krächzt Flo.

»Solltest du auch«, sagt Lukas. »Suchst erst stundenlang nach Knoppers, anstatt sinnvoll zu klauen – nicht zu fassen!«

»Dass wir überhaupt klauen!«, jammert Flo. »Bloß weil wir Hunger haben!«

»Die sind gut versichert«, sage ich.

»Ja, und was, wenn sie uns jetzt die Polizei auf den Hals hetzen?«, fragt Flo.

Stumm schiebe ich mit der Fußspitze eine Pommesschale auf dem Asphalt herum – ich will nicht schon wieder als der Besserwisser rüberkommen.

»Wir sind noch nicht vierzehn. Wir sind strafunmündig«, sagt Lukas die erlösenden Worte. »Wie gut, dass ich erst in ein paar Monaten Geburtstag habe.«

Flo mustert Lukas. »Das ist alles? Und wenn unsere Eltern es mitkriegen?«

»Die schicken uns keine Polizei hinterher«, versuche ich, ihn zu beruhigen.

»Außerdem ist es unsere Quest«, sagt Lukas. »Das wird alles immer spannender, oder?« Er lacht und zieht eine Banane aus seinem Rucksack. »So, und ich esse jetzt alle Beweismittel auf einmal auf.«

»Von wegen Quest«, meint Flo, »sind wir …?«

»Ja, wir sind noch innerhalb des Korridors«, sage ich bestens gelaunt.

»Gut.« Auch Flo scheint zufrieden zu sein. Dann hilft er dabei mit, die Beweismittel zu vernichten.

DER AUTOBAHNTUNNEL

Wenn uns die Quest Querfeldein eins lehrt, dann, dass Brachland in Deutschland immer zu einem von drei möglichen Orten führt. Erstens: Bahngleise. Zweitens: Gewerbegebiete. Und drittens: Rasthöfe.

»Nee, das glaube ich jetzt nicht«, sagt Lukas, als er den Parkplatz sieht, der an das Brachland angrenzt. Wir sind von hinten an einen riesigen Rasthof gelangt. Der Asphalt hier wird nicht von Disteln, sondern von Vierzigtonnern zerbrochen. Neben einem der Brummis steht ein Trucker mit nacktem Oberkörper und gießt sich Wasser aus einer Flasche über den Kopf. Es perlt an seinen vielen Brusthaaren ab wie ein Wasserfall, der durch Bäume schießt, die in den Fels gewachsen sind. Unser Korridor führt quer über den Parkplatz in das Gasthaus hinein und – falls wir auf der anderen Seite überhaupt hinauskämen – direkt auf die Autobahn.

»Das war's dann wohl mit der Quest«, sagt Lukas.

Wir gehen zwischen den Lkws hindurch zum Gasthaus. Die Tür liegt in unserem Korridor, falls das überhaupt noch eine Rolle spielt. Die Essensausgabe allerdings nicht. Nur die Kaffeetheke. Ich setze mich auf einen Hocker. Lukas und Flo setzen sich neben mich. Hinter der Theke bedient ein junger Türke mit Gel in den Haaren und Sonnenbankbräune. Er heißt Ilkay Belözoğlu, was mir das Schildchen an seinem Polohemd verrät. Ich frage mich, ob es in Deutschland noch Angestellte gibt, die keine Namensschilder tragen müssen. Man sieht Ilkay an, dass er sich selbst sensationell sexy findet. Er flirtet mit einer jungen Frau, die an der Theke steht und Textnachrichten auf ihrem iPhone schreibt. Sie will nichts von ihm wissen, aber das merkt er nicht. Er nennt sie »schöne Lady«, als er ihr ihren Espresso serviert. Flo und ich nehmen einen Kakao, Lukas ein Wasser. Ilkay bedient uns schnell, damit er sich weiter der iPhone-Frau widmen kann.

Lukas und Flo wirken fast erleichtert und selbst in meinen Kopf schleicht sich der Gedanke ein, wie es wäre, hier aufzugeben. Das liegt vor allem an dem Geruch nach Fritten und Fleisch, der von der Essenstheke herüberweht, an der wir uns aber nichts bestellen dürfen, weil eine unsichtbare Grenze sie von uns trennt. Eine Grenze, die wir selbst erfunden haben. Ich stelle mir die Frage, was wäre, wenn wir einfach aufhören würden, und frage mich im selben Moment, ob meinem Vater dieser Gedanke auch manchmal kommt. Lukas und Flo sitzen neben mir und starren stumm auf die Theke wie Cowboys in finsteren Western. Ilkay flirtet. »Haben Vivien und du eigentlich schon Sex?«, sagt Flo und sieht Lukas fragend an.

Lukas, der gerade das Glas angesetzt hat, prustet Wasser aus. Ich richte mich auf und mache Augen wie Wagenräder.

»Flo!«, sagt Lukas entsetzt wie eine Mutter, deren zweijährige Tochter das erste Mal »Scheiße!« sagt.

»Wie kommst du denn plötzlich auf so was?«, frage ich mich verwundert. Flo redet selten über Mädchen.

»Wir sind Männer und sitzen gerade an einer Bar. Ich denke, da fragt man so was«, meint er schulterzuckend.

»Das ist keine Bar«, erwidert Lukas.

»Ja, was denn sonst?« Flo haut mit der Hand auf den schwarzen Marmor.

»Es gibt hier kein Bier, also ist es keine Bar«, sagt Lukas.

»Du lenkst ab. Das deutet darauf hin, dass ihr noch keinen Sex hattet.«

»Ich fass dir gleich wohin!«

»Und ich geh jetzt an die Pommestheke«, sagt Flo und steht auf.

»Ich komm mit«, sagt Lukas.

Innerhalb einer Nanosekunde habe ich vergessen, dass ich das auch eben machen wollte, halte die beiden an den Ärmeln fest, zerre sie zu ihren Hockern zurück und frage: »Was soll das denn?« Sie gucken mich an, als hätten sie nur mal eben eine Auszeit nehmen wollen. »Ich kann echt nicht fassen, wie schnell ihr beide aufgebt. Der Fußballer und der Gameprofi. Ihr spielt neunzig Minuten plus Verlängerung plus Elfmeterschießen oder stundenlange Onlineschlachten, aber hier wollt ihr schon aufhören, wo noch gar nicht sicher ist, dass es wirklich hundertprozentig zu Ende ist?«

»Aber sicher ist das sicher!«, sagt Lukas. »Unser Korridor führt mitten über die A 3. Ich habe Flo heute knapp davor bewahrt, vom ICE zerrissen zu werden. Denkst du, da gehe ich am Samstagmittag über die Autobahn?«

»Ich weiß auch noch nicht, wie wir das Problem lösen können«, sage ich, »aber das weiß mein Vater auch nicht. Wenn der immer sagen würde, dass er aufgibt, weil es aussichtslos ist …«

»Was hat denn dein Vater jetzt damit zu tun?«, fragt Flo verwundert.

»Ach, nichts«, winke ich ab und schaue zu Ilkay. Er zwinkert der iPhone-Lady zu wie diese Typen, die bei Castingshows auftreten und sich selbst Checker nennen. Ich will jetzt doch nicht mehr aufgeben. Ich will daran glauben, dass es immer einen Weg gibt. Ich nippe an dem heißen Kakao und überlege.

»Flo«, sage ich eine Minute später. »Nehmen wir an, das Ganze hier wäre wirklich ein Computerspiel-Adventure und du stehst in einer Sackgasse. Was würdest du machen?«

Flo schiebt die Zunge über die Schneidezähne, denkt nach und sagt schließlich: »Ich würde mich umsehen und überlegen, was ich anstellen kann.«

»Okay«, sage ich und beobachte Ilkay, wie er eine Flasche in die Luft wirft, hinter dem Rücken wieder auffängt und zur iPhone-Frau sieht, um Applaus zu erhalten. Die rollt mit den Augen. Ich denke laut und wende Flos Adventure-Logik an. »Was haben wir hier?«, frage ich. »Eine Autobahn, einen Rasthof zu beiden Seiten der Strecke und« – bei diesem Wort flüstere ich, damit er es nicht hört – »einen selbstverliebten Barmann, der eine Frau beeindrucken will.« Lukas kichert. Flo zählt die Objekte an den Fingern ab.

»Was machen wir damit?«, stelle ich die nächste Frage. Ehe die Jungs mit Nachdenken fertig sind, habe ich schon eine Idee. Ich hebe den Finger und flüstere ihnen zu: »Bereit?«

Sie sind es nicht, aber egal.

Ich lege los.

»Weißt du, was einen richtig coolen Job ausmacht?«, sage ich so laut, dass Ilkay und die iPhone-Lady es hören müssen. Lukas und Flo schütteln den Kopf. Sie spielen mit, obwohl sie noch gar nicht wissen, was ich vorhabe. »Das hat gar nicht so viel damit zu tun, ob du viel Kohle verdienst. Echt nicht. In einem richtig coolen Job«, sage ich, »da hast du Zugang zu Bereichen, wo andere nie hinkönnen. Das macht einen coolen Job aus. Wie bei Konzerten, wo man hinter die Bühne darf, wenn man Techniker ist. Oder beim Film und Fernsehen. Selbst als Kabelträger hast du einen Backstage-Ausweis. Da kannst du alles sehen, was hinter den

Kulissen abgeht. Oder Techniker beim Autorennen. Du bist dabei. Du weißt über Dinge Bescheid, von denen der Normalmensch niemals etwas wissen wird. *Das* sind coole Jobs.« Ich atme einmal tief durch, denn jetzt komme ich zu meinem eigentlichen Trick. Ich beuge mich zu den Jungs und spreche leiser, aber immer noch laut genug, dass Ilkay es mitkriegen muss, tue aber so, als wolle ich unbedingt, dass er es nicht hört. »Aber hier, so Jobs an der Raste, mal ehrlich, das ist doch gar nichts. Die müssen hier genauso hingurken wie wir als Kunden. Die haben nicht mal eine eigene Zufahrt. Ich meine, was kann man in so einem Job schon für Geheimnisse haben? Hm?« Ich lache und zeige in den offenen Raum. »Hier gibt es kein Backstage.«

Ilkay knetet grimmig auf einem Spültuch herum. Die iPhone-Lady schmunzelt vor sich hin. Sie hat ganz genau gehört, was für ein armes Würstchen ein Mann wie Ilkay aus meiner Sicht ist. Ilkay wirft das Tuch neben den Kaffeeautomaten, macht zwei Schritte in unsere Richtung und sagt: »Wir *haben* ein Geheimnis!« Er sieht sich um, schnell und abrupt. Er hat wirklich Angst, dass jemand mitbekommt, was er gerade macht. Echte Angst! Und das bedeutet, dass er uns keinen Scheiß erzählt. Er hat tatsächlich was zu verraten! Ich fasse es nicht. Ich habe diese Nebelgranate einfach so geworfen. Ich hätte nie gedacht, dass eine Lösung auftaucht, wenn sich der Qualm verzieht. Also verberge ich meine Aufregung und versuche, so lässig und überlegen rüberzukommen, wie ich es spielen kann. »Tatsächlich? Ihr Rasthofleute habt ein Geheimnis?«

»Ja«, sagt er, »wir *haben* ein Geheimnis.«

»Und was?«, frage ich, mittlerweile übermütig, »eine unsichtbare Brücke quer über die Autobahn?«

»Nein«, antwortet Ilkay, streckt seine Brust raus, drückt seine Schultern zurück und wirft einen schnellen Blick zur iPhone-Lady, um ganz sicher zu sein, dass sie zuhört: »Einen Tunnel *unter* der Autobahn.«

Ich muss mich beherrschen, um nicht vor Jubel durch den Raum zu tanzen. Flo und Lukas verlieren alle Farbe im Gesicht. Sie hätten eher geglaubt, dass es Vampire gibt, als dass geheime Tunnel unter Autobahnen existieren und dass ich das mit einem kleinen Trick herausbekomme. Ich kann es ja selbst nicht fassen. So ruhig ich kann, sage ich: »Zeig ihn uns.«

Ilkay macht einen Schritt zurück, nimmt wieder das Tuch in die Hand und knetet weiter. Er hat viel zu viel verraten, aber er will sich vor der iPhone-Lady nicht blamieren. Die tut so, als würde sie simsen, obwohl sie das schon seit einigen Minuten nicht mehr macht.

»Du kannst uns den Tunnel nicht zeigen, weil es ihn gar nicht gibt, oder?«

»Es gibt den Tunnel!«, sagt Ilkay wütend. Er legt das Tuch wieder ab. »Kommt mit!«, sagt er. Die iPhone-Lady nimmt die Finger von ihren Tasten und sieht kurz auf. Ilkay tritt hinter seiner Theke hervor und winkt. Wir folgen ihm.

Er führt uns auf einen umzäunten Parkplatz auf der linken Seite des Rasthofs, der nur für die Autos von Angestellten gedacht ist. Von hier aus führt ein Weg auf den Parkplatz für normale Besucher. Ein zweiter schlängelt sich nach hinten und ein Stück weit ins Grüne hinab. Ilkay geht mit uns die schmale Straße entlang. Nach fünfzig Metern zweigt eine Spur ab. Sie führt wirklich in einen Tunnel, der unter der Autobahn hindurchgebohrt wurde. Die Wand links neben der Öffnung ist mit Verbotsschildern vollgeklebt wie ein Formel-1-Rennanzug mit Werbestickern.

»Wahnsinn«, haucht Flo.

Ilkay nickt grimmig. »Das da«, sagt er, »darf eigentlich keiner wissen.«

»Aber man sieht's doch«, widerspricht Flo.

»Ach ja? Ist dir der Tunnel schon jemals vorher aufgefallen?«

Flo schweigt.

»Da darf nicht mal der ADAC durch. Der muss außen rum, falls auf der anderen Seite ein Kunde anruft. Nur Polizei, Krankenwagen und Feuerwehr dürfen da durch«, sagt Ilkay und starrt mit uns auf das geheime, dunkle Loch. Dann fügt er schnell hinzu: »Und wir natürlich. Die Rasthofleute.«

Ich schweige einen Moment lang und atme ruhig ein und aus. »Tatsächlich?«, frage ich dann skeptisch. Mehr nicht. Es ist das mächtigste Allzweckwort, das man benutzen kann, um Leute aus der Reserve zu locken.

Ilkay schielt zu mir rüber. »Was soll das heißen?«

Ich schaue absichtlich in die Landschaft. Wie eine Frau, die enttäuscht von ihrem Mann wegsieht und gleich den Kopf schütteln wird.

»Ich darf da durch, Alter!« Ilkays Stimme wird einerseits tief und prollig, andererseits kiekst er fast.

Ich gähne demonstrativ und sage: »Ich glaube, da darf allerhöchstens dein Boss durch.« Ich hoffe, dass ich ihn auch bei seinem Stolz packen kann, wenn keine iPhone-Lady in der Nähe ist. Wenn ich Pech habe, erschlägt er uns einfach und versteckt uns in dem Tunnel, der nur alle paar Jahre mal bei einem Notfall benutzt wird. Ilkay sieht sich um, zieht die Nase hoch und geht in den Tunnel hinein. Nach wenigen Metern hallen seine Schritte und er ruft: »Siehst du, wie ich gehe?«

Ich grinse, schaue die Jungs an und antworte laut: »Ich sehe, Ilkay! Ich sehe.« Wir folgen ihm.

Als wir auf der anderen Seite der Autobahn aus der Dunkelheit treten, blinzelt Ilkay im Sonnenlicht, dreht sich zu uns um und sagt: »Jetzt guckst du!«

»Jetzt bin ich drüben!«, sage ich.

Ilkay begreift erst in diesem Moment, was er gemacht hat. Er hat Unbefugte durch den Tunnel gelassen. »Du Hund!«, brüllt er nun, weil er verstanden hat, dass wir ihn manipuliert haben. Er wird zittrig wie ein Fisch, den man aufs Land wirft. Er muss zurück auf seine Seite, aber er darf ja eigentlich gar nicht. Der Tunnel endet auch auf dieser Seite tief hinter einem Rasthof.

Schräg hinter uns liegen die Parkplätze der Pkws. Am Fuß des begrünten Hangs steht ein Mann in schwarzer Jeans, Kapuzenpulli und Hornbrille. Er pinkelt in die Pampa. Er sieht zu uns herüber.

»Danke fürs Rüberbringen«, sage ich lässig. »Lass deine Theke nicht zu lange allein.« Ilkay knurrt. Es nagt an seinem Stolz, dass ein paar junge Teenager ihn so reinlegen konnten. »Es sieht schon keiner«, sage ich und schaue danach deutlich genug zu dem pinkelnden Pullimann. Ilkay folgt meinem Blick. Der Kapuzenpullimann guckt wieder auf seine Füße. »Es sieht keiner, wenn du dich beeilst.« Ilkay sieht aus, als würde er mich am liebsten würgen, aber er lässt es und rennt schnell durch den Tunnel zurück.

Wir sehen ihm nach. Lukas kichert. Flo steht der Mund offen. Ich fühle wieder diesen Zwiespalt in mir. Einerseits tut Ilkay mir leid, denn ich fände es auch beschissen, so verarscht zu werden. Andererseits ist es das unglaublichste Gefühl der Welt, einen Erwachsenen so beeinflussen zu können.

»Warte mal«, sagt Lukas, als wir ein paar Schritte von der Tunnelöffnung weggemacht haben. »Sind wir wieder in unserem Korridor?«

»Vorhin sind wir einmal um den Rasthof rumgelaufen und dann … ja, der Tunnel muss ungefähr unter der Kaffeetheke gewesen sein. Und die lag im Korridor.«

»Also müssen wir einfach weiter geradeaus?«, fragt Lukas.

»Ja«, sage ich.

»Dann laufen wir direkt vom Rasthof weg.« Flos Stimme klingt bedauernd. »Und ich dachte, wenigstens jetzt können wir mal was essen. Das bisschen Salami und die Banane von vorhin habe ich schon längst verbrannt.«

»Wir müssen sowieso weg«, erwidere ich. »Was ist, wenn der Typ sich an uns rächt, indem er auf dieser Seite anruft und behauptet, er hätte ein paar kleine Jungs ohne Erlaubnis durch den Tunnel laufen sehen?«

»Meinst du, das macht der?«, sagt Flo.

»Willst du es drauf ankommen lassen?«, frage ich.

Flo schüttelt den Kopf. Lukas auch.

»Dann los!«

»Geil, geil, geil!«, sagt Lukas nach ein paar Schritten und blickt zurück auf das überwundene Hindernis. »Mindestens 30 Punkte in allen Kategorien, die es gibt, oder?« Flo tippt die Notiz in sein Handy. »Das muss man sich mal vorstellen! Seit sechs Stunden laufen wir einfach immer geradeaus, egal, was da kommt. Sonst liege ich samstags um die Zeit manchmal noch im Bett. Und heute bin ich schon über Garagen geklettert, habe Flo vorm ICE gerettet, bin in einen Supermarkt eingebrochen und habe die A 3 durch einen Tunnel unterquert, von dem ich nicht mal wusste, dass es ihn gibt.«

»Und eben wolltet ihr noch aufgeben«, sage ich.

Der Kapuzenpullimann zieht seinen Reißverschluss zu und kommt zu uns herüber. »Äh, sorry, Jungs«, sagt er und geht neben uns her, weil er merkt, dass wir nicht anhalten. »Wartet mal«, bittet er uns und wir halten kurz an. »Ich konnte nicht umhin, euer Gespräch mitzuhören – ist eine Berufskrankheit.« Er lächelt. »Habe ich das richtig verstanden? Ihr seid heute den ganzen Tag immer geradeaus durch das Land gelaufen, egal, was sich euch in den Weg gestellt hat?«

»Ja«, sagt Flo stolz, »das ist eine Quest.«

»Eine Quest?«

»Wie in einem Videospiel«, erkläre ich.

»Ich weiß schon, was das bedeutet, aber ihr macht das tatsächlich in echt?«

»Ja«, antwortet Flo. »Das Regelwerk habe ich beim Kämpfen mit einem Filialleiter von Aldi verloren, aber es ist alles hier drin.« Er tippt sich an die Stirn.

»Das ist stark«, sagt der Mann und rückt seine Hornbrille gerade. Er sieht aus wie einer dieser Typen, die mit achtzehn schon Millionäre sind, weil sie Facebook gegründet haben. Oder eine Onlinedruckerei.

»Was heißt Berufskrankheit?«, will ich wissen.

»Bitte?«

»Sie haben gesagt, uns zu belauschen, wäre eine Berufskrankheit.«

Der Mann kramt eine Visitenkarte aus seiner Hosentasche und gibt sie mir. Sein Name ist Jan-Eric Baumann. Seine Firma heißt *Streetrats Productions*.

»Ich drehe fürs Fernsehen«, sagt er. »Für Magazine, wisst ihr? So tägliche Formate, wo sie auch Schwertransporte zeigen oder Leute, die in einem Dorf das längste Baguette aller Zeiten backen.«

Flo scheint beeindruckt, aber Lukas wird langsam ungeduldig. »Wir müssen abhauen, Leute, los jetzt!«

Herr Baumann fragt: »Darf ich euch begleiten?« Er zeigt zum Parkplatz rauf. »Ich hab meine Ausrüstung im Wagen. Kleines Besteck, aber das reicht für eine authentische Doku. Wenn ich euch filme und das wird gesendet, beteilige ich euch an der Gage. Ich kann die Sachen schnell holen.«

»Finn, komm schon!«, drängelt Lukas. Ich kaue auf meiner Unterlippe, tippe mit der Visitenkarte auf meinem Handrücken herum und denke ausführlich über das Wort »Gage« nach. »Machen Sie schnell!«, sage ich dann.

»Ihr könnt mich ruhig duzen!«, ruft Herr Baumann, der schon in Richtung Auto rennt. »Nennt mich Jan-Eric!«

Ich beobachte ihn, wie er die Böschung hinauf zu seinem Wagen hastet.

»Meinst du, das ist eine gute Idee?«, fragt Lukas.

»Also, ich finde das aufregend«, sagt Flo.

Jan-Eric kommt wieder herbeigerannt, eine große schwarze Tasche auf dem Rücken. »Ich habe mir gedacht, wir drehen erst mal diesen geheimen Tunnel da.«

»Sind Sie … bist du verrückt?« Lukas schüttelt den Kopf. »Es ist verboten, da durchzugehen. Wir sind froh, wenn der Typ, den wir verarscht haben, uns bei niemandem anschwärzt.«

Jan-Eric schaut sich um, zieht den Reißverschluss der Tasche auf, schultert eine Kamera und sagt: »Dann versteckt euch meinetwegen. Ich mache nur schnell einen Moodshot von dem Ding.«

Er wartet unsere Antwort gar nicht erst ab, also legen wir uns flach auf den Boden, weil es nichts zum Verstecken gibt. Lukas sagt, den Mund knapp über dem Gras: »Was zum Teufel ist ein Moodshot?«

»Ein Bild ohne Menschen, das man benutzt, um später Musik oder einen Moderationstext drunterzulegen. Eine Stimmungsaufnahme«, erklärt Flo.

»Und warum nennt er es dann nicht so?«

»Woher weißt du das?«, frage ich Flo interessiert.

»Hab ich gelesen«, sagt er. »Ich lese halt über andere Sachen als Vogelmiere und Bärenklau.«

Jan-Eric hat seinen Moodshot im Kasten und läuft zu uns rüber. »Da kommt niemand, ihr könnt aufstehen.«

Kaum stehen wir offen im Feld, sehen wir ein paar Männer die Zufahrt hinunterlaufen. Sie sprechen in ein Handy, schauen in den Tunnel, schauen aufs Feld und zeigen wild gestikulierend in unsere Richtung.

»Lauft!«, sage ich und schon rennen wir wieder, wir haben ja mittlerweile Übung darin. Neu ist nur, dass uns bei dieser Flucht eine Kamera begleitet.

DER POOL

Erst nach zwanzig Minuten werden wir wieder langsamer. Wir haben das Brachland hinter uns gelassen und ein Wohngebiet erreicht. Flo sinkt auf die Knie und würgt. Lukas stemmt die Arme unter seine Rippen und atmet stoßweise Luft aus, als hätte er auf dem Fußballplatz einen Sprint gemacht. Jan-Erics Stirn glitzert vor Schweißperlen, aber er plappert begeistert, während er aufnimmt, wie Flo Tennisbälle aus seinem Hals zu drücken versucht.

»War das super«, japst er, drückt auf *Stopp*, klappt den kleinen LCD-Bildschirm der Kamera auf und spult zurück. Lukas schaut unseren imaginären Korridor zurück und sagt: »Uns folgt keiner.«

Flo rappelt sich langsam auf und sieht mit mir auf Jan-Erics kleinen Bildschirm. Er hat die ganze Flucht gefilmt. Man sieht nur verwackelte Bilder und huschende Füße auf Gras. Dazu hört man Trappeln und Hecheln. Lukas schaut sich die Aufnahme nun auch an. »Wenn man ein Fußballspiel so aufnehmen würde, würde einem die Sendeleitung den Kopf abreißen«, kommentiert er.

»Cool wäre gewesen, wenn man uns von oben rennen gesehen hätte. Wie bei *Herr der Ringe*, wenn sie über die Berge wandern«, sagt Flo.

»Soll Jan-Eric einen Heli aus dem Hut zaubern, oder was?«, fragt Lukas.

»Jungs, ihr habt ja keine Ahnung«, sagt Jan-Eric und tippt mit dem Zeigefinger auf das Display. »Das ist spitze! Genau so fangen wir den Film an, mit diesen Bildern. Flucht. Panik. Todesangst. Die Zuschauer denken sich: Was ist das? Wo ist das? Libyen? Naher Osten? Menschenjagd? Und dann zeigen wir im nächsten Bild, wie drei furchtlose, verdreckte Jungs über irgendwas drüberklettern. Wer ist das? Warum sind die auf der Flucht? Sind sie überhaupt auf der Flucht? Sind sie von zu Hause abgehauen? Das baut Spannung auf, und noch bevor wir auflösen, was die Quest Querfeldein ist, haben wir das ganze Publikum bereits im Sack!«

Er schaltet die Kamera aus und schultert sie wieder. Er schaut kurz nach vorn, links und rechts, als wolle er sicherstellen, dass wir im erlaubten Korridor sind. Dann geht er geradeaus weiter. Wir folgen ihm und trinken Wasser. Langsam gehen unsere Vorräte aus. Nach einer Weile dreht er sich zu uns um. »Wir brauchen natürlich gute Geschichten. Wer seid ihr? Was habt ihr für ein Leben? Habt ihr da was?«

»Ja, die Wahrheit«, sagt Lukas.

»Wenn die was hergibt, kann man mit ihr arbeiten«, meint Jan-Eric knapp. Keiner antwortet ihm.

»Finns Eltern haben eine Druckerei, noch so richtig, mit großen Pressen und Maschinen«, erzählt Lukas. Ich sehe streng zu ihm rüber, weil ich nicht will, dass er über unsere Geldprobleme spricht, bis mir einfällt, dass davon niemand etwas weiß. Wenn eine Kamera dabei ist, vergisst man sofort, dass man Geheimnisse auch bewahren und stattdessen alles Mögliche erzählen kann. Dabei ist ja genau das meine Spezialität.

»Lukas hat zwei kleine Geschwister, die mit seiner Stiefmutter ins Haus gekommen sind«, sage ich. »Sein Vater hat sich von seiner echten Mum scheiden lassen. Er spielt in der C-Jugend schon Verbandsliga und steigt sogar bald auf.«

»Das ist gut«, steigt Jan-Eric sofort ein, »du bist von deinen Eltern verletzt worden und willst es jetzt im Sport allen zeigen.«

Lukas runzelt die Stirn. »Wer sagt denn, dass ich verletzt worden bin? Fußball habe ich immer schon gespielt!«

»Ich wohne mit meiner Mutter allein«, sagt Flo, als wolle er Jan-Eric von Lukas ablenken. »Sie hat meinen Dad rausgeworfen, als ich noch ein Kleinkind war. Sie wirft jeden Mann einfach so raus, sobald sie das erste Mal seine Socken waschen soll!«

Flo verrät diese Sache irgendwie mit zorniger Lust. Er wollte nicht von Lukas ablenken. Er will seine Mutter im Fernsehen in die Pfanne hauen. Jan-Eric hält an, legt die Kamera auf den Boden, stellt die Tasche daneben und zieht laut sirrend den Reißverschluss auf. Er nestelt ein paar schwarze Sender mit kleinen Antennen aus der Tasche, die man hinten am Gürtel befestigen kann. Dünne Kabel kommen aus ihnen heraus und enden in einem Ansteckmikrofon. Während er die Kabel entknotet und die Batterien prüft, wendet Jan-Eric sich an Flo. »Merk dir, was du eben gesagt hast, und sag es gleich noch mal genau so!«

»Das mit den Socken?«, fragt Flo.

»Genau das!«

»Was machst du da?«, will Lukas wissen.

»Ich verkable euch. Muss ja eh gemacht werden. Und wenn jetzt schon so gute Sätze kommen, will ich die nicht verschenken.«

»Wer hat was von Verkabeln gesagt?«, fragt Lukas.

»Ja, soll das eine Reportage ohne Ton werden, oder was?« Jan-Eric zeigt nach vorn. »Dort kommen wieder Hindernisse. Es kann sein, dass ich mich außen verstecke, aber man muss euch trotzdem hören können. Das leisten diese Sender. Sie schicken den Ton in meine Kamera.«

Lukas verzieht die Lippen, aber ich will, dass dieser Film gemacht wird und wir Gage kriegen. Deshalb versuche ich, es ihm schmackhaft zu machen.

»In ein paar Jahren, wenn du bei den Profis in der Bundesliga spielst, beobachten dich gleichzeitig hundert Kameras.« Lukas lächelt. Er stellt es sich innerlich vor. Man muss nur wissen, was man sagt.

Jan-Eric steckt die Sender fest in unsere Hosen und Gürtel, führt die dünnen Kabel unter unseren T-Shirts entlang und klemmt die Mikroköpfe an unsere Krägen. Als er fertig ist und die Kamera auf Flo richtet, sagt der wieder, als hätte er es schon hundertmal geübt: »Ich wohne mit meiner Mutter allein. Sie hat meinen Dad rausgeworfen, als ich noch ein Kleinkind war. Sie wirft jeden Mann einfach so raus, sobald sie das erste Mal seine Socken waschen muss!«

»Ja, nicht übel«, meint Jan-Eric, »aber sag das lieber noch mal, während wir so laufen. Und guck dabei nicht in die Kamera. Das ist das Wichtigste.«

Flo nickt eifrig. »Ich wohne mit meiner Mutter allein. Sie hat meinen Dad rausgeworfen, als ich noch ein Kleinkind war. Sie wirft jeden Mann einfach so raus, sobald sie das erste Mal seine Socken waschen soll!«

Lukas flüstert mir zu: »Das hätte ich auch gern, wenn ich als Fußballprofi gefilmt werde, dass dann einer sagt: ›Lukas, der Torschuss ging daneben, versuch es doch noch mal.‹«

Ich schmunzle, obwohl es mir Sorgen macht, dass Lukas so skeptisch ist. Ich will die Filmsache durchziehen. Ist doch klar, dass das nicht hundertprozentig »echt« ist. Was ist schon echt? Rehunfälle? Katzenbabys von einem berühmten Maler? Eine Schwalbe?

»Einmal noch! Weniger betont. Mehr so verhuscht«, gibt Jan-Eric Anweisungen. »Als wenn es dir eben wirklich erst gerade einfällt.«

Flo nickt und räuspert sich. Jan-Eric filmt acht Versuche, bis er mit Flos grimmigem Kommentar zu seiner Mutter zufrieden ist. Lukas sieht Flo an und schüttelt den Kopf.

»Was?«, fragt Flo.

»Du hast deinen Text inzwischen achtmal genau gleich aufgesagt.«

»Ja. Und?«

»Ja wie ›ja und‹? Entweder hast du ein Meistergedächtnis oder du hast schon dein ganzes Leben lang darauf gewartet, dass ein Kameramann kommt, damit du im Fernsehen deine Mutter fertigmachen kannst.«

»Quatsch!«

»Flo, Flo, Flo …«, sagt Lukas, »jeden Abend sitzt du am Fenster, während draußen der Regen fällt, und wartest darauf, dass einer mit der Kamera kommt, während deine Mutter im Erdgeschoss wieder einen Mann vor die Tür wirft. Dumpf plumpst sein Körper auf den Asphalt und wie kleine schwarze Steine prasseln ein Dutzend Socken neben ihm auf die Straße, bevor sich die Tür schließt.« Lukas hört auf zu sprechen, als er bemerkt, dass Jan-Eric seine Rede gefilmt hat.

»Mach weiter«, fordert er ihn auf.

Ich klopfe ihm auf die Schulter und zeige nach vorn. Er dreht die Kamera von Lukas weg und filmt unser nächstes Hindernis: eine hohe weiße Mauer. Sie umschließt ein großes Gelände. Hinter ihr wachsen prächtige Kiefern. Wie Riesen halten sie ihre wuchtigen Äste mit den langen Nadeln über den Garten. Arme mit langen Ärmeln und Fransen dran. Sie beschützen eine Villa.

Es ist ruhig. Vielleicht ist niemand da.

»Bruuuuup!«

Lukas' Rülpser tönt in die Stille.

»Der kam von ganz unten«, sage ich.

»Dort, wo kein Leben wächst«, sagt Flo.

Jan-Eric lächelt und nimmt unsere Sprüche auf. Als uns das bewusst wird, fallen uns keine mehr ein und wir schauen die Mauer hinauf. Das nächste echte Hindernis. Schlecht für unsere müden Knochen an diesem Tag, der mir schon sehr lang vorkommt, obwohl erst früher Nachmittag ist. Aber gut für den Film.

Lukas macht seine bewährte Räuberleiter. »Komm, Finn, hoch mit dir! Sieh mal nach, was da ist.«

Ich seufze, steige auf seine ineinander verschränkten Hände, nehme Schwung und kralle mich oben auf dem Rand der Mauer fest. Feuchtes Moos schiebt sich unter meine Fingernägel. Das Gelände ist noch beeindruckender, als ich dachte. Ein Garten, so lang wie ein halbes Fußballfeld. Dann ein Pool, blau glitzernd. Dahinter die Terrasse und zwei große Fensterfronten zum Wohnzimmer.

»Boah, Alter, ich glaub's nicht!«, sagt Lukas unter mir und langsam merke ich auch, warum. Süß und pikant steigt das Lüftchen, das meinem Hintern entwichen ist, nun auch zu mir auf.

Flo kichert. »Da kommt der ganz große Segen von oben.«

»Halt die Klappe«, sagt Lukas.

»Der Segen des Herrn …«

»Schnauze!«

»Was denn?«, lacht Flo. »Stell dir mal vor, du würdest gerade Miley Cyrus mit ihrem süßen Po über dir halten. Da würdest du doch jetzt ganz tief einatmen, oder? Und nie mehr loslassen …«

»Ich würde auch nicht die Fürze von Miley einatmen«, beschwert sich Lukas und ich merke, dass er wackelt und nachgibt. Wir fallen und ich rolle mich ungeschickt auf dem Weg ab. Der Asphalt schürft ein wenig meinen Arm auf. Einen Moment halten wir ganz still. Auf der anderen Seite sind keine Geräusche zu hören. Jan-Eric drückt auf Pause und hilft mir, Sender, Kabel und Mikrofon wieder in Position zu bringen. Sie stören durchaus beim Bewegen, aber nicht so sehr, wie ich gedacht hätte. Bis kurz vor dem Sturz hatte ich sie schon vergessen.

»Was ist jetzt da drüben?«, fragt Lukas.

»Ein riesiger Garten, Swimmingpool, Terrasse, alles voll edel«, sage ich. »Aber …«

»… was aber?«

»Wir halten uns an unseren Korridor, richtig?«

»Ja, sicher, wie immer.«

»Na dann, herzlichen Glückwunsch.«

»Wieso?«

Ich mache eine Geste durch die Mauer. »Dann müssen wir schnurgerade mitten durch den Pool und dann pitschnass durchs Wohnzimmer.«

»Ist nicht dein Ernst.«

»Das Haus steht halt so, kannst du gucken.«

Jan-Eric freut sich hinter seiner Linse. Ich stemme mich hoch. Ich bräuchte eine Dusche und was zu essen, aber ich fühle mich toll. Wir werden gleich über diese Mauer klettern, auf das Gelände einer Villa eindringen, den Pool durchschwimmen und dann durch das Haus marschieren. Wie, weiß ich noch nicht, aber wir werden es tun. Weil wir jetzt schon Profis sind. Insider in einer Disziplin, die wir selbst erfunden haben.

»Jetzt fängst du an mit der Leiter«, sagt Lukas und ich stelle mich an die Mauer und verschränke meine Hände ineinander.

»Ihr macht das jetzt wirklich?«, fragt Jan-Eric ungläubig.

Wir sehen ihn an, als wäre es das Normalste auf der Welt. »Klar!«

Er schüttelt begeistert den Kopf. »Okay«, sagt er, »ich gehe um das Gelände, suche mir eine Mülltonne oder irgendwas zum Draufstellen und filme mit der Kamera heimlich über die Mauer ins Gelände rein. Keine Sorge, ich höre euch. Ich habe Zoom. Das wird toll. Voll authentisch.« Er hebt die Hand und saust ums Eck. Wir hören das Gerappel von Mülltonnenrädern. Dann linst er um die Ecke und sagt: »Kann losgehen!«

Ich stemme erst Lukas und dann Flo über die Mauer. Anschließend werfe ich meinen Rucksack rüber. Ich höre, wie sie darin herumfriemeln, und wenig später kommt das Seil zu mir rübergeflogen. Ich hänge mich dran und sie wuchten mich auf die andere Seite. Sie stöhnen viel zu laut dabei, wie Tennisspieler beim Aufschlag.

Nachdem das Seil wieder in meinem Rucksack verstaut ist, würden wir eigentlich am liebsten sofort hinter die Kiefern in Deckung hechten, aber wir erinnern uns daran, dass wir geradeaus gehen müssen. Keine Gnade. Wenn der Hausherr jetzt aus dem Fenster guckt, kann er uns schon sehen, drei Gestalten, die sich auf seinem teuren Gelände vor den Kiefern herumtreiben. Ich stelle mir vor, er hat einen Kampfhund. Einen Dobermann oder einen Cane Corso. Am schlimmsten wäre ein Bandog. Bei einem Bandog könnten wir unsere Innereien auch direkt selbst rausreißen.

»Wir sind hier voll auf dem Präsentierteller«, flüstert Flo.

»Es ist doch keiner da!«, zischt Lukas.

Ich sage nichts. Konzentriere mich nur. Das Haus scheint verlassen, an den Fenstern ist niemand zu sehen. Wir nähern uns dem Pool. Auf der Terrasse direkt vor dem Haus stehen zwei gusseiserne, schicke Stühle neben einem runden Tischchen. Auf dem Tischchen hat jemand zwei Sektgläser und eine angebrochene Flasche stehen lassen.

»So«, flüstert Flo, »und wir schwimmen jetzt mit den Klamotten da durch und dann brechen wir hinten in das Haus ein, um vorn wieder rauszugehen?«

»Wir könnten ja auch drüberklettern«, meint Lukas grinsend.

Ich schaue hinauf. Spitzdach, zwei Etagen. Der Pool glitzert. Flo sagt: »In einen Bach zu fallen, ist das eine, aber mit patschnassen Klamotten holen wir uns eine Lungenentzündung.«

»Lungenentzündung! Bist du etwa unsere Mutter? In Azeroth holt man sich auch keine Lungenentzündung, da ist man froh, wenn einem nicht zum Frühstück jemand mit der Streitaxt den Schädel spaltet.«

»Erkältungen bekommt man auch ohne Mutter«, sagt Flo.

»Was du nicht sagst!«

»Ja, das ist so, Lukas! Wenn du bei der Mafia angestellt wärst und deine Mutter würde sagen: ›Denk bitte dran, die kugelsichere Weste anzuziehen‹, würdest du das dann auch lassen?«

»Boah, jetzt geht das wieder los!«

»Kugeln fängt man sich nämlich auch ohne Mutter!«

Ich mache »Tschhhh!« und beide sind sofort ruhig. »Das ist gar nicht so dumm«, wispere ich und glaube kaum, dass ich es sage. Lukas sieht mich an. Ich zeige auf den Pool. »Wir ziehen uns aus, stopfen die Klamotten in die Rucksäcke, werfen sie rüber, schwimmen durch, trocknen uns ab und ziehen uns wieder an.«

»Du willst dich hier nackig machen?«

»Wir müssen geradeaus durch den Pool. Der liegt nun mal quer vor uns und ist mehr als sieben Meter breit.«

Lukas schaut ins Wasser. Er kratzt sich an der Nasenspitze. Dann legt er los, ohne viele Worte. Nimmt sein Mikrofon vom T-Shirt, zieht den Sender von der Hose, stopft beides in den Rucksack und zieht sich aus. Wir tun es tatsächlich. Hinter der Mauer höre ich Jan-Eric leise vor Freude kieksen. Genau solche Bilder will er in seinem Film haben. Lukas' Bauchmuskeln machen mich neidisch. Flo zögert kurz, dann beginnt auch er, sich zu entkleiden. Er hat keine Bauchmuskeln. Bei ihm fällt der kleine Schwabbelbauch wie ein Putzläppchen aus der Hose. Er zögert, sich auch noch die Unterhose auszuziehen, während Lukas bereits nackt ist, seinen Rucksack mit Schwung auf die andere Seite des Pools wirft und lautlos ins Wasser gleitet.

»Na komm, mach dich nackig«, sagt er aus dem Pool heraus. Es sieht aus, als wären wir im Urlaub. Ich ziehe mich ebenfalls aus und werfe einen Blick zur Mauer, wo die Kamera ist. Man sieht sie kaum. Ich denke an die Leute, die sich bei Big Brother im Fernsehen hundert Tage lang rund um die Uhr filmen lassen, und fühle mich mulmig. Ich denke an die Gage, von der Jan-Eric gesprochen hat, und fühle mich mutig. Flo hat immer noch seine Unterhose an.

»In der Turnhallendusche sind wir auch nackt«, sagt Lukas.

»Da filmt uns auch keiner«, entgegnet Flo.

»Ich denke, du stehst so aufs Gefilmtwerden?«

»Ja, wenn ich …«

»Wenn du über deine Mutter lästern kannst, klar.«

»Dreh dich einfach mit dem Rücken zur Mauer«, sage ich und warte, bis er sich ausgezogen hat. Da er keinen Rucksack mehr hat, stopfe ich seine Kleidung mit in meinen und werfe ihn ebenfalls auf die andere Poolseite. Ich steige schnell ins Wasser. Es ist frisch, aber angenehm, so warm, wie es heute ist. Flo macht Pferdegeräusche mit den Lippen, als er ins Wasser gleitet. Ihm ist kalt. Wir schwimmen leise auf die andere Seite. Ich bin als Erster drüben und stemme mich gerade aus dem Wasser, als sich die Terrassentür zum Wohnzimmer öffnet. Eine Frau im schwarzen seidenen Bademantel tritt an die frische Luft, geht zu dem Tischchen und gießt sich einen Schluck Sekt ein. Sie trinkt genüsslich und schließt die Augen, um den sanften Wind auf der Haut zu spüren. Er zaubert sachte Wellen auf die Seide. Etwas nackte Haut wird sichtbar. Nackte Haut mit schwarzer Spitze. Lukas, der neben mir am Beckenrand angelangt ist, fällt der Kiefer herunter. Die Frau öffnet die Augen, das Glas in der Hand – und bemerkt uns. Sie steht ganz still.

Ich hänge noch auf dem Poolrand, aufgestützt auf den Händen, halb im Wasser, halb an Land. Ich weiß, in einer Sekunde wird sie zu schreien anfangen. Wenn das passiert, dann kommt der Mann. Oder der Bandog.

Zum zweiten Mal an diesem Tag beginnt mein Herz, wie verrückt zu schlagen. Ich muss jetzt schnell denken und handeln. Ich brauche eine Geschichte. Ich muss was ausprobieren, und zwar volles Risiko! Sonst sind wir geliefert und das hier ist das Ende unserer Quest.

Ich hab's!

Immer wenn ich eine Idee habe, welche Geschichte ich den Leuten auftischen kann, fühle ich mich sicher. Selbstbewusst. Ruhig. Ich stemme mich kraftvoll aus dem Pool, gehe zu meinem Rucksack, hole das Mikro, den Sender und ein Handtuch heraus und halte die Sachen so in der Hand, dass ich ins Mikro spreche, während ich so tue, als würde ich mich langsam abtrocknen. Ich versuche, meine Stimme möglichst sauer klingen zu lassen. »Na toll, das hätte mein Onkel uns auch ruhig sagen können, dass Sie heute hier sind.«

Lukas und Flo vergessen völlig, aus dem Wasser zu steigen, so gespannt sind sie, was ich jetzt wieder mache. Ich schüttle den Kopf und zische empört durch zusammengepresste Lippen. Dabei stelle ich mir vor, ich wäre tatsächlich der Neffe des Hausbesitzers. Ich stelle es mir so intensiv vor, dass ich daran glaube und *wirklich* sauer werde. Ich schaffe es, das Gefühl zu erzeugen, obwohl es nicht meines ist. Wie ein Schauspieler eben. Es fühlt sich krass an.

»Ich finde das so unfair meiner Tante gegenüber. Sie kommen einfach her und betrügen sie mit meinem Onkel. In ihrem *eigenen* Haus!«

Hoffentlich klappt das. Hoffentlich habe ich recht. Und hoffentlich merkt sie nicht, dass ich hinter dem Handtuch ein Mikro verberge. Die Frau sagt nichts. In der Hand hält sie das Sektglas. Lukas stemmt sich aus dem Pool und zieht sich leise an. Vielleicht will er die Frau mit seinen Bauchmuskeln beeindrucken. Flo ist immer noch im Wasser. Ich bleibe stehen und fuchtle herum. Nicht hektisch, sondern schon kontrolliert, eben wie jemand, der sauer ist. Und im Recht.

»Sicher, eigentlich müsste ich auf meinen Onkel sauer sein und nicht auf Sie, aber hey, was soll ich sagen? Er ist ein Mann. Männer machen so was. Aber Sie ... Scheiße, verdammt!« Jetzt tue ich so, als würde sich eine Träne in meine Wut mischen. Ich lasse meine Stimme leicht quietschen. Sehe die Frau im Nachthemd an. »Mussten Sie ausgerechnet ihn verführen?«, setze ich noch einen drauf. »Konnten Sie sich keinen anderen Mann aussuchen?«

Sie will sich verteidigen, hebt leicht die Hand. Und wenn sie sich verteidigen will, dann heißt das, dass ich mit meiner Geschichte richtigliege! Das hier ist *wirklich* eine fremde Frau, die nicht hier wohnt und die eine Affäre mit dem Hausbesitzer hat! Ich habe recht! Bevor sie was sagen kann, rede ich schnell weiter. »Unter diesen Kiefern da haben meine Tante und ich gespielt, als ich noch klein war. Ich habe sie lieb, verstehen Sie? Und jetzt bricht mein Onkel ihr das Herz. Wegen Ihnen!«

Lukas hat seinen Sender in die Hose gesteckt. Das kann ich sehen. Das kleine, weich umhüllte Mikro guckt ihm aus der Tasche. Die Frau bemerkt es nicht.

»Junge, du bist zu jung, um ...«, setzt sie zu einer Verteidigung an.

»... um das zu verstehen?«, unterbreche ich sie giftig, aber leise, denn wir wollen ja den Onkel nicht wecken. Man muss nicht laut sein. Man muss sich nur ganz sicher sein, dass man im Recht ist und der andere in der Verteidigung. Selbst dann, wenn man improvisiert und der echte Neffe des Mannes, falls er überhaupt einen hat, weit weg ist. Ich lege das Handtuch ab, sodass das Mikro darunter liegen bleibt, ziehe mir schnell meine Sachen über und nehme mein geheimes Mikrofonhandtuch wieder in die Hand.

»Da gibt's nichts zu verstehen!«, gifte ich noch einmal und lege so viel Ärger in meinen Blick, wie ich nur kann. Die Frau wehrt sich nicht mehr. Sie hat ein schlechtes Gewissen.

»Okay, okay, wir gehen«, sage ich, als wäre das nur eine Sache unseres guten Willens. Ich hebe den Rucksack auf und gehe aufs Wohnzimmer zu, mein Mikrohandtuch an die Brust gedrückt.

»Äh, warte mal. Flo ist noch nicht so weit«, höre ich Lukas' Stimme und drehe mich um. Er zeigt zum Rand des Pools. Es platscht dort wie in einem Robbengehege. Unser unsportlicher Freund versucht immer wieder, sich aus dem Wasser zu stemmen und auf den Füßen zu landen, aber stattdessen landet er nicht mal auf dem Bauch. Er rutscht immerfort zurück ins Wasser, geht unter, taucht wieder auf und versucht es dann noch mal. Es ist unglaublich. Es wirkt, als wolle er was sagen, aber es kommen nur komische Geräusche aus ihm heraus wie aus einem verwundeten Seelöwen. Lukas, ich und die Frau sehen uns das Schauspiel an.

»Er nimmt wohl sonst immer die Treppe«, merkt Lukas an.

»Es hätte so ein schöner Abgang werden können«, seufze ich.

»Vielleicht wartet er darauf, dass jemand mit Heringen schmeißt.«

»Na komm«, sage ich, gehe mit Lukas zum Rand und schon ziehen wir unseren hilflosen Seehund aus dem Wasser. Er kramt seine Kleider aus meinem Rucksack und zieht sich schnell verschämt an, indem er der versteckten Kamera den Rücken zudreht. Als er fertig ist, gehen wir mitten durch die Villa. Die Frau folgt uns wortlos. Neben der Vordertür ist ein kleines Gästeklo. Ich fühle mich so gut, dass ich überlege, hier auch noch pinkeln zu gehen. Lukas kann meine Gedanken lesen und schubst mich nach vorne. Tür auf, dann hat das Haus uns auch schon ausgespuckt und wir stehen im Vorgarten.

Die Villa steht am Ende eines Wendehammers. Vor uns erstreckt sich nur glatter, wunderbarer Asphalt ohne ein einziges Hindernis, rechts und links davon

Häuser und Gärten. Ein paar Minuten gehen wir wortlos geradeaus, bis wir außer Sichtweite sind. Ich packe das Handtuch weg und befestige mein Mikro wieder richtig. Flo und Lukas verkabeln sich ebenfalls neu, als würden sie den ganzen Tag lang nichts anderes tun. Flo strahlt schon wieder und hat sein Missgeschick am Pool offenbar verdrängt. Lukas lacht zwar, hat aber eine Falte auf der Stirn. Schritte nähern sich, große, schwere Schritte. Jan-Eric und seine Kamera. Wir bleiben stehen. Er sieht uns an, stellt die Ausrüstung auf dem Boden ab und beginnt zu klatschen. Erst langsam, dann in immer schnellerem Rhythmus. Applaudierend sagt er: »Das ist ja Wahnsinn! Ich glaube das nicht. Hab ich das eben wirklich gesehen und gehört?«

Ich lächle.

»Woher wusstest du, dass die Frau gar nicht in dem Haus wohnt und mit dem Mann da drin eine Affäre hat?«

»Wusste ich nicht.«

»Aber wie …?«

»Ich beobachte und ziehe meine Schlüsse.«

Jan-Eric sieht mich genauso ratlos an wie Lukas und Flo. Sie stehen um mich herum und warten auf eine Erklärung.

»Warte eben, bevor du antwortest«, sagt Jan-Eric, hebt die Kamera auf und richtet sie auf mich. »Gut, jetzt. Aber sieh mich an, nicht die Kameralinse.«

Ich zwinge mich dazu, an der Linse vorbei zu Jan-Eric

zu sehen, und sage: »Auf der Terrasse standen zwei Gläser Sekt. Die Frau kommt am Nachmittag frisch aus dem Bett auf die Terrasse und nimmt sich noch ein Schlückchen. Sie trägt ein schwarzes Nachthemd aus Seide. Was müsst ihr noch wissen? Oder läuft eure Mutter, wenn sie zu Hause ist, in schwarzen Seidennachthemden und Reizwäsche herum und trinkt tagsüber den Rest Sekt aus der Flasche?«

Lukas schaut in die Ferne. Er weiß, das ist alles logisch, aber es hätte auch in die Hose gehen können. Jan-Eric nickt, drückt auf Pause und sagt: »Reden wir weiter, aber lass uns laufen dabei.« Wir nehmen wieder unser Schritttempo auf. »Wieso bleibst du beim Lügen so locker?«, will Jan-Eric wissen.

»Was würde es helfen, nervös zu werden?« Ich schaue dabei nicht in die Kamera und nicht einmal zu Jan-Eric. Ich gucke einfach nur zum Horizont. Jan-Eric freut sich spürbar und ich fühle mich wie ein echter Darsteller. Ich frage mich, was echte Darsteller verdienen. In Gedanken übergebe ich meine Gage schon meinem Vater, damit er sein Geschäft retten und sein Buch schreiben kann. Na ja, vielleicht nicht alles. Ein bisschen darf ich wohl auch behalten, schließlich schwimme ich hier durch fremde Pools und klettere über Dächer.

»Sehr gut«, sagt Jan-Eric, sieht kurz was auf dem Display nach und richtet die Kamera auf Flo, um zu filmen, wie er gerade für mich 50 Bonuspunkte in der Kategorie Magie/Psychologie eintippt.

DIE BRIEFMARKENSAMMLER

»Also gut«, sagt Jan-Eric zu Flo, während wir geradeaus die Straße hinabgehen. »Deine Mutter hat deinen echten Papa rausgeworfen, da warst du sechs. Du hast geweint und an seinem Hemd gezerrt, als er ging.«

»Nein«, erwidert Flo. »Ich war drei und habe das gar nicht richtig mitbekommen.«

Jan-Eric schaut Flo an und lächelt. Er sieht auf die lange, hindernisfreie Straße vor uns. Er tippt etwas in sein iPhone. »Du warst sechs. Wir können das nachstellen, wie eine Erinnerung. Du erzählst davon hier auf der Quest, am besten an einem Waldrand oder so. Dann blenden wir um in Schwarz-Weiß, spielen traurige Musik ein und zeigen in Zeitlupe eine Szene, wie ein kleiner Junge am Hemd seines Papas zerrt, der von der Mama aus dem Haus geworfen wird.«

Lukas rollt mit den Augen.

»Das wäre nicht die Wahrheit, aber später hat es sich im Grunde so angefühlt.«

Lukas zischt.

»Du begreifst es, Flo!« Jan-Eric klopft ihm auf die Schulter. »Fernsehen muss Gefühle erschaffen. Jeder bekommt darin eine Rolle. Deine Rolle ist die des enttäuschten, aber tapferen Jungen, der ohne Vater auskommen musste. Wir müssen nur noch entscheiden, ob du dich eher lebensmüde in die Quest hineinbegibst oder eher mutig. Das ist eine Grundsatzfrage für den ganzen Film. Macht ihr drei das, weil ihr alle einen seelischen Knacks habt? Oder weil ihr euren Eltern was beweisen wollt? Oder …«

»Wir machen das, weil es Bock macht!«, schimpft Lukas.

Und weil es Geld gibt, denke ich mir im Stillen.

»Ist da einer stinkig, obwohl ihm jemand eine Chance gibt, ins Fernsehen zu kommen?«, fragt Jan-Eric.

»Ich hab nichts gegen das Fernsehen«, sagt Lukas, »aber ich habe was dagegen, wenn man lügt.«

Mir gefällt nicht, dass Lukas jetzt einen auf Spielverderber macht. Er soll Jan-Eric nicht verärgern.

»Wo lügt denn hier einer?«, fragt Jan-Eric.

»Ja, du eben«, erwidert Lukas. »Mit Flos Papa fängt es schon an. Flo ist plötzlich sechs Jahre und zerrt an Papas Hemd. Was soll das? Willst du dazu auch noch eine dramatische Ballade von Kelly Clarkson einspielen?«

»Ja, sicher will ich das«, sagt Jan-Eric. »Noch nie eine Doku-Soap gesehen?«

»Das ist Lüge!«

»Ach, Lukas«, mische ich mich ein. »Was heißt hier schon Lüge? Vom Gefühl her ist es wahrscheinlich sogar wahrer als Flos wahres Leben.«

»Ja, ist ja klar, dass du das so betrachtest!«, entgegnet Lukas. »Du kannst schon gar nicht mehr unterscheiden, ob deine Geschichten wahr oder erfunden sind.«

»Aber du, du Fußballer! Ihr macht Schwalben!«

»Jetzt hört doch mal auf mit den Schwalben«, sagt Lukas. »Und selbst wenn. Am Ende haben wir gewonnen oder verloren oder unentschieden gespielt. Drei Möglichkeiten. Drei Wahrheiten. Da können wir sagen, was wir wollen. Das Ergebnis ist die Wahrheit.«

»Ja, und das Ergebnis hier soll ein Film werden, der Erfolg hat und gesendet wird. Also lass Flo bitte selbst entscheiden, ob er mit sechs Jahren in Schwarz-Weiß am Hemdzipfel seines Papas gezerrt hat oder nicht.«

Lukas winkt ab. Jan-Eric hält die Hand als Sonnenschutz über die Stirn und sieht die Straße hinab. »Ich weiß langsam sowieso nicht mehr, ob der Film was wird, wenn das so weitergeht.«

»Nein, nein«, sage ich und zupfe an Jan-Erics T-Shirt, »das ist schon okay, das mit den aufgepimpten Geschichten.«

»Das meine ich nicht, ich meine die Route.« Er guckt auf sein iPhone, auf dem Google Earth geöffnet ist. »Wir sind auf der Hugenottenstraße. Die läuft noch kilometerweit geradeaus. Da kommt überhaupt kein Hindernis.«

»Es kommt immer irgendwann ein Hindernis«, sage ich.

»Ja, und bis wir da sind, ist es Abend und zu dunkel,

um vernünftig weiterzudrehen.« Ich schweige, während Jan-Eric das Bild nach oben scrollt. »Die geht bis in die nächste Stadt. Sie wird irgendwann zur Landstraße und macht immer noch keine echte Kurve.«

»Dann ist das eben der Teil der Geschichte«, sage ich. »Stundenlang schleppen sich die erschöpften Jungen dahin.«

»Oh nein, guckt mal da vorn!« Flo schluckt schwer und zeigt den Bürgersteig hinab, auf dem wir gehen. Eine Gruppe Jugendlicher kommt uns entgegen, die so aussieht, dass wir im Normalfall die Straßenseite wechseln würden. Sie sind zu dritt, ein Türke und zwei Deutsche. Die Deutschen tragen Trainingshosen und weite, ärmellose T-Shirts. Sie ziehen mit zusammengekniffenen Augen an ihren Zigaretten. Tätowierungen zieren die Unterarme und Panzerketten mit silbernen Gliedern klimpern an ihren Handgelenken. Der Türke hat eine Kerbe im Kinn und eine Lücke zwischen den Schneidezähnen. Seine Augenbrauen sind über der Nase zusammengewachsen. Seine Augen sind so kalt, als könne er jemanden totschlagen und dabei überlegen, was er gleich bei McDonald's bestellt.

»Lass uns auf die Straße ausweichen«, sagt Lukas. Er will seinen Worten Taten folgen lassen, doch Jan-Eric packt ihn an der Schulter. »Nein! Warte!«

»Was?«

»Ihr bleibt hier!«, sagt Jan-Eric, senkt aber seine Kamera.

»Aber die sind übel, da gebe ich Flo ausnahmsweise mal recht.«

»Eben drum! Was hat Finn gerade gesagt? Es kommt immer irgendwann ein Hindernis. Er hat recht behalten. Diese Typen da sind euer Hindernis!«

»So habe ich das aber nicht gemeint«, sage ich und spüre, wie mir in der Brust heiß wird. Ich habe Angst vor solchen Menschen. Letztes Jahr sind welche dieser Sorte bei uns in die Schule eingedrungen und haben einen Jungen aus der Zehnten auf dem Klo verprügelt. Sie haben ihn gepackt und dreimal mit dem Kopf vor die Kante eines Pissbeckens gerammt, bis endlich die Lehrer kamen. Dem Mathelehrer, Herrn Hausdorff, haben sie die Nase gebrochen. Erst Herr Broich hat sie stoppen können. Es kamen zwei Krankenwagen und die Polizei.

»Ich bin doch bei euch«, sagt Jan-Eric jetzt, aber das Gefühl in meiner Brust bleibt. »Ich bin direkt da drüben.« Er dreht sich zur Seite, damit die Typen die Kamera nicht sehen, und betritt die Straße.

»Was???«, rufen wir alle drei, die Augen weit aufgerissen.

»Benehmt euch ganz natürlich«, sagt Jan-Eric. »Lasst euch ein wenig anmachen. Zeigt eure Angst. Seid Opfer. Wenn es brenzlig wird, komm ich mit der Kamera rüber. Bis dahin filme ich heimlich.«

Er lässt uns keine Zeit zu antworten und ehe wir's uns versehen, hockt er auf der anderen Straßenseite zwischen einem geparkten Transporter und einem Kombi. Die Gang ist nur noch ein paar Meter von uns entfernt. Wenn wir jetzt den Bürgersteig verlassen, provozieren wir sie erst recht. Flo greift instinktiv nach Lukas' Hand, aber der zieht sie weg. Ich suche in meinem Kopf nach einer guten Geschichte, die uns das Ganze überleben lassen kann, aber ich finde keine. Die drei sind jetzt bei uns angekommen. Sie unterhalten sich. Es klingt, als würden sie vor dem Aussprechen eines Wortes darauf herumkauen und es dann ausspucken wie ein hart gekautes Kaugummi.

»Faruk von Ägypten, das war der Geilste, Alter!«

»Hörst du auf, der Geilste war Graf Philipp!«

»Ach, der schwule Graf …«

»Pass auf, was du sagst, der war nicht schwul!«

»Oktay hat recht, Alter. Philipp war der Hammer. Der hatte alles gesammelt, was es auf der Welt zu sammeln gab. Hundertzwanzigtausend Stück. Das hat keiner sonst geschafft. Nicht davor und nicht danach.«

So reden die Typen …

… und gehen einfach an uns vorbei!

Als wären wir Luft. Als wären wir überhaupt nicht da. Vertieft in ihr Gespräch schlendern sie die Straße hinab. Wir sehen ihnen nach.

Erstaunt.

Erleichtert.

»Hey!«, brüllt Jan-Eric und erscheint auf der anderen Straßenseite. Er winkt mit einer Hand, mit der rechten hat er die Kamera geschultert. Er läuft zu uns herüber. Die Gang hält an und dreht sich um.

»Hey, ihr, bleibt mal stehen!«, sagt Jan-Eric. Ist der wahnsinnig geworden? Wir können doch froh sein, dass sie uns in Ruhe gelassen haben. Er zeigt auf Oktay, den Anführer der Gruppe, und fragt: »Worüber zum Teufel habt ihr da gerade geredet?«

»Wir?« Oktay legt die Hände auf seine Brust. »Sprichst du mit mir?«

Oh nein. Jetzt geht es los. Gut, dass wenigstens keine Kante eines Pissbeckens in der Nähe ist, an der sie unsere Schädel zertrümmern können. Obwohl, es gibt ja noch den Bordstein …

»Ja, ich spreche mit dir«, sagt Jan-Eric.

»Du willst wissen, worüber wir geredet haben?« Oktay macht einen Schritt auf Jan-Eric zu.

Lukas, Flo und ich rücken zusammen wie Eichhörnchenjunge, wenn der Steinadler geflogen kommt. Wir zittern.

»Über Briefmarkensammler.«

»Was?«

»Graf Philipp hatte damals zwar alle Marken gesammelt, die es auf der Welt gab, aber Faruk von Ägypten hatte mehr Stil.« Oktays Kumpel schütteln den Kopf und wollen was sagen, aber Jan-Eric unterbricht sie. »Ihr drei seid Briefmarkensammler?«

»Das heißt korrekt eigentlich Philatelisten«, sagt Oktay. »Aber: ja.«

Lukas grinst. Flo steht der Mund offen. Die Augen Oktays wirken jetzt nicht mehr so tot. Im Gegenteil. Sie funkeln, eher amüsiert als aggressiv. Jan-Eric schaut kurz die Straße hinab, dann wieder auf die Gang. Er sagt: »Das kann doch nicht sein, dass ihr Briefmarken sammelt!«

»Warum nicht?«, fragt Oktay.

»Weil das nicht eure Aufgabe ist.«

»Was ist denn unsere Aufgabe?«

Jan-Eric wedelt mit den Händen. »Ja, was weiß ich? Eure Aufgabe ist es, hier an den Jungs vorbeizugehen und zu sagen: ›Ey, ihr Spasten, bleibt stehen und gebt uns eure Jacken!‹«

Oktay sieht uns an. Er lächelt. Mit Zahnlücke, Kinnkerbe und zusammengewachsenen Augenbrauen. »Die Jungs tragen gar keine Jacken.«

»Ja, meine Güte, dann müsstet ihr sagen: ›Ey, ihr Homos, bleibt stehen und gebt uns eure Rucksäcke!‹«

»Warum sollten wir das machen?«, fragt Oktay. Wie das aussieht, dieses Kinnkerbenlächeln …

»Ja, warum solltet ihr das machen?« Jan-Eric scheint fast zu platzen, aber er traut sich nicht zu sagen, dass diese drei Jungs nun mal einfach danach aussehen.

»Und was sind das überhaupt für Worte, die du da benutzt?«, sagt Oktay. »Spasten und Homos? Das ist diskriminierend gegenüber Behinderten und Schwulen. Das wäre so, als wenn du Kümmeltürke zu mir sagen würdest.«

»Ich …«, stammelt Jan-Eric.

Oktay sieht kurz auf Jan-Erics Kamera und zeigt dann mit dem Daumen in Richtung Innenstadt. »Sollen wir vielleicht ein paar Jacken besorgen, die wir den Jungs dann abziehen können? Wir bezahlen sie auch vorher.«

Jan-Eric sieht den türkischen, kinngekerbten Philatelisten an. »Ja. Warum eigentlich nicht?« Wir schauen unseren Filmregisseur an, als sei er völlig verrückt geworden. Jan-Eric kramt sein Portemonnaie heraus, blättert es auf und sagt: »Wie wäre es denn, wenn ich euch eine kleine Gage zahle, und dann macht ihr drei, was das Publikum eigentlich von euch erwartet?«

Oktay runzelt die Stirn. Seine Augenbrauen bewegen sich dabei. Es sieht aus, als würde sich ein Frettchen nach dem Aufstehen gemütlich zusammenziehen und dann wieder strecken.

»Was braucht ihr? Fünfzig? Hundert? Dann kommt ihr noch mal die Straße runter und pöbelt meine Jungs hier schön dreckig an.«

Lukas schüttelt den Kopf, entgeistert. Flo schüttelt den Kopf, amüsiert. Ich sehe die Scheine in Jan-Erics Geldbörse und bekomme gute Laune, egal, wie das hier weitergeht. Er versteht etwas von seinem Job, auch wenn er übertreibt. Wahrscheinlich muss man das beim Fernsehen. Oktay linst in das Portemonnaie wie ein Vogel Strauß in einen Futternapf. Er hebt die Augen und fixiert Jan-Eric. Der schüttelt das Portemonnaie und grinst. Oktay wartet. Ein leichter Windstoß wirbelt seine Augenbrauen auf, das Fell des Frettchens. Ich stelle mir vor, wie es in der Sonne liegt und die sanfte Brise genießt. Als sie vorüber ist, sagt Oktay langsam und betont und ganz ohne feuchte Aussprache oder vorgekaute Vokale: »Schlechtes Benehmen kann man nicht kaufen.« Er hebt die rechte Hand, schnippt und dreht sich zu seinen Freunden um. »Kommt, Jungs, wir gehen.«

Und das machen sie dann auch.

Jan-Eric sieht ihnen nach, völlig baff, wie ein Stürmer dem Ball nachsieht, den er über das leere Tor geschossen hat. Wir schweigen eine Minute lang. Kratzen uns mit der rechten Hand an der linken. Tippen mit der Fußspitze auf den Asphalt. Räuspern uns. Nach einer Minute und zwei Sekunden sagt Flo: »Tja …« Er sagt es so leise wie eine Wespe, die mit den Füßchen fast geräuschlos auf einem Blatt landet. Lukas schmatzt. Ich atme aus. Jan-Eric rückt seine Kamera zurecht und sagt: »Dieses Land ist auch nicht mehr, was es mal war.« Dann geht er weiter. Wir folgen ihm.

DER KÄUFER

»Meine Mutter will immer, dass ich die neuen Männer Papa nenne. Nach einem Monat oder so. Aber warum soll ich das machen, wenn sie acht Wochen später sowieso wieder rausgeworfen werden?«

Seit zwei Kilometern erzählt Flo unserem Kameramann Jan-Eric von seiner Mutter und seinem Leben mit ihr. Lukas trinkt aus einer Wasserflasche und schaut die Straße hinab in die Ferne. Ich frage mich, ob man Flo bei seiner Lebensbeichte bremsen sollte, aber ich entscheide mich dagegen. Jan-Eric soll diesen Film über die Quest unbedingt machen. Nur so bekommen wir unsere Gage.

»Gab es denn mal einen, den du gern Papa genannt hast?«, fragt Jan-Eric, das Gesicht hinter seiner Kamera. Flo bekommt einen abwesenden Blick. Er sieht jetzt nicht mehr die Straße vor sich, sondern seine Vergangenheit. »Ja«, antwortet er. »Wolfgang. Den habe ich gern Papa genannt. Den hätte ich sofort behalten.«

»Und? Was ist mit ihm passiert?«

»Er hat seine Socken auf dem Wohnzimmertisch liegen lassen. Das war's.«

»Kann echt nicht wahr sein …«, flüstert Jan-Eric vor sich hin, schüttelt den Kopf und richtet die Kamera auf Lukas. »Lukas«, sagt er, »du hast einen Papa und eine Mama, aber die Mama ist nicht deine ursprüngliche Mama und deine Geschwister sind nur Halbgeschwister. Wie schwierig ist es, in einer Patchworkfamilie zu leben?«

Lukas sieht nicht mal in die Kamera, als er antwortet: »Gar nicht schwierig. Alles in Ordnung. Außerdem hat das nichts mit der Quest zu tun.«

»Falls du später Profifußballer wirst, musst du auch Fragen zu deinem Privatleben beantworten«, sagt Jan-Eric.

»Muss ich nicht.«

»Musst du doch. Das muss jeder Prominente.«

»Ach ja? Dann erzähl mir mal, wie Frau und Kinder von Stefan Raab heißen.«

Jan-Eric schweigt und schluckt. Das war ein gutes Argument. Er richtet die Kamera auf mich. »Finn«, sagt er, »deine Eltern betreiben eine traditionelle Druckerei. Machen sie sich Sorgen um ihre Zukunft, jetzt, wo die Leute ihre Sachen alle billig im Internet drucken lassen können?«

Ich antworte nicht. An einer Hauswand hängt ein uralter roter Kaugummiautomat.

»Es muss doch schwer sein für deinen Vater«, bohrt Jan-Eric weiter.

Ich spitze die Lippen und tue so, als würde ich ihn

gar nicht hören. Es geht ihn nichts an, dass meine Familie Geldprobleme hat. Nicht mal meine besten Freunde wissen davon. Es ist nicht wichtig für die Quest, da hat Lukas völlig recht. Ich trete an den roten Kaugummiautomaten heran, hole mein Portemonnaie aus der Hose, kippe Zehncentstücke in meine offene linke Hand und frage: »Wer will guten alten Automatenkaugummi? Ich gebe eine Runde aus.«

Flo zeigt auf, als ob wir hier in der Schule wären. Lukas schlendert lächelnd herbei. Jan-Eric filmt, wie wir Kaugummi ziehen. Er versucht es noch mal und sagt: »So eine Druckerei ist doch wie diese Kaugummiautomaten. Da kommt alle zwei Jahre einer und leert den Geldspeicher. Öfter muss man gar nicht mehr.«

»Hmmm, lecker!«, lüge ich laut, damit Jan-Eric aufhört, in den Gelddingen meiner Eltern herumzustochern. Flo lacht. Lukas versucht sich an einer Blase. Jan-Eric lässt die Kamera sinken. »Hey, Jungs«, klagt er, »ihr müsst mir schon was geben, sonst wird das nichts mit dem Film.«

»Wir sind heute schon nackt durch einen Pool geschwommen und haben dabei eine Frau belogen«, sagt Lukas.

»Ja, und das war toll! Aber ich brauche mehr für eine gute Geschichte. Die Leute wollen euch kennenlernen. Euer Schicksal.«

Lukas pustet verächtlich Luft durch die Zähne aus. »Schicksal«, sagt er, »ist doch Schwachsinn.«

»Und außerdem«, Jan-Eric zeigt geradeaus die Straße hinab, »diese Scheißstraße geht bis zum Horizont nur geradeaus. Da kommt *überhaupt* kein Hindernis mehr, bis es dunkel wird.«

»Ist halt so bei der Hugenottenstraße«, sage ich.

»Wusstet ihr das?«, fragt Jan-Eric. »Als ihr die Route geplant habt?« Er zieht wieder sein iPhone aus der Tasche und öffnet die Karte.

»Wir haben die Route nicht geplant«, erklärt Lukas.

»Wir haben das Punktesystem geplant!«, sagt Flo.

Jan-Eric schaut auf den Bildschirm seines Telefons und dann wieder die Straße hinab. Er überlegt. Er legt seinen Finger ans Kinn. Dann zeigt er schräg nach links in nordwestliche Richtung. »Nach ungefähr zwanzig Hausnummern führt links eine kleine Straße von der Hugenotten ab. Ganz sanft, wie eine Weggabel. Keine krasse Kurve. Wenn wir die nehmen würden, träfen wir wieder auf Hindernisse. Ich sehe hier einen großen Hof.«

»Du willst, dass wir schummeln?«, fragt Flo entsetzt.

»Was heißt hier schon schummeln? Die Straße führt ganz sachte nach links von der eigentlichen Route weg. Das ist kein Schummeln, das ist eher eine behutsame Beugung der Regeln. Da gibt es Spielraum.«

»Bei Regeln gibt es keinen Spielraum«, sagt Lukas.

Ich spucke mein ekelhaft süßes Kaugummi wieder aus, atme durch und sage klar und deutlich: »Wir schummeln nicht.«

Jan-Eric bleibt stumm. Lukas und Flo nicken einhellig und stellen sich neben mich. »Eine Quest ist eine Quest. Wir können filmen, wir können dir meinetwegen erfundene Schicksale von uns erzählen. Aber wir schummeln nicht.«

Jan-Eric sieht uns an, die drei sturen kleinen Böcke. Er hebt den linken Arm und zeigt wieder die Straße hinab. »Aber auf der Straße passiert nichts mehr. Da gibt's keine Action. Ihr habt doch eben gesehen, sogar die Gangster sammeln hier Briefmarken.«

»Wir schummeln nicht!«, sagen Lukas, Flo und ich synchron wie ein Chor.

Jan-Eric schultert seine Kamera und schüttelt den Kopf. »Dann weiß ich nicht, ob ich das alles verwerten kann«, seufzt er und wir gehen weiter.

Die Hugenottenstraße wirkt tatsächlich, als würde sie nie enden. Oder als wiederhole sich jedes Stück nach ein paar Hausnummern wieder, wie in der Kulisse eines Videospiels, bei dem die Designer nicht genug Zeit hatten. Sie haben zehn Häuser gemalt, Vorgärten, Kaugummiautomaten und Stromkästen. Dann haben sie den Abschnitt kopiert und immer wieder hintereinandergeklebt. Wir gehen durch eine Schleife. Wir sind Computermännchen. Vielleicht steuert uns ja jemand anders. Mein Handy klingelt. Wurde auch Zeit, denke ich mir, es ist schon Nachmittag und was hätten wir für Eltern, würden sie nicht zwischendurch mal fragen, wie es uns geht.

»Ja?«, sage ich.

»Hallo?«, fragt ein Mann, der nicht mein Vater ist. »Sind da die Maschinen?«

»Nee«, sage ich, »Anders.«

»Wie, anders?«

»Ja, Anders halt.«

»Was heißt hier anders? Sind da die Maschinen oder nicht?«

»Nee, Anders.«

»Jetzt werde ich doch bekloppt.«

»Was wollen Sie denn?«

»Ich will …« Es knistert am anderen Ende der Leitung und ich höre Schritte und ein Atmen. »Ach soooo!«, ruft der Mann. »Hier steht's ja an der Tür. Druckerei Anders. Jetzt habe ich doch glatt Ihren Nachnamen vergessen.«

Ein Kunde? Ein Kunde für Papa, der aus Versehen mich anruft?

»Ich bin Finn. Der Sohn. Was kann ich für Sie tun?«

»Ich weiß, dass du der Sohn bist. Bei euch zu Hause war keiner und da habe ich eine Nachbarin gefragt und die hatte deine Nummer, weil du mit ihrem Sohn Flo befreundet bist. Ich dachte, ich frage dich mal, wo dein Papa ist. Der ist nämlich nicht zu Hause, obwohl wir verabredet sind.«

Es ist tatsächlich ein Kunde! Ich freue mich und strahle. Jan-Eric bemerkt es, denn er hebt vorsichtig seine Kamera.

»Was wollen Sie denn?«, frage ich.

»Es geht um die ganzen Druckmaschinen. Und die Pressen.«

»Wie?« Ich spüre, wie mir im Bauch und unter den Rippen ganz heiß wird.

»Na ja«, sagt der Mann, »ich bin doch der, der das alles kaufen will. Vielleicht. Wenn dein Vater mir einen guten Preis macht. Hallo? Bist du noch dran?«

Die letzten Worte des Mannes höre ich kaum noch, denn mir wird schlecht. Meine Ohren sausen und es fühlt sich an, als habe sich in meinem Hals ein dicker Klumpen aus alten Haaren und Schleim gebildet. Der Mann will Papas Maschinen kaufen! Das heißt, dass Papa völlig pleite ist. Nicht nur ein bisschen. Er will aufgeben. Ich denke an meinen Opa hoch oben am Deich und wie er reagieren wird, wenn er das hört. Seine alten Maschinen, verschleudert für ein paar Euro! Es wird ihm das Herz brechen. Und wie sieht es dann bei uns zu Hause aus? Keine Druckerei mehr im Keller. Kein schummrig beleuchteter Schreibtisch. Papa wird aufhören, seinen Roman zu schreiben. Er wird aufhören, Spaß am Leben zu haben. Er und Mama werden sich anschweigen, still und bitter. Alles wäre gescheitert. Sie wären arbeitslos. Am Ende ziehen wir aus dem Viertel aus, weil wir uns kein Haus mehr leisten können. Weg von Lukas. Weg von Flo. Weg von Torwänden im Garten und Tauschwurfgeschäften von Fenster zu Fenster. In das Satellitenhaus – oder noch schlimmer:

in eine neue Stadt, weil es nur dort Arbeit gibt. Ich muss was unternehmen. Und ich muss so sprechen, dass nicht mal Jan-Eric, Lukas und Flo begreifen, dass mein Vater sein Geschäft auflösen wollte. Ich sage: »Hören Sie mich?«

»Ja.«

»Da bin ich wieder.«

»Und was ist nun? Ich stehe hier vor eurer Haustür.«

»Dann fahren Sie wieder weg.«

»Wie bitte? Aber ich habe doch das Inserat mit eigenen Augen gesehen.«

»Tut mir leid, aber das ist wieder mal so ein blöder Scherz von Alessandro.«

»Wer ist Alessandro?«

»Alessandro ist ein Kegelbruder meines Vaters«, erzähle ich, »und er hat einen seltsamen Humor. Sie spielen sich Streiche, seit sie acht Jahre alt sind. Damals kam Alessandro mit seinen Eltern aus Italien nach Deutschland. Er stammt aus Cassino, in der Toskana. Toskana klingt nach Urlaub, aber seine Eltern waren recht arm und haben sich hier was aufgebaut. Einmal, da hat Alessandro einen Freund von sich als General der Bundeswehr verkleidet bei uns auftauchen lassen. Er hat behauptet, mein Vater würde eingezogen, als Kommunikationshelfer auf einem Piratenbekämpfungsschiff in Somalia. Er hatte ein offizielles Schreiben dabei. Mein Papa war für eine Sekunde bleich, bevor er loslachte.«

Der Mann am anderen Ende der Leitung kauft mir die Geschichte ab. Sogar Jan-Eric, Lukas und Flo scheinen sie zu glauben. Sie gucken jedenfalls eher amüsiert als besorgt.

»Der Mann, mit dem ich den Termin gemacht habe, hatte keinen Akzent.«

»Natürlich nicht«, sage ich, »Alessandro lebt seit vierzig Jahren in Deutschland. Denken Sie, da muss er immer noch sprechen wie ein Comedian, der Italiener nachmacht? So nach dem Motto: ›Du se wollen uno latte macchiato zu die Maschineeeee?‹«

Der Mann antwortet nicht.

»Sind Sie rassistisch, oder so?«, frage ich.

Der Mann schnauft ärgerlich. »Na toll. Dann bin ich also zweihundertzwanzig Kilometer wegen eines Scherzes gefahren.«

»Stellen Sie das Spritgeld Alessandro in Rechnung«, sage ich so selbstverständlich, als würde Alessandro existieren. »Soll ich Ihnen die Adresse und Telefonnummer geben? Mail weiß ich nicht mehr so genau, das müsste so was sein wie Alessandro bella Italia at Hotmail dot com, mit Unterstrichen.«

»Nein, ist schon gut.«

»Tut mir echt leid.«

»Du kannst ja nichts dafür«, sagt der Mann. Er legt auf. Ich drücke auf meine Handytaste und es piept. Jan-Eric und die Jungs sehen mich an.

»Wer ist Alessandro?«, fragt Lukas.

»Was hat er für einen Scherz gemacht?«, fragt Flo.

Jan-Eric fragt gar nichts. Er sieht mich nur an wie ein Psychologe, der seinen Patienten Schritt für Schritt besser begreift. Ich antworte niemandem. Stattdessen sehe ich mir die Moosritzen im Bürgersteig an. Ich sollte noch irgendwas zu meiner Geschichte sagen, weil ich das sonst auch immer tue. Irgendeine Weisheit muss ich noch von mir geben, damit die anderen keinen Verdacht schöpfen. »Wenn du lügst, lüge spezifisch!«, sage ich deshalb.

»Was?«, fragt Flo.

»Na ja, Alessandro, Cassino, Toskana, die Mailadresse. Hätte ich einfach nur von einem Italiener gesprochen oder ganz allgemein von einem Schulfreund meines Vaters, wäre es auffälliger gewesen.«

»Aber worum ging's denn nun wirklich?«, will Flo wissen.

Ich antworte nicht, schaue noch einen Moment auf das weiche, eingeklemmte Moos und sehe dann Jan-Eric in die Augen. Ich schlucke. »Und wenn wir an der Gabelung links abbiegen, wird der Film auf jeden Fall gesendet?«

Flo und Lukas machen einen Schritt von mir weg, als hätte ich auf einmal die Pocken. Jan-Eric nickt. Er hält sein iPhone in die Luft. »Großer Hof, spannendes Hindernis.«

»Aber …«, sagt Flo.

Ich hebe die Hand, um ihn zu unterbrechen. »Wir

sind heute Morgen in eine zufällige Richtung losgegangen. Es hätte auch jede andere sein können.«

»Aber …«

»Der Sinn der Quest ist das Überwinden von Hindernissen.«

»Aber du hast doch vorhin noch gesagt, dass wir auf keinen Fall schummeln.«

»Ich will, dass dieser Film gedreht wird!«, brülle ich und Flo zuckt zusammen. Lukas tut so, als sei ihm jetzt auch alles egal. Jan-Eric freut sich und schaut bereits nach vorn, wo die kleine Route halb links sanft von der Hugenottenstraße wegführt.

»Gute Entscheidung«, sagt er, als wäre schon eine gefallen, und stapft los. Ich folge ihm, ohne die Jungs zu fragen. Flo will noch was sagen, aber Lukas legt ihm die Hand auf den Arm und schiebt ihn sanft weiter. So nach dem Motto: Es ist okay. Lass es geschehen. Folge Finn.

Nach einer weiteren Viertelstunde sind wir von unserer Strecke abgebogen.

DER HOF

Fünfhundert Meter vor uns liegt der Hof. Er ist groß und breit, ein Gelände wie ein Land, und er scheint die Wolken anzuziehen. Sie schieben sich in den sonnigen Himmel hinein, seit wir vom Weg abgebogen sind. Es wird abwechselnd hell und dunkel, hell und dunkel. Mein Handy klingelt.

»Ja?«

»Finn, Mama hier. Du, da kommt gleich ein Mann zu uns nach Hause, mit dem ist Papa verabredet. Wir schaffen es nicht, rechtzeitig da zu sein. Wir wollten bloß noch eben einkaufen, aber du kannst dir nicht vorstellen, was hier bei Real am Samstag los ist. Papa hat die Handynummer von dem Herrn nicht und du bist doch in der Nähe, oder? Bei Lukas? Bei Flo?«

Ich höre die Geräusche des Autos. Mama telefoniert, Papa fährt. Ich bedeute Lukas, Flo und Jan-Eric, dass ich mal eben vorlaufe, denn ich will nicht, dass sie mithören. Sie stutzen kurz, nicken dann aber.

»Ihr braucht euch nicht zu beeilen«, sage ich. Ich sage es laut. Einerseits weil sie im röhrenden Auto sitzen, und andererseits weil ich sauer bin.

»Wie?«, fragt meine Mutter.

»Ich habe ihn weggeschickt, diesen Mann.«

»Was hast du???«

»Mama, ich erkläre euch das alles später, ja?«

Ich höre, wie mein Vater am Steuer etwas fragt und meine Mutter das Handy sinken lässt. »Was hat er?«, bellt mein Vater. »Gib mir das Telefon«, sagt er zu meiner Mutter und die antwortet schnippisch: »Das kann ich mit unserem Herrn Sohn auch noch selber regeln.« Dann wieder mein Vater, knapp und laut wie ein Kanonenschuss: »Sabine!« Und kurz darauf, nach lautem Rascheln, brüllt er ins Telefon. »Finn?«

Ich sage nur »Ja?«, viel leiser und zaghafter, als ich es eigentlich wollte. Mein Vater ist sonst nie wütend. Selbst meine abstrusesten Geschichten findet er gut, auch wenn er es nicht offen sagen kann.

»Was fällt dir ein, den Kunden wegzuschicken!«, blafft mein Vater mich an.

»Das war kein Kunde«, antworte ich klagend, »das war einer, der alles aufkaufen will.«

»Triffst du bei uns in der Firma neuerdings die Entscheidungen? Willst du Geschäftsführer sein?« Seine Worte sind so giftig, dass sie fast den Kunststoff meines Handys zersetzen. »Das können wir einrichten, junger Mann, aber dann bist du mit deiner Vier minus in Mathe auch für alle Finanzen verantwortlich. Wie wäre das?«

Boah, das war ein Tiefschlag. Ich sage, noch ehe ich mich bewusst dafür entscheide: »Ich rufe Opa an!«

»Finn!«, ruft mein Vater und aus seiner Stimmlage höre ich heraus, dass er seinem Vater noch nichts davon erzählt hat. Dass er aufgeben und das handwerkliche Erbe der Familie beenden will. Sätze mit Opa ziehen immer. Sätze mit Opa werfen meine Eltern kurzfristig aus der Bahn. Jetzt muss nur mein Plan funktionieren. Wir bringen die Quest zu Ende, Jan-Eric verkauft den Fernsehbeitrag, wir bekommen eine fette Gage und unsere Druckerei ist gerettet.

»Opa wird das nicht gerade lustig finden.« Ich versuche, all meinen Zorn in diesen Satz zu legen, denn ich spüre, dass ich dieses Mal womöglich übers Ziel hinausgeschossen bin.

»Ich entscheide, wann ich ihm davon erzähle!«

»Jetzt warte doch wenigstens noch ein paar Tage«, versuche ich es nun auf die bettelnde Tour.

»Finn, wir sind deine Eltern. Wir regeln diese Dinge. Und es geht einfach nicht an, dass du …«

»Bitte, Papa!«, flehe ich. »Warte, bis ich heimkomme. Ich habe eventuell eine Lösung.«

Mein Vater schnauft in den Hörer und ich weiß, dass er gerade mit sich hadert. Da er Opa noch nicht eingeweiht hat, heißt das, dass er nicht wirklich aufgeben will. Nicht aus voller Überzeugung. Er sagt: »Da bin ich aber mal gespannt.«

Ich atme auf. »Wir sehen uns dann heute Abend. Die Exkursion dauert noch etwas. Wir schreiben viel auf.«

»Gut«, sagt mein Vater und legt einfach auf.

Für einen Moment schließe ich die Augen und versuche all die Gefühle, die in mir aufbranden, zu ignorieren. Ich schaue zum Hof und zwinge mich, mich nur auf diese eine Sache zu konzentrieren: Es muss unbedingt klappen mit dem Film und mit der Gage. Es muss! Inzwischen haben Jan-Eric und die Jungs mich eingeholt. »Alles klar?«, fragt Lukas und ich nicke.

»Können wir weitermachen? Sitzen alle Mikros?« Jan-Eric blickt fragend in die Runde. Wir tasten uns ab und bestätigen, dass alles in Ordnung ist. »Gut, dann schleiche ich mich jetzt in Deckung und ihr macht, was ihr so macht. Aber seid vorsichtig!«

Jan-Erics Warnung ist berechtigt. Der Eingang des Anwesens ist ein Tor, hinter dem sich der Hof noch hundert Meter bis zum Haupthaus und den Nebengebäuden erstreckt. Der Boden ist staubig und dreckig. Am Tor sind gleich drei Schilder angebracht:

Privatgelände. Betreten strengstens verboten.

Vorsicht! Bissiger Hund!

Zutritt für Unbefugte verboten.

Jan-Eric ist nicht mehr zu sehen. Die Lämpchen an unseren Mikrofonsendern leuchten rot, als wollten sie sagen: Na los, wir warten auf die Action!

Flo fährt mit der Fingerkuppe über das Schild, das vor dem Hund warnt.

»Das sieht nicht gut aus«, sagt Lukas.

»Das sieht schon wieder nach Kampfhund-Sonderregel aus«, sagt Flo.

»Sag mal, warum sollten wir eigentlich unbedingt schummeln?«, fragt Lukas.

Ich antworte nicht, zurre meinen Rucksack fest und springe wortlos über das Tor. Wütend stapfe ich über das Gelände.

»Hey!«, ruft Lukas. »Was soll denn das? Lass uns doch erst mal …« Er kommt nicht weiter mit seinem Satz, denn er hält den Atem an, da dieses Mal wirklich ein Hund auf mich zuläuft. Eine schwarze muskulöse Dogge. Sie sieht irgendwie abgewetzt aus, wie ein Werkzeug, das man häufig und grob benutzt. Ich schaue kurz nach rechts, mache ein paar Schritte und springe auf einen Transportanhänger mit brauner Plane. Ich bin oben, als die Dogge bellend ankommt, halte mich mit der linken Hand fest, nehme mit der rechten meinen Rucksack vom Rücken, reiße ihn auf, friemle eine Tüte heraus, reiße sie mit den Zähnen auf und werfe dem Wachhund saftige Fleischstücke vor die Füße. Er hört sofort auf zu bellen und beginnt zu fressen.

»Du hattest also doch was zu essen dabei!«, ruft Flo und ich schaue zu den beiden, die immer noch vor dem Tor stehen. Lukas sieht ihn ungläubig an.

»Das ist nichts zum Essen, das ist was zum Entwaffnen!«, rufe ich zurück. »Und jetzt rennt endlich an diesem Hund vorbei, ehe er fertig ist!«

Sie zögern. »Und du?«, fragt Lukas.

»Ich komm schon klar!«

Das ist eine gute Szene, denke ich mir, als wäre sie

tatsächlich nur ein Spiel, aber es ist kein Spiel mehr. Ich mache das für heute Abend, wenn ich meinem Vater Rede und Antwort stehen muss. Ich prüfe nach, ob mein Mikro gut sitzt. Ich suche nach Jan-Erics Kameralinse hinter dem Zaun. Die Wolken nehmen zu und bedecken den Hof mit einem trüben Grau.

Lukas kratzt sich am Kinn und sagt: »Ach, scheiß drauf!« Dann springt er über das Tor und läuft los. Flo folgt ihm, den Kopf rot wie eine Tomate. Sie kommen bis zur Hälfte des Hofes, als plötzlich ein Mann vor ihnen auftaucht.

»Ah!«, schreit Flo, als sei der Mann kein Mann, sondern ein Monster oder eine Riesenspinne. Er ist groß und seine Kleidung wirkt, als wechsle er sie nur einmal im Jahr. Er hebt langsam den Kopf und schaut zu dem Jungen, der auf seinem Planwagen hockt und von dort Frischfleisch zu seinem Wachhund hinunterschmeißt. Unsere Blicke begegnen sich für einen Moment.

»Heinrich!«, ruft der Mann mit einer Stimme wie aus einem uralten Film und der Hund lässt vom Fleisch ab und kommt sofort angelaufen. Sein Herrchen schlägt ihm mit der flachen Hand so heftig auf den Hintern, dass wir die Resonanz im Körper des Hundes hören und Lukas empört »Hey!« ruft. Die Dogge mit Namen Heinrich trollt sich winselnd ins Haus.

»Runter da!«, sagt der Mann und ich folge seinem Befehl, als würde seine tiefe Stimme mich hypnotisieren. Ich gebe es zu, Erwachsene sind für mich fast immer nur Spielfiguren. Nette Menschen, leicht zu manipulieren, da sie mich meist unterschätzen. Aber dieser Typ hier macht mir Angst. Seine Stimme gräbt sich in meinen Bauch wie eine rostige Faust.

»Warum könnt ihr nicht lesen?«, ertönt die Stimme des Mannes.

»Was?«, stammelt Flo.

»Ihr müsst Analphabeten sein, sonst hättet ihr die Schilder am Tor gesehen.«

»Wir können lesen, es ist nur so …«, stammelt Flo weiter.

»Wer ist euer Anführer?«, fragt der Mann, als sei es ganz selbstverständlich, dass eine Gruppe einen Anführer hat. Lukas und Flo sehen beide zu mir. Die Augen des Mannes richten sich auf mich. Sie sind fast schwarz. Sein Haar ist lang und zottelig. Die Wolken werden immer dichter.

»Ihr habt verbotenen Boden betreten«, sagt der Mann so dramatisch, dass ich normalerweise lachen würde. Aber hier wirkt es, als könne es auf diesem Hof kein Lachen geben. Kein Lachen und kein Licht.

»Ich kann das erklären«, sage ich und sehe ein wenig Erleichterung in den Gesichtern meiner Freunde. Sie denken, mir ist mal wieder eine spitzenmäßige Geschichte eingefallen, aber sie ahnen nicht, was ich gleich tun werde. Jetzt, im Angesicht dieses finsteren, schwarzäugigen Mannes, werde ich ausnahmsweise mal die Wahrheit sagen.

Ich lupfe mein T-Shirt und offenbare den Sender und das Kabel, das zu dem winzigen Mikro hinführt. »Wir brechen nicht bei Ihnen ein. Wir drehen einen Film. Querfeldein.«

Lukas und Flo trauen ihren Ohren kaum, unterbrechen mich aber auch nicht, als ich dem Mann erkläre, was wir den ganzen Tag tun. Er hört sich meine Geschichte an und legt alle Fingerspitzen aneinander, sodass seine rissigen Hände wie ein Dreieck vor seinem Gesicht schweben. Er atmet rasselnd ein und sagt dann langsam und bedrohlich: »Junge. Es gibt nur eine Sache, die ich noch mehr hasse als die Frechheit, sich einfach auf meinen Grund und Boden zu schleichen. Und das ist, wenn man mich anlügt.«

»Das ist keine Lüge!«, sage ich und halte ihm Mikro und Sender im wahrsten Sinne des Wortes unter die Nase. Er schlägt sie mir einfach aus der Hand. Seine Hand ist eine Pranke. Krachend landet die teure Technik im Staub. Wir zucken alle zusammen und ich weiche unwillkürlich ein paar Schritte zurück.

»Spielzeug!«, brüllt er. »Eine alberne Ausrede, falls euch jemand erwischt. Wo ist denn euer Kameramann, wenn ihr vom Fernsehen seid? Na?«

Wir suchen nach Jan-Eric, aber er kommt nicht aus seiner Deckung. Er muss doch aus seiner Deckung kommen! Das ist jetzt kein Spaß mehr! Oder denkt er, das hebt alles die Quote? Hebt es die Quote, wenn der Mann uns umbringt?

»Es ist ohnehin bald aus mit euch«, sagt der gruselige Hofbesitzer. Holt er jetzt seine Axt hervor? Wo bleibt nur Jan-Eric? »Die Polizei ist in zwei Minuten hier.«

»Was???«, schreien wir alle gleichzeitig.

»Ich hatte sie bereits angerufen, als Heinrich anschlug.«

»Aber wir …«

»Ja, ja, ihr dreht einen Film.« Der Mann hebt Kopf und Stimme und ruft über das Gelände: »Herr Regisseur! Kommen Sie raus und retten Sie Ihre Stars!« Nichts passiert. Er lacht dreckig. Dann verstummt er, starrt uns kurz an und flüstert: »Lauft!«

Wir drehen uns um und stürmen los, vom Hof herunter, die schmale Straße hinab und zurück in Richtung Hugenottenstraße. Wir müssen rennen, denn wir können keine Polizei gebrauchen. Wir haben heute bei einem Aldi geklaut. Wir sind durch einen Autobahntunnel gelaufen, den man nicht benutzen darf. Wer weiß, wer uns alles schon bei der Polizei gemeldet hat!

Jan-Eric ist offenbar verschwunden. Abgehauen. Dieser Mistkerl! Ich wollte eine gute Gage verdienen und jetzt bin ich auf der Flucht. »Werft alles weg, was euch irgendwie ausweist!«, sage ich, während wir laufen, und schon rieseln unsere Schüler- und Büchereiausweise und Busdauerkarten in die Büsche am Straßenrand. Die Sonne ist wieder von ihren Wolken befreit, aber das hilft uns jetzt auch nicht weiter. Es fällt mir nur irgendwie auf.

»Warum laufen wir nicht ins Grüne?«, hechelt Flo.

»Wir mischen uns unter Menschen«, sage ich. »Wir müssen nur wieder schnell auf die Hugenottenstraße kommen und dann am besten erst mal irgendwo rein. In eine Pommesbude, einen Supermarkt, egal.«

»Wieso ist Jan-Eric weg?«, jammert Flo.

»Weil er ein Arsch ist!«, sagt Lukas. »Hast du das nicht von Anfang an gemerkt?«

»Schneller!«, rufe ich, die Einmündung auf die Hugenottenstraße immer im Blick, doch es ist zu spät. Das Polizeiauto biegt in die Straße ein, bevor wir unten sind. In der Windschutzscheibe der Beamten sind nur wir drei zu sehen, alleine auf einer Straße, die zum finsteren Hof führt. Wir drei Teenager, auf die die Beschreibung passt, die der Mann der Polizei durchgegeben haben muss und die vielleicht auch schon Herr Trulsen von Aldi und Ilkay vom Rasthof angegeben haben. Mein Herz schlägt von innen gegen meinen Brustkorb, als wolle es mir die Rippen brechen. Da habe ich einmal an diesem Tag die Wahrheit gesagt – und das ist also das Resultat.

Lukas flucht.

Florian weint.

Und ich sehe meinen ganzen schönen Plan den Bach runtergehen und jede Menge Ärger auf uns zukommen. Wenigstens verwenden sie keine Handschellen, als sie uns mitnehmen.

DER POLIZIST

Es ist nicht wie im Fernsehen. Die coolen Typen mit den großen Kaffeebechern. Die dunklen Verhörzellen mit dem grauen Schaumstoff an den Wänden. Polizeistationen sind nicht so. Sie sind unscheinbar. Die Tesafilmrollen auf dem Schreibtisch sind leer. Die Gummipalmen in den Ecken haben Blätter mit gelben Flecken. Und der Beamte, vor dessen Schreibtisch wir sitzen, hat selber Jungs in unserem Alter. Sie stecken in einem Fotorahmen neben seinem PC-Monitor, aber das nützt nichts. Er will uns trotzdem drankriegen. Wir sind zwar noch nicht strafmündig, aber niemand von uns will, dass die Polizei uns zu unseren Eltern bringt. Von Aldi und dem Rasthof sagt der Polizist kein Wort. Weil er's nicht weiß? Oder will er uns quälen? Der Mann heißt Herr Howanietz, das weiß ich, weil er sich uns vorgestellt hat. Das habe ich mich auch, aber natürlich nicht mit meinem wahren Namen.

»Gustav Marcus, so heißt du?«, fragt er mich daher jetzt zum dritten Mal und ich plappere einfach drauflos, damit wir Zeit schinden können und er erst mal nicht dazu kommt, Lukas und Flo zu befragen. Ich glaube nämlich nicht, dass die beiden standhaft bleiben können.

»Wissen Sie, wie oft ich mich darüber schon geärgert habe?«, sage ich. »Ich meine, wer will heute noch Gustav heißen? Aber meine Eltern, die dachten, das brächte Glück. Wegen Gustav Gans und so.«

»Ja, ja, schon gut«, unterbricht Herr Howanietz mich. »Und die Adresse lautet?«

Wenn ich ihm jetzt eine falsche Adresse sage, prüft er sofort nach, ob es sie gibt. Ich muss also das Thema wechseln. »Haben Sie mal nachgeprüft, was der Mann von dem Hof da mit seinem Hund macht? Das ist Tierquälerei. Das ist mindestens so verboten, wie einmal kurz eine Abkürzung zu nehmen.«

»Eine Abkürzung über ein Privatgelände.«

»Ja, gut ...«

»Und dann noch behaupten, ihr würdet einen Film drehen. Keinen Kameramann dabei, aber komische Mikros. Jungs, irgendwas ist bei euch faul. Und wenn du ernsthaft glaubst, ich kaufe dir Gustav Marcus als Namen ab, dann bin ich beleidigt. Und ihr wollt nicht, dass ich persönlich beleidigt bin.«

Verdammt!

Das ist die Polizei hier, da kann ich nicht einfach so lange reden, bis meinem Gegenüber schwindlig wird. Herr Howanietz ist nicht Frau Schieber. Herr Howanietz ist der Ernstfall. Irgendwo stoße auch ich an meine Grenzen.

Ich schwitze. Mein Bauch fühlt sich an, als ziehe jemand mit einem Saugnapf die Luft aus ihm heraus. Lukas kaut scheinbar cool auf einem Kaugummi herum. Flo kann kaum die Tränen zurückhalten. Er ist kurz davor, zu verraten, wer wir wirklich sind und was wir heute alles gemacht haben.

»Warten Sie, es ist alles meine Schuld!«, hören wir plötzlich eine männliche Stimme und drehen uns alle drei um. Jan-Eric steht hinter uns, die Kamera in der einen Hand und einen Presseausweis in der anderen.

»Baumann«, sagt er, legt Herrn Howanietz den Presseausweis auf den Tisch und gibt ihm die Hand. »Jan-Eric Baumann, *Streetrats Productions*.«

Herr Howanietz schiebt seine Brille auf die Nase und prüft den Presseausweis. »Ich bin freiberuflicher Filmemacher und drehe Beiträge für ARD, WDR, Sat.1 und Pro7. Sie wissen schon, von der Eröffnung einer neuen Vogelstation für die Lokalzeit bis zu irgendwelchem Unsinn fürs Boulevardfernsehen. Mit diesen drei mutigen Jungs hier habe ich heute etwas gedreht, was ich Pro7 verkaufen wollte. Querfeldein. Es war meine Idee. Ich habe sie dazu überredet …«

Bei den Worten »meine Idee« ist Lukas kurz davor, die Stimme zu erheben, aber ich trete ihm unter dem Schreibtisch auf den Fuß. Jan-Eric erzählt derweil in aller Ruhe eine falsche Geschichte, wie ich es sonst immer tue. Er erzählt, wie er sich das Konzept für Querfeldein am Schreibtisch ausgedacht hat und uns beim Klettern im Wald ansprach, ob wir nicht seine Hauptdarsteller sein wollten. Er erzählt, dass aus dem Beitrag später sogar eine Art Grundmodell für eine Gameshow hätte werden können, in der die Teilnehmer immer geradeaus durch Deutschland laufen müssen. Er erzählt gut, schlüssig, sehr ausführlich und ohne lange zu überlegen. Herr Howanietz scheint ihm zu glauben. Er hebt gelassen seine Polizistenhand und sagt: »Stopp, Herr Baumann, warten Sie. Es hätte ein Konzept *werden können*?«

»Ja, sicher«, sagt Jan-Eric, »aber ich sehe ein, dass ich Mist gebaut habe.«

»Das können Sie wohl laut sagen.«

Jan-Eric guckt zerknirscht. »Ich habe ein paar Minderjährige dazu angeregt, unbefugt fremdes Gelände zu betreten. Das war nicht richtig.«

»Das ist noch harmlos ausgedrückt«, sagt Herr Howanietz. »Sie bleiben erst mal hier. Und ihr« – er sieht uns streng wie ein alter Lehrer an – »lasst euch in Zukunft nicht mehr von einem Erwachsenen zu so einem Bockmist überreden, bloß weil er eine Kamera dabeihat. Geht zu Dieter Bohlen, wenn ihr unbedingt ins Fernsehen wollt. Oder noch besser: Macht eine solide Schauspielausbildung.« Wir nicken folgsam. Herr Howanietz macht eine *Raus, raus!*-Geste mit den Händen. »Na los, ab mit euch! Und Sie bleiben hier, Herr Filmemacher.«

»Natürlich«, sagt Jan-Eric und tritt zum Schreibtisch

vor. Er flüstert mir zu: »In zwei Stunden beim McDonald's an der Kreuzung vorne?« Ich nicke. Dann setzt er sich vor den Schreibtisch des Polizisten.

Es dauert nur eineinhalb Stunden, bis Jan-Eric tatsächlich in die Filiale des Fast-Food-Amerikaners nachkommt. Wir haben uns in der Zwischenzeit den Magen vollgeschlagen. Der Tag war lang und viel zu aufregend. Auf unserem Tisch liegen die leer gefressenen Verpackungen von insgesamt zehn Burgern, vier Pommestüten und unzähligen Milchshakes. Jan-Eric setzt sich seufzend zu uns, als sei es ein zwar anstrengender, aber unterm Strich ganz normaler Tag gewesen. Er nimmt sich einen Shake und saugt daran.

»Danke«, sage ich und Jan-Eric nickt.

»Sag nicht Danke«, grummelt Lukas und sieht Jan-Eric an. »Du hättest direkt auf dem Hof aus der Deckung kommen müssen. Der Typ und sein Hund waren lebensgefährlich.«

»Ja, du hast recht«, sagt Jan-Eric. »Aber in dem Moment dachte ich noch, das ist der beste Stoff, den wir für den Film kriegen können. Ich meine, der Mann war doch wirklich voll der Gruselfaktor. Den hätte man nicht besser erfinden können. Ich hätte nur nicht gedacht, dass er wirklich die Bullen ruft.«

»Und was ist jetzt mit dem Film?«, frage ich.

»Den kann ich leider nicht mehr bringen«, sagt Jan-Eric.

Mein Gesicht spricht offensichtlich Bände, denn er legt seine Hand auf meine Schulter. »Es tut mir wirklich leid, Finn, aber jetzt, wo die Polizeisache war, geht das nicht mehr. Ich musste denen zeigen, was wir gedreht haben, und sie haben es konfisziert.«

»Du musstest ihnen alles zeigen?«

»Ja, nur so haben sie mir überhaupt geglaubt. Ja, gut, den Autobahntunnel habe ich vorher gelöscht.«

»Scheiße!« Ich werfe die letzte Fritte, die ich mir gerade in den Mund stecken wollte, wieder aufs Tablett und sage, dass ich jetzt nach Hause muss.

»Aber Finn …«

»Lasst mich alle in Ruhe«, sage ich und stehe auf. Ich denke an den Mann, der Opas Druckmaschinen kaufen wollte. Ich habe jetzt doch keine TV-Gage. Was soll ich bloß meinem Vater erzählen? Große Töne habe ich gespuckt, er solle auf mich warten, ich hätte da was. Und jetzt habe ich nichts in der Hand. Warum mache ich das überhaupt alles? Warum denke ich, ich könnte alles regeln? Ich, ein Dreizehnjähriger!

»Willst du von hier aus laufen?«, fragt Jan-Eric. »Ich habe das Auto draußen.«

»Bring die beiden nach Hause«, sage ich, »ich gehe zu Fuß. Ich muss nachdenken.« Ich laufe aus dem Restaurant, ehe die anderen etwas sagen können. Dann ziehe ich mein Handy aus der Tasche und mache wahr, was ich vorhin bei meiner Mutter am Telefon nur vorgetäuscht habe. Ich rufe meinen Opa an.

DAS ERBE

Als ich nach Hause komme, streitet mein Vater am Telefon mit meinem Opa. So war es auch gedacht von mir. Besser, Opa hält ihn auf Trab, als dass mein Vater mich auf Trab hält.

»Was heißt hier, ich trample mit den Füßen auf unserer Tradition herum? Vater! Was soll ich denn machen, wenn ich kein Geld mehr habe? Die Zeit der kleinen Dorfdruckereien ist vorbei.«

Mein Opa antwortet am anderen Ende der Leitung so laut, dass ich seine Stimme hören kann. Mein Vater bemerkt mich, als ich den Rucksack im Flur abstelle. Er wird sicher gleich das Gespräch abbrechen, aber eine Antwort muss er Opa noch geben. Er schwitzt, während er sagt: »Was heißt hier Feigheit, Vater? Ich bin nicht feige! Ich bin sogar mutig. Ich habe den Mut, mir einzugestehen, wann es vorbei ist. Ja! Doch! Und jetzt muss ich erst mal auflegen, mein Herr Sohn ist gerade nach Hause gekommen.«

Er legt auf und rennt fast auf mich zu. Meine Mutter kommt aus der Küche und presst die Lippen zusammen.

»Was denkst du dir eigentlich dabei, Opa anzurufen und ihm zu verraten, dass ich die Druckerei auflösen will? Und wie siehst du überhaupt aus? Hast du dich im Schweinestall gewälzt, oder was?«

»Ich …«, sage ich, aber komme nicht weit. Mein Vater zetert weiter: »Frau Schieber hat mich auch schon auf dich angesprochen. Irgendwie hast du ihrer Tochter eingeredet, sie müsste japanische Kinder importieren.«

»Die soll sich mal nicht so anstellen«, verteidige ich mich.

»Finn!«, sagt mein Vater.

»Finn!«, sagt meine Mutter.

Na toll, jetzt habe ich sie beide gegen mich.

»Das geht so nicht weiter«, sagt mein Vater und meine Mutter fügt hinzu, als hätten sie sich verabredet: »Du kannst nicht durch die Weltgeschichte laufen, jeden belügen und manipulieren, wie es dir passt, und dann denken, du kommst einfach so damit durch!«

»Ich will hier nicht weg!« Meine Stimme klingt wie die eines bockigen Kleinkinds und ich schäme mich für mich selbst, doch am Blick meiner Eltern sehe ich, dass es eine Wirkung auf sie hat.

»Wer spricht denn vom Wegziehen?«, sagt mein Vater nun eher besorgt als tadelnd.

»Ja, wenn man pleite ist, wohnt man nicht mehr hier, sondern an der Kreuzung in dem Haus mit den Satellitenschüsseln.«

»Das ist nicht wahr, Schatz«, entgegnet meine Mutter

beschwichtigend und auch sie scheint nicht mehr ganz so wütend zu sein.

»Ich habe Angst davor, dass ihr beide arbeitslos werdet. Dass wir all das hier aufgeben müssen, unser Zuhause«, schluchze ich los und kann die Tränen nicht länger zurückhalten, weil plötzlich all meine Sorgen und Ängste aus mir herausbrechen.

Meine Mutter wirft meinem Vater einen Blick zu und dann gehen sie mit mir ins Wohnzimmer und setzen mich auf die Couch, als wäre ich ein kleiner Junge, den man führen muss. Und so ist es ja auch. Ich will, dass jemand mich führt. Ich will, dass meine Eltern wissen, wo's langgeht. Nach einer Weile sagt mein Vater: »Was ist das für eine Lösung, von der du am Telefon gesprochen hast?«

Ich schlucke.

Mein Vater atmet aus, steht von der Couch auf und stellt sich mit dem Rücken zu mir ans Fenster. »Hab ich mir gedacht.« Es klingt, als sei ich ein Nichtsnutz, und es tut so weh, als hätte er mir ein Messer in die Rippen gerammt. Ich springe auf, laufe in den Flur und die Treppe hinauf, gehe in mein Zimmer, knalle die Tür zu und schließe ab. Ich lege mich aufs Bett und höre, wie meine Eltern unten diskutieren. Über die Maschinen, über Opa und den Job meiner Mutter. Dann schlafe ich erschöpft ein.

DIE SENDUNG

»Warum bist du denn einfach so abgehauen?«, fragt Lukas, während wir wie Springböcke auf dem Hügel hocken. Der Hügel ist ein mit altem Leder gepolsterter Sprungkasten, der aus fünf übereinandergestapelten Teilen besteht. Es ist Montag, wir sind in der Turnhalle und spielen mal wieder *Pippi Langstrumpfs Küche.* Ich wünschte, Herr Broich hätte sich einen cooleren Namen für dieses Hindernisspiel ausgedacht. Querfeldein wäre so mein Vorschlag gewesen. Flo hängt gerade an einem Seil. Er sieht dabei immer noch aus wie ein tapsiger Koala, aber er kann sich gut oben halten.

»Ich war sauer«, sage ich.

»Aber doch nicht nur wegen Jan-Eric, oder? Da ist doch noch mehr.«

»Da ist nichts«, lüge ich.

»Mir kannst du es doch verraten, Finn«, sagt Lukas. Herr Broich pfeift die nächste Runde an und wir springen, rennen und klettern. Es fällt uns diese Woche unglaublich leicht, über diese paar Kisten, Barren, Matten und Seile zu huschen, denn vorgestern haben wir Bäche, Gleise, Garagendächer und Mauern überwunden.

Gestern gab es zu Hause wieder das gute Sonntagsfrühstück, sogar mit Old Amsterdam. Meine Eltern haben einfach so getan, als wäre nichts gewesen. Vielleicht auch, weil Papa sehr hart zu mir war. Zu Lukas' Sonntagsspiel bin ich danach nicht gegangen, aber es war ohnehin eine Auswärtspartie.

Als der Unterricht vorbei ist und wir uns schwitzend auflösen, ruft Herr Broich Lukas, Flo und mich zu sich. »Jungs, was ist denn mit euch passiert?«, fragt er.

»Wieso?«

»Na, weil ihr plötzlich so wendig seid wie die Kletteraffen. Neulich habt ihr euch am Stufenbarren noch fast den Hals gebrochen und jetzt saust ihr hier rum, als hättet ihr noch nie etwas anderes getan.«

»Wir haben geübt«, sage ich.

»Indirekt«, sagt Flo.

»Wo?«, fragt Herr Broich.

»Im Wald.«

Herr Broich nickt und lässt seinen Zeigefinger auf und ab sausen. »Seht ihr, sag ich's doch. Wir Menschen müssen zu unserem Ursprung zurück. In die Natur. Wisst ihr was? Ich verrate euch jetzt mal was.« Er setzt sich auf eine Holzbank und klopft auf die Fläche, damit wir uns auch hinsetzen. »Ich habe keinen Fernseher. Und einen Computer benutze ich nur hier in der Schule für den Job.« Flo entfährt ein lautes »Oh!«. Es klingt unglaublich bekloppt. Aber er kann nicht anders. Kein Fernseher und kein Computer. So was hat er noch nie gehört, noch nicht mal bei meinem Vater. Herr Broich fährt fort: »Ich mache alles, was ich kann, zu Fuß. Oder höchstens mit dem Rad. Ich esse, wenn ich Hunger habe, und zwar nur Sachen, die man so auch finden oder jagen könnte, wenn man ein Urmensch wäre. Das heißt, es gibt schon Steaks bei mir, aber keine Fertigpizza. Ich schlafe immer ohne Rollo, denn ich stehe auf, wenn die Sonne aufgeht, und ich gehe schlafen, wenn es dunkel wird.«

Wir hören Herrn Broich fasziniert zu. Was er da von sich preisgibt, ist nicht nur spannend, sondern es beruhigt mich auch. Es gibt also noch Menschen, die bekloppter sind als ich. Das ist schön.

»Heißt das, dass Sie im Sommer um halb fünf aufstehen und im Winter erst um zehn?«, fragt Flo.

»Im Hochsommer kann es halb fünf morgens sein, ja. Im Winter erst um zehn geht nur in den Ferien.«

»Haben Sie das schon gemacht, als Sie Fußballprofi waren?«, fragt Lukas.

»Da habe ich damit angefangen«, antwortet Herr Broich. »Auch um diesem verrückten Leben entgegenzuwirken, das man als Profi hat. Immer im Hotel oder im Flugzeug. Das macht krank. Früher konnten die Leute auch nicht fliegen.«

»Früher war es wie bei *Herr der Ringe*«, sagt Flo. »Da hat man auf einen Berg am Horizont gezeigt und gesagt: ›Es sind noch drei Tagesmärsche bis zum Ziel!‹«

»Genau«, sagt Herr Broich, »drei Tagesmärsche, für

die ein Auto heute eine halbe Stunde braucht. Wir leben viel zu schnell. Das glaube ich wirklich. Habt ihr mal ein Feuer ohne Feuerzeug gemacht? Oder eine Suppe aus Brennnesseln und Pilzen? Es dauert, aber es gibt kaum was, das mehr Freude macht.«

»Sie kennen sich aus«, sage ich.

»Ja, und ich verrate euch noch was, aber ihr müsst es erst mal für euch behalten, ja?«

Wir nicken gespannt.

»Ich schreibe gerade ein Buch darüber. Es soll heißen: *Zurück nach vorn – Leben wie in der Steinzeit.*«

»Bücher gab es aber in der Steinzeit nicht«, wirft Lukas ein.

»Nein«, lacht Herr Broich. »Aber ich möchte es dafür auch ganz alleine machen. Also ohne Verlag und so. Einfach drucken und persönlich verkaufen.«

Meine Ohren werden so spitz wie die von Mr. Spock. Lukas sagt, was ich denke: »Eine gute Idee, Herr Broich. Ich wüsste da auch schon eine Druckerei!«

Nach der Schule stürme ich aufgeregt ins Haus. Meine Mutter macht einen Auflauf in der Küche. Es riecht nach Zwiebeln, Spinat und Käse, der im Ofen knusprig wird. Im Flur steht ein Berg neuer Produkte, über die sie schreiben muss. Mit tiefen Furchen auf der Stirn wälzt Papa Papiere.

»Papa!«, rufe ich lautstark. »Ich habe fantastische Neuigkeiten!«

Mein Vater sieht mich an, eine Hand am Locher. »Was denn für Neuigkeiten?«

»Für dich und die Druckerei!«

»Ach, Finn«, seufzt er.

»Mein Sportlehrer schreibt gerade ein Buch«, sage ich und freue mich darauf, wie mein Vater gleich gucken wird. Ich freue mich auf den Jubel und darauf, dass wir zusammen anstoßen. Von mir aus könnte der Moment ewig dauern. Aber da er nun mal nicht ewig dauern kann, verkünde ich feierlich: »Er will das Buch ganz allein herausbringen. Und dafür braucht er was?«

Ich knicke ein wenig ein, lege den Kopf schief und halte die Handflächen nach vorn, damit Papa symbolisch die Antwort darauflegt und der Jubel losgehen kann. Er guckt nur wie ein Auto. Meine Mutter steht mit dem Kochlöffel in der Küchentür. »Eine Druckerei!«, erkläre ich freudestrahlend, da meine Eltern noch immer nichts zu kapieren scheinen.

Papa sagt nichts. Mama lächelt, aber eher so, wie Kindergärtnerinnen lächeln, wenn sie ein miserables Bild loben, bloß weil es selbst gemalt ist.

»Versteht ihr denn nicht? Er könnte das Buch bei uns drucken lassen. Er druckt dann ja nicht nur eines. Vielleicht wird es sogar ein Bestseller und er muss eine Million Stück drucken lassen!«

Warum sind die nur so still? »Ja, was ist?«, frage ich Mama. »Holst du den Sekt raus oder soll ich das machen? Soll ich Opa anrufen, dass alles gut wird?«

»Finn!«, ermahnt mein Vater mich gröber als sonst.

Ich werde blass. »Was?«

»Mit einem Auftrag rettet man keine Firma.«

»Warum sagst du so was, Papa? Das wäre ja, als würde Lukas, wenn seine Mannschaft gerade das Eins-zunull gemacht hat, vom Feld gehen und sagen: ›Bringt doch eh alles nix. Ein Tor reicht nicht zum Sieg. Da können wir auch gleich aufgeben.‹«

»Finn, jetzt rede nicht so altklug daher.«

»Klaus …«, sagt meine Mutter, die sonst fürs Schimpfen zuständig ist, kommt zu mir und greift mir tröstend an die Schultern. »Schatz, du meinst es wirklich gut, aber du bist noch zu jung, um das Geschäft zu verstehen.«

»Warum gibst du denn auch auf, Mama?«, klage ich. »Du hast doch letztens noch zu Papa gesagt, er soll einfach wieder dankbarer sein für seinen Beruf. Er soll den Spaß daran wiederfinden und dann läuft es schon. Du warst doch auch froh, als er neue Werbung für uns gedruckt hat.«

»Ja, Schatz, aber die hat nicht funktioniert.«

»Mein Sportlehrer könnte einen Bestseller schreiben!«, versuche ich es noch mal.

»Niemand schreibt einen Bestseller, wenn er das Buch selber druckt«, bemerkt mein Vater.

»Du bist doch nur neidisch, dass der Broich mit einem Buch fertig wird und du seit zwanzig Jahren nicht!«

Oh nein. Das war gemein. Das hätte ich nicht sagen

dürfen. Jetzt wird mein Vater ganz blass im Gesicht. Er nickt, bitter wie Lebertran, stellt den Locher hin, dreht sich von mir weg und macht den Fernseher an. Meine Mutter will dazu was sagen, aber es klingelt an der Tür. Sie geht hin und öffnet, ich folge ihr in den Flur. Als ich sehe, dass der Gebrauchtwarenhändler Gregorius vor der Tür steht, gehe ich ein Stück zur Seite, damit er mich nicht sehen kann.

»Wohnt hier Finn Anders?«

»Wer will das wissen?«, fragt meine Mutter.

»Ich bekomme von Ihrem Sohn noch 8 Euro.«

»Wie bitte?«

»Er hat mich betrogen.« Gregorius hält meiner Mutter den iPod unter die Nase. »Das Ding hier, mit all den Kratzern und dem kleinen Speicher, das ist höchstens 10 Euro wert. Ich hatte ihm 12 angeboten.«

Meine Mutter dreht sich zu mir um und winkt mich zu sich.

»12 Euro waren schon großzügig. Da erzählt mir Ihr Sohn« – ich stehe nun an der Tür und er zeigt auf mich – »eine Geschichte, die mir gar keine Wahl ließ, als ihm mehr zu geben. Er hätte genauso gut mit der Spendendose für Krebskinder kommen können.«

Der Blick meiner Mutter sagt alles. Verteidigung zwecklos, aber ich versuche es trotzdem. »Die 20 Euro habe ich Papa gegeben, als Zuschuss für seine Werbezettel. Und außerdem …«

»Geh in die Küche!«, befiehlt mir meine Mutter, als

sei ich hier der Böse. Ich mache ein Geräusch wie *Grumpf!* und stapfe davon. Super. Jetzt erzählt der Gregorius ihr bestimmt die ganze Geschichte, die ich ihm aufgetischt habe. Gleich wird meine Mutter ihm das Geld geben und mir danach den Kopf waschen. Sie atmet schon so tief ein, wie sie es immer tut, wenn in ihr ein Gewitter aufzieht. »Gekauft wie gesehen, Herr Gregorius«, höre ich da ihre Stimme. »Kennen Sie diese Phrase?«

Gregorius erwidert nichts, offensichtlich stutzt er, genau wie ich auch. Ich stelle mich in den Küchentürrahmen und schiele auf den Flur.

»Sie sind Gebrauchtwarenhändler, Trödler«, sagt meine Mutter. Herr Gregorius hebt die Hand, was meine Mutter nur lauter macht. »Es ist Ihr Job, beim Ankauf und Verkauf von Waren wie auf dem Basar zu verhandeln. Das ist Ihr Beruf.«

»Aber Frau Anders …«

»Und wenn mein …«

»Aber Frau Anders …«

»Halten Sie die Klappe!«

Herr Gregorius hält die Klappe.

»Und wenn mein dreizehnjähriger Sohn es schafft, Ihnen mit einer geflunkerten Geschichte 8 Euro mehr abzuknöpfen, dann frage ich mich doch, wo Sie Ihren Beruf gelernt haben.«

»Das ist ja wohl die Höhe!«, ruft Herr Gregorius aufgebracht.

»Nein, das ist die Tiefe!«, sagt meine Mutter und hält nun ihre flache Hand ungefähr auf Kniehöhe. »So tief sinken Sie, Herr Gregorius, wenn Sie tatsächlich einem Kind nachstellen, das Sie beim Handeln auf dem Basar besiegen konnte.« Gregorius will noch was sagen, aber meine Mutter schließt bereits langsam die Tür. Bevor sie ganz in den Rahmen klackt, schiebt sie noch hinterher: »Und wenn Sie es noch mal wagen, mein Kind zu belästigen, dann gehe ich zur Polizei und behaupte, dass Sie in Ihrem kleinen Trödelladen heimlich verbotene Filme verkaufen, und dann wollen wir mal sehen, wie die jeden Teppich hochheben!«

Klack.

Die Tür ist zu.

Wow. Meine Mama.

Ich trete aus der Küche hervor in den Flur und strahle. »Das war ja so cool, Mama!« Sie freut sich allerdings nicht über mein Lob, denn sie packt mich an den Schultern, dieses Mal nicht tröstend, sondern wie in einem Schraubstock und sieht mir so fest in die Augen, dass ich den Blick nicht abwenden kann. Ihre Pupillen sind jetzt überall, wo ich mich auch hindrehe. Ringsum Mutterpupillen, die ganze Welt eine einzige Mahnung. Der Mund zu den Pupillen sagt: »Wenn du noch jemals wieder einem Menschen eine Lügengeschichte über einen schlimmen Unfall mit einem kleinen Mädchen erzählst, um 8 Euro mehr für eine Trödelware zu kriegen, dann schicke ich dich auf ein kirchliches Internat irgendwo tief in den bayerischen Bergen, wo das Lügen noch als Todsünde vor Gott gilt.« Ich versuche immer noch, den Pupillen auszuweichen, aber sie sind immer schon dort, wo meine gerade hinflüchten wollen.

»Es war doch für einen guten Zweck«, jammere ich. Boah, ist das beschissen! Draußen habe ich die Erwachsenen mit meinen Geschichten in der Hand, aber wenn meine Eltern sauer werden, fange ich das Jammern an.

»Der Zweck heiligt aber nicht die Mittel«, sagt meine Mutter. »Verstehst du das, Finn?«

»Ja«, murmle ich halbherzig.

»Ein Internat«, wiederholt meine Mutter, »weit weg von Lukas und Flo.«

»Ja, doch!«, sage ich.

»Was ist denn DAS???«, ruft mein Vater aus dem Wohnzimmer, der von dem Streit mit meiner Mama gar nichts mitbekommen hat, da der Fernseher an ist. Er klingt so, als würde gerade ein Nachrichtensprecher verkünden, dass Außerirdische gelandet sind. Meine Mutter und ich gehen ins Wohnzimmer. Mein Vater zeigt auf den Bildschirm. Im Fernsehen erzählt ein Sprecher etwas vom Schicksal eines Jungen, dessen Mutter immer wieder die Männer aus dem Haus wirft. Es wird Musik eingespielt und der Sprecher sagt: »Die Eltern wissen nicht, mit welch lebensgefährlichen Aktionen ihre Söhne den Samstag verbringen. Ohne Rücksicht auf Hindernisse durchstreifen sie das Land, laufen dabei immer geradeaus, brechen in Häuser ein, überqueren Bahnschienen und Wellpappdächer. Sie nennen dieses Spiel Querfeldein, und um zu gewinnen, ist ihnen jedes Mittel recht.« Nun sieht man die Wackelbilder von unserer Flucht nach der Tunneldurchquerung.

Mein Handy klingelt. Lukas ist dran.

»Siehst du auch, was ich sehe?«

»Ja …«, hauche ich.

Das Festnetztelefon klingelt. Meine Mama geht ran. Am anderen Ende spricht Flos Mutter. »Ja, Frau Hertl«, sagt sie, »wir sehen es auch gerade.« Im Fernsehen klettert Lukas nackt aus dem Pool, während ich auf die überraschte Frau einrede. Ich habe schon mein Handtuch um, bei Lukas haben sie den Pimmel mit einem Raster überdeckt. Seine Bauchmuskeln kommen aber gut zur Geltung.

»Ich fasse es nicht!«, ruft mein Vater. Als die Szene kommt, wie ich einem bellenden Kampfhund vom Planwagen aus rohes Fleisch zuwerfe, schreit meine Mutter auf. Als der Bericht zu Ende geht, ist es im Wohnzimmer totenstill.

Ich zeige auf den Fernseher und schon verlässt eine neue Lüge meine Lippen. »Wir haben dem Typen niemals erlaubt, dass das gesendet wird!«

Mein Vater sieht mich an wie der Polizist neulich auf der Wache. Jetzt sind auch Vaterpupillen überall, unausweichlich. Meine Eltern können das wohl beide, wenn es darauf ankommt.

»Also gut«, sage ich, »wir *wollten* sogar, dass das gesendet wird, aber dann hat er gesagt, der Sender macht es doch nicht. Es sollte eine große Gage für uns geben. Und die wollte ich euch geben, für die Firma!«

Jetzt guckt meine Mutter eher betroffen als wütend. Sich Kampfhunden entgegenzuwerfen, ist anscheinend ein gültigeres Mittel zum Zweck als das Erzählen rührender Unfallgeschichten. Das findet sie zwar offensichtlich dumm, aber irgendwie heldenhaft. Oder so. Vielleicht fragt sie sich aber auch, was sie als Mutter alles falsch gemacht hat.

Mein Vater greift zum Telefon und sagt: »Ich rufe jetzt einen Anwalt an. Querfeldein. Dass ihr so einen Blödsinn macht, ist schon schlimm genug, aber dass ein Fernsehmensch euch auch noch dazu anstachelt … Die klage ich alle in Grund und Boden.«

Ich schnappe meinem Vater das Telefon weg. »Nicht, Papa. Das kostet doch alles Geld. Ein Anwalt ist superteuer. Ich kläre das selber.«

»Ja, das hat man ja eben gesehen, wie du das klärst. Dich hätte vorgestern fast ein Hund aufgefressen! Und du behauptest, du bist auf Exkursion für Bio.«

»Aber das war kein böser, großer Fernsehsender, der das gedreht hat, sondern ein ganz junger Mann. Ich weiß, wo er wohnt, und kläre das. Okay?«

»Ich komme mit.«

»Nein, Papa!«

»Wie, nein?«

Ich krame in meinem Gedächtnis herum und finde, was ich suche. »Weißt du noch, Sommerferien 2008, bei Opa in Dagebüll? Am Strand? Als ich diesen Streit mit diesem älteren Jungen hatte?«

»Ja, und?«

»Da wollte Mama dazwischengehen und du hast gesagt: ›Nein, Sabine, Jungs müssen lernen, sich selbst zu behaupten. Das Schlimmste, was man tun kann, ist, wenn sich öffentlich die Eltern danebenstellen. So wird man kein Mann.‹«

Mein Vater grummelt. Es ärgert ihn, dass ich mir alles merken kann. Es ist gut, wenn man sich alles merken kann. So kann alles, was die Eltern jemals gesagt haben, gegen sie verwendet werden. Die wichtigsten Sachen schreibe ich mir zu diesem Zweck sogar auf.

»Der Typ, der das gedreht hat, ist auch nur fünf, sechs Jahre älter als wir«, lüge ich. Mein Vater scheint noch nicht überzeugt zu sein. »Ich nehme Lukas und Flo mit und mein Handy. Und sobald wir dich brauchen, rufen wir an, okay?«

»Ich komme mit, bleibe im Auto unten vor der Tür stehen, und wenn ihr mich braucht, ruft ihr mich sofort hoch«, sagt mein Vater. »Das ist der Deal.«

»Du hast doch gar kein Handy.«

»Ich nehme Mamas. Für so was mache ich mal eine Ausnahme. Abgemacht?«

»Abgemacht«, sage ich. »Aber, Papa?«

»Ja?«

»Sag den Jungs gegenüber nichts von unseren Problemen, mit dem Geld und mit der Firma, okay?«

»Hatte ich nicht vor«, sagt mein Vater. Dann zücken wir wieder beide Telefone, um den Jungs und den anderen Eltern Bescheid zu sagen.

Eine Stunde später stehen wir im Auto meines Vaters vor der Tür eines schäbigen Mietshauses mitten in der Innenstadt.

»Und du bist sicher, dass er hier wohnt?«, fragt Flo. Ich bin mir sicher, aber ich wundere mich auch.

»Ich denke, der macht Filme fürs Fernsehen«, sagt Lukas. »Müsste der da nicht eher eine Villa haben? So wie die, wo wir die Frau angeschwindelt haben? Mit Pool und großen Kiefern?« Neben dem Mietshaus ist eine Imbissbude mit Namen Juttas Schlemmertempel. Vor dem Haus steht ein grimmiger Bulgare.

»Wie hast du herausgefunden, wo er wohnt?«, will Flo wissen.

»Oh, das war kompliziert«, lüge ich. »Wir wussten ja gar nichts von ihm, außer dass er Jan-Eric heißt. Ich habe also damit angefangen, online im Telefonbuch alle Jan-Erics dieser Stadt abzufragen. Dann habe ich alle Nachnamen rausgesucht, die zu einem Mann von Mitte zwanzig passen.«

»Mitte zwanzig?«, fragt mein Vater. »Du hast gesagt, er sei nur fünf Jahre älter.« Er runzelt die Stirn, da ihm gerade klar wird, dass wohl kein Neunzehnjähriger schon fürs Fernsehen arbeitet. Meine Eltern glauben mir im ersten Moment eben alles. Aber nur im ersten.

»Du schwindelst«, sagt Lukas. »Bei der Polizei hat Jan-Eric seinen Nachnamen gesagt.«

»Ihr wart bei der Polizei?«, jault mein Vater.

»Also gut, erwischt«, sage ich, aber nicht zu meinem Vater, sondern zu Lukas. »Ich habe mir das Kennzeichen gemerkt. Direkt, als wir ihn das erste Mal getroffen haben. Am Rasthof.«

»Okay«, bohrt Lukas weiter, »und du hast Zugriff zur Kennzeichendatenbank der Polizei, oder was?«

»Nein«, lüge ich, »ich habe beim Rasthof angerufen und nach Ilkay verlangt.«

»Wer ist denn jetzt Ilkay?«, fragt mein Vater.

»Ilkay ist ein stolzer Kaffeetürke«, antworte ich. »Jedenfalls habe ich ihn erst mal schimpfen lassen und dann habe ich ihn gefragt, ob Jan-Eric vielleicht ein Stammkunde ist. Ich hab ihm den Mann und den Wagen beschrieben. Er hat herumgezetert, weil wir ihn so veräppelt haben mit dem Tunnel, und ich sagte ihm: ›Gerade drum!‹«

»Wie, gerade drum?«

»Na ja, ich sagte ihm, falls er Jan-Eric kenne und mir das nicht sage, würde ich seinem Chef verraten, dass er uns durch den Tunnel gelassen hat.«

»Was für ein Tunnel?«, jammert mein Vater. Er denkt wahrscheinlich: Mein Sohn häuft an einem Samstag mehr Lügen an als andere Kinder ihr halbes Leben.

»Das hast du auch nicht getan!« Lukas sieht mittlerweile fast sauer aus.

»Du hast recht«, lache ich, »das habe ich auch nicht getan.«

»Boah!«, sagt Flo.

»Jetzt rück endlich mit der Wahrheit raus!«, drängt Lukas.

»Aus Lügen, die wir glauben, werden Wahrheiten, mit denen wir leben«, sage ich.

»Boah!«, sagt Flo noch mal, nur lauter.

»Meine Güte, Leute! Wie soll ich die Adresse eines Fernsehmenschen schon herausgefunden haben?«

»Über XING?«

»Über Stayfriends?«

»Über Facebook?«

»Über den Sender?«

Ich seufze und frage, wie man Nachhilfeschüler fragt, die schwer von Begriff sind: »Was hat Jan-Eric mir denn gegeben, als er sich vorgestellt hat? Na? Seine Visitenkarte!« Die Augen meiner Freunde drehen sich nach links oben. Sie versuchen, sich die Szene ins Gedächtnis zu rufen. »Gut, dass wir das jetzt geklärt hätten«, sage ich. »Papa, wir gehen da jetzt rauf. Ich habe dich auf Kurzwahl.«

Er schaut auf das Handy, als bedeute diese Information was ganz Schwieriges. Mama hat ihm vor der Abfahrt alles siebenmal erklärt. Es war sehr anstrengend für ihn. Ich mag es, dass er so altmodisch ist. So, wie ich Herrn Broichs Steinzeittheorie mag. »Wenn es klingelt, komm sofort hoch«, erinnere ich ihn noch mal an unsere Abmachung. »Du brauchst nicht mal abzunehmen oder irgendwas zu machen. Einfach nur loslaufen. Wir schieben unbemerkt was zwischen die Haustür und die Wohnungstür, sodass beide offen bleiben.«

»Das klappt?«

»Das klappt, weil niemand jemals auf irgendwas aufpasst. Außer ich.« Lukas schüttelt den Kopf und öffnet die Autotür. Manchmal glaube ich, in unserem Trio bin ich wirklich Hermine Granger.

Jan-Eric ist zu Hause, und als er die Tür aufmacht und uns sieht, lässt er die Pappbox mit Nudeln fallen, die er eben noch in der Hand hatte. Patschend verteilt sich der Inhalt auf dem Holzboden.

»Was macht ihr denn hier?«, fragt er. Wir drängen ihn zurück. Lukas klemmt schnell eine Packung Taschentücher zwischen Tür und Rahmen. Die Wohnung besteht nur aus einem großen Zimmer mit Küchenzeile und Schlafcouch. Am Fenster steht ein Schreibtisch mit Computer und viel Technik. An den Wänden reihen sich DVDs in IKEA-Regalen auf. Es ist nicht die Wohnung eines reichen Mannes. Sie wirkt eher wie ein großes Kinderzimmer.

»Du hast die Sendung *doch* gemacht!«, sage ich und werfe einfach eine Flasche von dem kleinen Beistelltisch neben der Couch. Sie ist aus Kunststoff.

»Ja, Jungs, was soll ich sagen?«

»Du hast uns Gage versprochen!«, brülle ich. »Ausgenutzt hast du uns! Belogen! Du hast behauptet, die Polizei hätte das Material konfisziert!« Jetzt guckt er auch grimmig. Er mag es nicht, von einem Teenager in seiner Wohnung angemotzt zu werden.

»Du musst mir gerade was übers Lügen erzählen, du Geschichtenmeister!«

»Du hast uns beklaut! Das Geld für dich selbst genommen!«

»Ha!«, lacht er sarkastisch. »Ja, das ganze viele Geld, das ich verdiene!« Er breitet die Arme aus und zeigt durch sein Zimmer. Mir fällt darauf nichts ein. Diese Sekunde nutzt er. »Ich habe diesen Film an den Sender verkauft, *obwohl* die Bullen mich dafür drankriegen könnten. Ich muss hoffen, dass niemand bei der Polizei das gesehen hat. Deswegen lief es auch nur im Mittagsfernsehen. Was denkt ihr, weswegen ich so ein Risiko eingehe?«

Das ist allerdings eine gute Frage.

»Weil es mir noch mieser geht als deinem Vater! Ich bin noch nicht lang dabei und das TV-Geschäft ist hart. Man ist nicht fest angestellt wie ein Lehrer an der Schule! Man kriegt nur Geld, wenn man liefert. Aber nicht so viel wie ein Moderator oder Filmstar. Die kriegen Millionen. Ich kleiner Filmemacher, ich wohne doch nicht umsonst neben Juttas Schlemmertempel! Finn, du weißt doch, wie das ist, wenn man am Rande der Pleite steht.«

Ich werde rot und mir wird wieder warm im Bauch und unter den Rippen. »Nein, das weiß ich nicht«, lüge ich.

»Seid ihr pleite?«, fragt Flo und macht große Augen. Lukas presst die Lippen zusammen und schüttelt den Kopf, ehe er seine Augen auf Flo richtet. »Was denkst du denn, warum ich nichts gesagt habe, als Finn plötzlich zustimmte, von der Straße abzubiegen und zu schummeln?«

»Du hast das gewusst?«, fragen Flo und ich gleichzeitig.

»Ja, ab und zu fällt auch mir Fußballer etwas auf«, sagt Lukas. Er sieht mich an. »Du bist mein Freund, Finn, und ich sehe auch genau hin.«

»Aber ich habe doch kein Wort über die Probleme erzählt …«

Jan-Eric setzt sich seufzend an seinen Schreibtisch und sieht mich väterlicher als mein Vater an. »Kleiner, merk dir mal Folgendes: Man kann mit vielen Worten lügen, aber man kann auch ganz ohne Worte die Wahrheit sagen.«

Ich lasse die Schultern hängen. Jan-Erics Bildschirm flimmert. Er sagt: »So was wie mit euch, das war eine gute Chance. Wären wir nicht von der Polizei erwischt worden, hätte ich das wirklich groß rausbringen können. Sonst muss ich immer nehmen, was sie mir geben. Heute zum Beispiel. Da muss ich nach Aachen zu einer langweiligen Jubiläumssache. Irgend so ein Kulturkram.

Eine alte …« Jan-Erics Stimme wird immer leiser, doch dafür beginnen seine Augen zu leuchten. »Warte mal«, sagt er und wühlt hektisch in den Unterlagen auf seinem Schreibtisch. Er zieht ein paar Ausdrucke hervor. »Leute, das ist eine Druckmanufaktur. War das nicht das, was dein Vater macht?«

Ich schaue auf die Blätter. Uralte Setzbuchstaben sind dort abgebildet. Sauber und groß. So ähnlich sah es bei uns zu Hause im Keller auch mal aus. Aufgeräumt. Liebevoll. Damals, als die Holzregale noch standen. *Edle Handarbeit* steht auf dem Ausdruck, den Jan-Eric von der Website der Firma gemacht hat. »Wir fahren mit dahin«, beschließe ich spontan. Jan-Eric zieht fragend die Augenbrauen hoch. »Mein Vater und ich. Wir alle. Wir fahren mit. Wenigstens das bist du uns schuldig.«

Jan-Eric guckt auf die Uhr. »Ich muss aber gleich los.«

»Das trifft sich gut, denn mein Vater wartet unten im Auto.«

»Was? Hier? Vor meiner Tür?«

»Ja.«

Jan-Eric schluckt. Sein Hals wölbt sich so doll aus, als hätte er einen Tennisball runtergewürgt. Ich klopfe ihm auf die Schulter und sage mit gespieltem Bedauern: »Jan-Eric. Ich glaube, es wird Zeit, dass du meinen Vater kennenlernst.«

DIE DRUCKMANUFAKTUR

Und wie Jan-Eric meinen Papa kennenlernt. Meine Güte. Das ist kein Spaß für Jan-Eric. Erst macht mein Vater ihn vor allen Imbisskunden vor der Tür zu Juttas Schlemmertempel zur Sau. Dann fahren wir in Kolonne nach Aachen. Jetzt stehen wir vor dem Eingang zum Hof der »edlen Handwerkskunst« und mein Papa faltet Jan-Eric schon wieder zusammen.

»Und wenn Sie noch jemals irgendeinen Menschen unter achtzehn mit Ihrer Kamera und falschen Versprechungen überrumpeln, glauben Sie mir, dann spüre ich das, und wenn es in vierzehntausend Kilometer Entfernung passiert!«

»Ja, Herr Anders«, sagt Jan-Eric, »ich habe es jetzt verstanden.« Aber mein Papa will noch einen letzten Satz loswerden. Er tippt mit dem Finger auf Jan-Erics Brust und sieht ihm aus nur zwanzig Zentimeter Gesichtsabstand in die Augen. »Glauben Sie mir, Herr Baumann. Selbst wenn Sie auf die Cookinseln reisen und dort ein paar Teenager im Urlaub überreden würden, auch nur unerlaubt auf einer geschützten Riesenschildkröte zu reiten – ICH würde es merken!«

Ich schmunzle. So gefällt mir mein Papa! Hätte er dieses Feuer doch bloß noch für seinen Beruf.

Ein paar Minuten später stehen wir in der alten Druckmanufaktur und meinem Vater steht der Mund offen. Jan-Eric legt dem Chef das Kragenmikrofon und den Sender an. Dabei erklärt er ihm, dass mein Papa seine Redaktionshilfe sei, ein Fachmann, der ihm beim Dreh des Films helfe. Wir Jungs seien Schülerjobber, Kabelträger. Der Chef der Druckmanufaktur glaubt das alles. Er heißt Herr Schmale und ist tatsächlich schmal. Ein lustiger Mann mit Spitzbart, randloser, runder Brille und Lederweste. Die Räume, durch die er uns führt, sind unglaublich. Kein Staubkorn liegt auf dem noblen Holz der Möbel und der Setzkästen, in denen Tausende einzelner kleiner Lettern liegen. Das sind diese kleinen Klötzchen, auf die jeweils ein Buchstabe oder ein Satzzeichen geprägt ist. Einhundertsechzehn Fächer hat so ein Kasten. In ihm ist alles, was man als Zeichen in einer Schriftart braucht.

»Was ist das Besondere an Ihrer Druckmanufaktur?«, fragt Jan-Eric hinter seiner Kamera. Herr Schmale räuspert sich, bevor er antwortet. Mein Vater fährt mit der Fingerkuppe über einen der Setzkästen und ist wie weggetreten.

»Das Besondere an unserer Druckerei ist, dass unsere Lettern aus Birnenholz geschnitzt werden.«

»Heißt das, Sie stellen individuelle Typen her?«, mischt sich mein Vater ein. Herr Schmale weiß nicht so recht, ob er ihn oder Jan-Eric bei der Antwort angucken soll. »Ja, genau«, antwortet er. »Das ist unsere Spezialität. Das ist sozusagen das Geheimnis unseres Erfolgs.«

»Das müssen Sie unseren Zuschauern genauer erklären«, sagt Jan-Eric.

»In einem modernen Computer zum Beispiel«, sagt Herr Schmale, »da haben Sie doch vorgegebene Schriften. Times New Roman beispielsweise. Oder Arial. In diesen modernen Mobiltelefonen kommt auch Helvetica zum Einsatz. So.«

Ich mag es, wie Herr Schmale »so« sagt. Er setzt eine richtige Pause dadurch. Als wolle er sich hinhocken und erst mal in Ruhe einen Buchstaben schnitzen.

»Wir«, fährt er fort, »wir erfinden für unsere Kunden ganz neue Schriftarten. Zum Beispiel eine nur allein für ihre Familie. Oder ihre Firma. Die gibt es dann hier im Original bei uns als Birnenbuchstaben. Wir übertragen sie aber sogar auch auf ihren Computer, als Bonus sozusagen. Das wird aber selten verlangt. Meistens lassen sich die Leute ihre Sachen in ihrer Schrift dann auch hier drucken. Auf ganz edles Papier. Familienalben zum Beispiel. Urkunden. Oder Stammbäume.«

»Aber das muss doch wahnsinnig teuer sein, bis sich das rechnet«, sagt mein Vater. »Eine eigene Type entwickeln.«

Herr Schmale nickt. »Ist es auch. Aber Sie verdienen mehr, wenn Sie einen einzigen neuen Porsche verkaufen, als wenn Sie sich mit fünfzehn gebrauchten Golfs rumschlagen. Verstehen Sie?« Herr Schmale lacht, sodass sein Spitzbart wackelt. »Wir sind einzigartig und teuer. Bei uns druckt niemand ein Flugblatt oder einen Werbezettel. Diesen Geschäftszweig bedienen wir ganz absichtlich nicht. Hier wird Kunst gemacht. Kunsthandwerk.«

Mein Vater wirkt, als würde das, was er hört, wie zäher Sirup in ihn einsickern. Zäh, aber nahrhaft. Und lecker.

»Außerdem bieten wir jedem, der möchte, das Erlebnis an, selbst etwas zu drucken. Familien, Schulklassen. Sie lernen bei uns in aller Ruhe, wie das geht.«

Ich kann nicht anders, ich muss mich einmischen, weil mir Herr Broich einfällt. »Ich kenne jemanden, der kann ohne Feuerzeug Feuer machen. Oder aus wilden Waldgewächsen Suppe. Er sagt, nichts mache einen glücklicher, als etwas altmodisch und langsam zu tun, aber dafür mit den eigenen Händen.«

Herr Schmale zeigt mit seinen beiden Händen auf mich und strahlt hinter seiner runden Brille. »Das ist der Grund, warum es unserem Druckhaus gut geht. Trotz Computern und Internet. Wir hüten unser Handwerk wie einen Schatz. Und für Schätze zahlen die Leute gerne viel Geld. Weil es Freude macht. Sehen Sie, besser als dieser junge Mann hätte ich es nicht ausdrücken können.« Herr Schmale schaut zu meinem Vater. »Ist das Ihrer?«

»Ja«, sagt mein Vater, lehnt sich zurück und schiebt stolz seine Daumen in die Gürtelschlaufen, »das ist meiner!«

Mama trägt gerade einen Stapel Wäsche die Treppe hinauf, als wir an ihr vorbei nach unten huschen. Besser gesagt: Papa huscht, während ich versuche, ihm zu folgen. Er rennt Mama fast um. Der Wäscheberg wackelt.

»Was ist denn mit euch los?«, fragt sie. Papa bleibt stehen und sieht sie an. Bevor er auch nur den Mund aufmachen kann, sagt sie: »Was sehe ich denn da?« Sie geht die letzten Stufen nach oben, stellt den übervollen Wäschekorb im Flur ab, dreht sich wieder zu Papa um und sagt: »Da ist es ja wieder. Das Glänzen in deinen Augen.«

»Dieser Filmmensch, ich hab ihn fertiggemacht, Sabine.«

»Und deswegen strahlst du so?«

»Er hat uns mitgenommen zu einem Dreh. Wir waren in einer Druckmanufaktur. Sabine, so was hast du noch nicht gesehen. Das hätte Vater sehen müssen. Wir hätten ihn aus Dagebüll holen müssen, auf der Stelle. Die schnitzen Lettern aus Birnenholz für einzeln angefertigte Schriften.« Meine Mutter sieht mich an und zeigt auf Papa wie eine Frau in der Werbung, die erstaunt auf ihre strahlend weißen Laken schaut. Papa sprudelt förmlich über vor Begeisterung. »Sabine, ich gehe sofort in den Keller. Das ganze überflüssige Zeug muss raus. Das Altpapier. Die nicht abgeholten Prospekte. Die Metallregale. Ich mach da unten wieder Holz rein, und wenn ich noch einen Kredit aufnehme.«

»Moment mal, Klaus, heißt das, du willst doch weitermachen?«

Mein Vater reißt weit die Augen auf. »Ich will neu anfangen, Sabine! Ganz von vorne! Keine Flugblätter mehr für den Schützenverein. Keine billigen Werbezettel. Überhaupt keine Massenproduktion mehr, sondern Kunst! Schöne, edle Drucke. Einzelne Buchbindungen. Man könnte ganz persönliche Siegel anbieten, so Prägeklischees für hochwertige, handangefertigte Fotoalben oder Mappen. *Wappen für Mappen*. Das klingt doch gut. Wir sind Drucker, Sabine! Ja, es gibt jetzt das Internet und die Computer und gerade deshalb müssen wir stolz sein und sagen: ›Bei uns kriegt ihr das Besondere! Das, was die Flugblattdrucker aus dem Internet eben nicht schaffen. Sicher könnt ihr euch irgendeinen Schlunz bei Express-Fotobuch bestellen, aber wenn ihr zu Weihnachten oder zum Jubiläum wirklich was Besonderes wollt, basteln wir euch ein Album mit Echtledereinband, Familiensiegel und Letterpress-Papier mit Büttenrändern. Es geht auch anders.‹«

Meine Mutter sieht meinen Vater an, als wäre er soeben auf der Treppe neugeboren worden. Als wäre er mit mir einkaufen gefahren und hätte ein ganzes Pfund Hoffnung mitgebracht. Ihr fällt nicht auf, was Papa gerade genau gesagt hat. Mir schon. »Äh, Leute«, sage ich. »Ist euch klar, dass Papa gerade den besten Werbespruch überhaupt erfunden hat?« Meine Eltern sehen mich an wie Schafe. »Ja, hallo? Wie heißen wir denn? Druckerei Anders?« Sie kapieren es immer noch nicht. Ich sage es so, als würde ich es fett gedruckt in die Mitte eines Blattes schreiben:

»Es geht auch ANDERS!«

Jetzt haben sie es endlich verstanden. Papa sagt: »Fantastisch!« Mama umarmt mich und zieht ihn dazu.

»Wir schaffen das«, sagt sie.

»Ja!«, strahlt mein Papa.

»Und ich ruf jetzt Opa an«, sage ich und laufe los, um das Telefon zu holen.

DAS REH?

Da sind sie, meine Freunde, und starren auf die Einladungen, die ich ihnen für sie und ihre Eltern gegeben habe. Sie starren, als wüssten sie nicht, was sie damit anfangen sollen.

»Hä?«, sagt Lukas.

»Es geht auch ANDERS?« Flo schaut mich verständnislos an.

»Was heißt das?«, fragt Lukas.

»Das heißt, dass mein Papa die Druckerei neu eröffnet. Er macht jetzt alles anders.«

»Wie, anders?«

»Ja, edler und so. So wie die Einladung da. So wie in der Manufaktur, in der wir waren.«

»Cool«, meint Lukas.

»Ja, und mutig«, sagt Flo. »Er stellt ja dann viel weniger her und das muss sich dann richtig lohnen.«

»Das ist wie in Barcelona«, meint Lukas. »Wie bei Messi und Xavi und Piqué und Iniesta. Die machen gar nicht viel auf dem Spielfeld. Die bewegen sich erst, wenn der Ball kommt. Aber dann machen sie alles so sorgfältig, dass sofort ein Tor fällt.«

»Quatsch«, winkt Flo ab, »das ist, wie wenn die Firmen ein Computerspiel nicht bloß in einer Plastikhülle herausbringen, sondern zum Beispiel in einer Holzkiste mit Schatzkarten. Oder wenn sie von vornherein nur ein paar Exemplare machen. Es gibt da ein uraltes Atari-Spiel, das existiert nur sechsmal auf der ganzen Welt. Das hat neulich einer in Amerika für 35.000 Dollar gekauft!«

»Musst du eigentlich immer alles mit Computerspielen vergleichen?«, fragt Lukas.

»Musst du eigentlich immer alles mit Fußballspielen vergleichen?«, kontert Flo.

So sind sie, die beiden. Ich bin froh, dass ich nicht wegziehen muss. Nicht ins Satellitenschüsselhaus, nicht in eine andere Stadt. Wenn alles gut geht.

Wir sind spät dran heute Morgen. Frau Kobol hat ihre Sommergrippe überstanden. Wir haben sie in den ersten beiden Stunden. Genau wie neulich, als wir ihr von dem angefahrenen Reh erzählten.

»Der Bus ist in drei Minuten da«, sage ich.

»Das schaffen wir nicht«, stöhnt Flo.

»Dann wieder über den Acker!« Lukas läuft schon los. Seine Schuhe graben sich in die Erde. Seine Schienbeine durchpflügen das Getreide. »Na kommt schon!«, ruft er. »Das können wir doch jetzt, oder nicht? Querfeldein!«

Wir lachen und laufen ihm nach. Er ist uns immer zehn Meter voraus. Seine Schritte sind lang und federnd. Er schwebt fast über das Feld. Als er mitten in der Bewegung schreit und abbremst, wirkt es, als sei er vor eine unsichtbare Wand gerannt. Wir holen ihn ein. Er steht blass wie eine Kreidepackung im Getreide, schaut auf den Boden vor sich und stottert: »Das … das kann nicht wahr sein!«

Wir schauen auf die Stelle, auf die er starrt, und zucken zusammen. Ich schlucke schwer. Flo dreht sich um und kotzt ohne weitere Vorwarnung ins Feld. Im Getreide liegt tatsächlich ein verletztes Reh. Sein Bein ist so doll verdreht, dass der Knochen aus der Haut rausguckt, die mit blutigem Schorf an den Rändern aufgeplatzt ist. Das Tier hat die Augen und das Maul weit aufgerissen, aber es schreit nicht. Es hat so starke Schmerzen, dass es keinen Ton mehr herausbekommt. Ich erinnere mich daran, wie ich Frau Kobol damals von der Angst in den Augen des Tieres erzählte, damit meine Geschichte glaubwürdiger klingt. Jetzt sehe ich sie.

»Ich habe auf der Straße nichts gesehen«, sagt Lukas. »Keine kaputten Leitplanken, keine Bremsspur.«

»Wer weiß, wie lange es schon hier liegt«, sage ich und ziehe mein Handy aus der Tasche. »Das kann heute Nacht angefahren worden sein und sich bis hierher geschleppt haben.« Ich scrolle hastig durch mein Adressbuch.

»Was machst du?«

»Ich wähle die Nummer des Försters.«

»Die hast du?«

»Ja, sicher. Als wir Frau Kobol die Geschichte vom Reh erzählt haben, habe ich doch wirklich den Förster angerufen. Falls Frau Kobol ihn mal fragt.« Es tutet. Der Mann geht nach zweimal Klingeln ran. Ich erzähle ihm, dass wir heute Morgen wieder vor einem Tier stehen, dass dieses hier aber nicht mehr laufen kann. Ich beschreibe die Verletzung so genau, dass er mir sofort glaubt. Erleichtert klappe ich das Handy zu. »Er kommt«, sage ich.

Flo hat sich nach seiner lauten und zügellosen Kotzerei wieder aufgerichtet und steht jetzt reglos vor dem Reh. Sein Gesicht ist wie versteinert.

»Geh weg, wenn du das nicht sehen kannst«, sagt Lukas.

Flo antwortet nicht. Er fixiert nur still das Reh. Als würde das halb tote Tier *ihn* mit seinen angsterfüllten Augen hypnotisieren.

»Es ist wirklich okay«, sage ich. »Renn zum Bus, geh in die Schule, sag, wir kommen später.«

Flo rennt nicht. Flo ist eingefroren wie ein grausiges Standbild. Es dauert eine Minute, bis er endlich wieder spricht. Ganz leise, aber zugleich so laut wie ein Flüstern im Dunkeln. »Du hast eine Geschichte erfunden und sie ist wahr geworden.« Er dreht den Kopf zu mir. Ich runzle die Stirn. »Glaubt ihr, dass das möglich ist? Glaubt ihr, dass das Reh da jetzt so liegt, *weil* wir das letztens behauptet haben?«

»Spinner!«, sagt Lukas.

Flo bleibt ganz ruhig. Er wird immer noch vom Reh hypnotisiert. Es ist eine unheimliche Situation. Die Rehaugen. Der Knochen. Das Blut. Dazu Flos flüsternde Stimme wie kaltes, klirrendes Glas. »Vielleicht wird jede Geschichte wahr, die man erzählt. Jedenfalls, wenn man sie so erzählt wie du.«

Ich würde gern lachen und durch die Zähne pusten wie Lukas.

Aber ich kann nicht.

Still stehe ich vor Flo, bis wir am Feldesrand ein Auto hören. Wird jede Geschichte, die man erfindet, auch wahr? Wenn man sie so erzählt wie ich? Wenn jeder einem alles abkauft, weil man in dem Augenblick sogar selbst daran glaubt, dass es die Wahrheit ist? Nur für den Moment? Diese Gedanken kleben an mir wie Kletten und erst die Stimme des Försters reibt sie von meinem T-Shirt ab, als sie laut und kraftvoll durch die Ähren bricht.

DIE WAHRHEIT

Den ganzen Unterricht lang hat Frau Kobol nichts gesagt. Wir sind erst in der Hälfte der zweiten Stunde angekommen und sie hat uns still auf unsere Plätze gewunken. Flo kam sogar ein paarmal dran und beantwortete einige Fragen. Aber jetzt, als es geklingelt hat und die anderen alle schon aus der Klasse rausrennen, hebt Frau Kobol die Hand, plustert ihre Hamsterbacken auf und sagt: »Lukas, Florian und Finn! Ihr drei bleibt hier!«

Wir drehen uns um und schlendern gespielt lustlos auf das Pult zu. Frau Kobol lässt uns davor stehen und wartet lange, bis sie laut einatmet und den Mund aufmacht. »Wird das jetzt zur Regel?«, fragt sie. »Muss ich mich jetzt darauf einstellen, dass die Herren Lindner, Hertl und Anders dienstags immer erst zur zweiten Stunde kommen?« Ihre Stimme wird schon wieder höher. Die hysterische Möwe naht.

»Frau Kobol«, sage ich, »so doof das auch klingt, aber wir haben heute Morgen wieder einem verletzten Reh geholfen.«

»Aber natürlich.«

»Wirklich! Rufen Sie den Förster an.« Ich halte ihr mein Handy hin. »Hier, ehrlich. Fragen Sie ihn. Letztens war es weg, heute lag es noch da.« Frau Kobol nimmt mein Handy, ruft den Förster aber nicht an, sondern knallt es mit dem Display zuerst auf das Pult. Wir zucken zusammen. Ihre Augen funkeln. So sauer war sie noch nie. Sie quiekt und schnattert jetzt auch nicht. Sie ist nicht mehr lächerlich, sondern wirklich böse.

»Finn Anders, ich halte dich für einen guten Jungen. Aber …«, jetzt kneift sie die Augen zusammen, als bei-ße sie auf eine Zitrone, »ich finde es un-aus-sprech-lich widerwärtig, dass du den echten Tierunfall vom letzten Mal nutzt, um mir heute Morgen eine billige Ausrede aufzutischen! Mit Leben und Tod macht man keine Scherze. Auch nicht bei Tieren.«

»Aber Frau Kobol«, widerspreche ich ganz schwach und verzweifelt und quengelnd, gar nicht so, wie ich bin, wenn ich Geschichten erzähle. »Es ist wahr. Es ist doch die Wahrheit.«

»Raus hier!«, schreit Frau Kobol und für einen Augenblick scheint die Haut ihrer Backen fast zu reißen. Wie ein Weberknecht beugt sie sich über ihr Klassenbuch und macht eine Notiz. »Ich schreibe das auf«, krächzt sie und wir verschwinden schnell auf den Flur. Wortlos gehen wir auf den Hof und reden erst wieder, als wir die Rucksäcke aufmachen, um das Frühstück rauszuholen. Flo hat Knoppers dabei. Wir setzen uns auf die Bank neben den Tischtennisplatten.

»Heute wieder einen Supermarkt ausgeraubt?«, witzelt Lukas und Flo gibt ihm und mir ein Knoppers ab. Ich nehme es, mache die Folie weg, beiße knuspernd rein, schaue über den Hof und sage: »Ich fasse zusammen. Ich habe in den letzten Tagen zweimal die Wahrheit gesagt. Einmal bei dem Verrückten mit der Dogge und einmal bei Frau Kobol. Einmal wurden wir fast eingesperrt und heute gibt's Brüllerei und einen Eintrag ins Klassenbuch. Das bringt einem die Wahrheit. Da kann ich doch besser meine Geschichten erzählen.«

»So ist das«, sagt Flo kauend.

»Man muss sein Talent ausleben, sonst wird man bestraft«, stimmt Lukas zu. »Das sieht sogar Vivien so. Ich hab ihr von unserer Quest erzählt. Ich glaube, sie war echt total fasziniert von deinem Schauspieltalent, Finn.«

Ich schmunzle. Mein Herz klopft. Vivien war fasziniert, nur vom Erzählen. Mein Herz darf nicht klopfen. Vivien ist Lukas' Freundin. Ich überlege, ob es eine Quest wäre, eine Woche lang immer offen die Wahrheit zu sagen. Also in allen Dingen. Selbst wenn man jemanden dabei verletzt. Das wäre wohl zu hart. Dann lieber lügen. Oder besser: gute Geschichten erzählen. Denn wenn die bösen wahr werden, werden es die guten auch.

»Wusstet ihr, dass es in jedem millionsten Knoppers auf der Welt einen Gewinncode gibt, mit dem man sofort 250.000 Euro gewinnen kann? Und weil das aber so wenig beworben wird, schmeißen die meisten Leute ihre Verpackung einfach weg und es sind schon Millionen Knoppers verkauft, ohne dass das Geld jemals abgeholt wurde.«

Lukas kann sich gerade noch in der Bewegung bremsen, aber Flo faltet tatsächlich sein Waffelpapierchen auseinander und sucht mit schmalen Augen nach dem Code, bis er merkt, was los ist. Lukas kommen die Tränen und er knufft Flo in die Seite, bis der mitlacht.

Gezuckt hat aber auch Lukas, denke ich mir.

Gezuckt hat auch Lukas.

Mal sehen, welche Geschichten ich noch erzähle.